marsyas

John Heartfield, Schutzumschlag der Erstausgabe 1935

ANNA SEGHERS
DER WEG DURCH DEN FEBRUAR

Roman

marsyas

In diesem Buch sind die österreichischen Ereignisse in Romanform gestaltet. Manche Vorgänge sind verdichtet worden; man suche auch nicht nach den Namen der Personen und Straßen. Doch unverändert dargestellt sind die Handlungen der Menschen, in denen sich ihr Wesen und das Gesetz der Ereignisse gezeigt hat.

A. S.

Erstes Kapitel

I

Ende neunzehnhundertdreiunddreißig, in einer schweren und aussichtslosen Zeit, als im ganzen Lande Geschäfte und Hoffnungen aller Art zerschlagen waren, bekam ein Mann namens Aloys Fischer, Besitzer einer stillstehenden Kunsttischlerei in der kleinen oberösterreichischen Stadt Steyr, unvermutet einen Auftrag. Der Auftraggeber war das Stift Hohenbuch, das sich zu seinem Jubiläum in allen Teilen renovieren wollte. Obwohl der Kunsttischler Aloys Fischer über zwei erwachsene Söhne verfügte, von denen der jüngere, Kasper, das Handwerk ausgelernt hatte, der ältere, Joseph, eigentlich Monteur, seit seiner Entlassung aus den Steyrwerken daheim herumbastelte, beschloß er doch sofort, für wenigstens einen Tag eine Hilfskraft einzustellen. Er hoffte mit Recht, wenn er diese Bestellung, Ersatzteile für ein Chorgestühl, pünktlich ablieferte, auch einen Teil der übrigen Aufträge zu bekommen, die das Stift an katholische, gut beleumundete Handwerker der Umgebung auszuschreiben hatte. Er schickte deshalb seinen Jüngsten, dem er noch etwas mehr als dem Ältesten vertraute, in die Stadt, um die geeignete Person mitzubringen. Kasper Fischer kehrte nach angemessener Zeit mit einem ortsansässigen Mann Namens Bastian Nuß zurück. Beide Männer hatten vor Kälte blaue Lippen. Nuß bebte; er hatte nur einen leinenen Kittel über den Kopf gezogen, die Jahreszeit vergessend, überwältigt von dem Ereignis des Arbeitsangebots. Aus demselben Grund struppte sich auch sein in der Hast falsch zugeknöpfter Kittel über der linken Schulter. Nuß hatte vor und kurz nach dem Krieg in der inzwischen zugrunde gegangenen Schreinerei Perz gearbeitet. Er war von dem kleinen, knorpeligen und zähen Schlag, den man im Hochgebirge antrifft. Er hatte einen kurzen, schwarzen Schnurrbart und genau gescheiteltes Haar. Genau war auch der Blick, mit dem er dem Aloys Fischer ins Gesicht sah, mehr genau als offen. Der alte Fischer zögerte ein wenig, diesen Mann wirklich einzustellen. Er dachte vielleicht zu seinem Zögern auch den Grund zu erhalten, als er fragte, was sein Sohn bereits gefragt hatte: ob sich Nuß gut verstände auf die flinke Anfertigung von gerillten Knäufen und die Übertragung schwieriger Pflanzen- und Tierornamente. Nuß erwiderte, was er bereits dem Sohn erwidert hatte, er verstände sich sehr wohl darauf.

Zuerst waren alle damit beschäftigt, Leisten auszusägen. Die drei Fischers bestätigten einander durch Blicke, daß der neue Mann genau und flink war. Er sah kein einziges Mal auf. Nach einer Stunde aber, als es an die Übertragung der Muster ging, stellte es sich heraus, daß Nuß entgegen seiner zweimaligen Versicherung überhaupt nicht Bescheid wußte. Er zog die Schultern ein und blickte seinem Brotherrn von unten ins Gesicht, zugleich genau und kläglich. Jetzt hätte Aloys Fischer den Mann auf der Stelle wegschicken können. Doch fiel ihm seine eigene Hoffnung auf Bestellungen ein, seine große Angst vor Hunger, sein Gram über die Entlassung seines Sohnes sowie seines Schwiegersohnes, der gleichfalls Monteur war, ein ruhiger, schuldloser Mensch; er erinnerte sich vielleicht auch der geistlichen Natur seines Auftraggebers, die er sich auf seine Art auslegte; er fragte daher zum Erstaunen seiner Söhne: »Habens Kinder?« Der Mann erwiderte kläglich, ohne den Blick von seinem Gesicht abzuziehen: »Vier Stück.«

Nachdem man dem Nuß alles erklärt hatte, wurde die Nachsicht auch gerechtfertigt; denn er konnte plötzlich die aufgetragene Arbeit so gut ausführen, als hätte er nur aus

Bescheidenheit seine Kenntnisse zurückgehalten. Vor dem Mittagessen gab es seinetwegen innerhalb der Familie einen Wortwechsel. Frau Fischer wollte ihm das Essen in die Werkstatt tragen. Vater und Söhne, sonst in vielem uneins, verlangten, wenn auch aus drei verschiedenen Gründen, daß der Mann als Christ, Arbeiter und Volksgenosse jedenfalls an den gemeinsamen Tisch gehöre.

Frau Fischer hatte in guter Laune reichlich Gemüse und Rindfleisch gekocht. Sie selbst schrieb den Auftrag, der ihr Haushalt und Werkstatt belebte, ihrer geistlichen Verwandtschaft zu. Die Küche war überheizt. Der Kanarienvogel trällerte in seinem nach Fleischbrühe duftenden Hochsommer. An der weißen Wand blinkten die Pfannen und das Kruzifix, der Zeuge irdischer Beköstigung. Bei diesem Mittagessen, am ersten richtigen Arbeitstag nach Monaten, setzte der alte Fischer oft zu Späßen an. Jedesmal blickte ihm Bastian Nuß ins Gesicht, zog die Schultern hoch und lachte. Dann blickte er wieder genau unter sich in den Teller. Vielleicht hätte er viel lieber mit seiner Portion in einem Winkel der Werkstatt gesessen. Er paßte sich den übrigen an; hatte er aber den Happen auf der Gabel, dann bückte er sich und biß flink, als könnte er noch vor dem Mund wegspringen. Dem Aloys Fischer mißfiel das, er dachte aber an seine eigene Angst vor dem Hunger. Er bezwang sich und fragte Nuß nach seinen Verhältnissen, nach Weib und Kindern. Nuß blickte ihm sofort ins Gesicht, es stellte sich jetzt heraus, daß Nuß vor kurzem bei der Heimwehr eingetreten war. Fischer war es im Grund seines Herzens fremd, wenn Männer außer ihrer Familie und ihrem Handwerk von etwas heftig angezogen wurden. Er war zum Beispiel ein guter Katholik, hätte es aber ungern gesehen, wenn einer seiner Söhne den geistlichen Beruf ergriffen hätte. Die dürre Erklärung des Nuß, sein alter Handwerkerverein sei auf Beschluß des Vorstandes der Vaterländischen Front beigetreten, war dem Aloys

Fischer viel verständlicher als etwa eine besondere Leidenschaft seines Arbeiters für Gottes- und Staatsdinge.

Sie waren alle gerade mit dem Essen fertig, als Fischers Tochter zu Besuch kam, ihr Kind auf dem Arm, eine junge, blasse Frau mit guten, braunen Augen. Sie hielt das Kind an, jedem im Zimmer, auch dem Bastian Nuß, die Hand zu geben. Alle spielten mit dem Kind, besonders die Söhne, bis es der alte Fischer auf sein Knie nahm. Die junge Frau warf einen flüchtigen Blick in den leeren Suppentopf. Sie merkte, daß ihr Vater diesen Blick gewahrte, und errötete. Der Aloys Fischer dachte plötzlich, daß sein Auftrag nur halb sicher sei, keine endgültige Wendung. Tochter und Enkel waren heute noch warm gekleidet, aber die kleine Mitgift war sicher in drei arbeitslosen Jahren aufgegessen. Er fragte seine Frau: »Gibt's noch Mehlspeise?« Die Frau sagte gekränkt: »Ich koch Kaffee. Es gibt noch von gestern Kuchen.«

Aloys Fischer merkte, daß Nuß die Arme aufgestützt hatte und seine Tochter aufmerksam betrachtete. Zum erstenmal herrschte er den Mann an: »Fangens an, Nuß.« Aber dann tat er ihm leid, und er forderte ihn auf, sich etwas Kuchen für die Kinder einzustecken. Die zweite Hälfte des Tages verlief ruhig. Die Fischers waren ja alle gute Handwerker, besonders der Vater und der jüngere, aber Bastian Nuß war ein rechter Arbeitsfresser. Aloys Fischer war wieder voll guter Aussichten. Als Feierabend war, rief er den Nuß, um ihm den Lohn auszuzahlen. Nuß sagte, der Herr Fischer brauche es nicht einzurechnen, aber er wolle noch ein angefangenes Stück fertigmachen. Der alte Fischer währenddessen überschlug, daß es von Vorteil sei, den Mann einen zweiten Tag zu behalten. Er fragte Nuß, ob es ihm lieber sei, sein Geld trotzdem heute zu bekommen. Nuß dachte kurz nach, dann erwiderte er bestimmt: »Alles auf einmal.«

Es war gegen sieben Uhr abends. Es war etwas wärmer geworden, der starre Wintertag löste sich in Schnee; der fiel gleich brockenweis. Nuß sehnte sich nach seinem Soldatenrock. Gleichwohl war er guter Dinge. Er hatte immer seiner Frau gesagt, man solle ihm nur einmal wieder einen Finger reichen, er wolle schon die ganze Hand dazu packen. Er beeilte sich. Er brauchte nicht durch die Stadt zu gehen, nur über die untere Brücke. Aus der Kirchentür fiel ein dünner Lichtstreif über die hohe, verschneite Treppe. Er zog seine Beine aus dem hellen Streifen, er lief über die Holzbrücke, er sah nicht nach rechts und links, einerlei war ihm der zweigeteilte, kräftige, nur im Uferwinkel eingefrorene Fluß. Er sah sich nicht um nach der weiß verkrusteten Stadt über dem Ufer, deren Zinnen von Schnee ausgefüllt waren. Es fiel ihm sofort auf, daß das Auto an der Tankstelle bei dem erleuchteten Wirtshaus Köstler die Wiener Nummer hatte. Er reckte sich, um etwas von den Gästen zu erblicken, aber die Wirtsstube hatte farbige Butzenscheiben.

Er stieg höher, gegen die Ennsleiten. Der Weg war verglitscht, Glatteis unter dem frischgefallenen Schnee. Schon hätte er die Kirchtürme und Schornsteine der Stadt hinter sich liegen sehen können, in einer durchsichtigen Wolke von Schnee. Aber warum sollte er sich umdrehen? Bevor ihn noch eine Gruppe gleichzeitig gegen die Ennsleiten ansteigender Männer einholte, erkannte er schon einen an der Stimme. »So einer muß erst geboren werden«, sagte Joseph Mandl, im Hinblick auf eine Sache, die Nuß nun entgangen war.

Es war dunkel hier oben, es hatte sich eingeschneit. Nuß ging neben den Leuten her, die sich aber von ihm ab- und unter sich zusammenzogen. Das war schon lange so, Nuß grämte das wenig, er konnte sie allesamt nicht leiden; aber heute war er vergnügt, deshalb glaubte er, die Beziehungen aller Menschen zu ihm müßten sich gleichfalls verändert haben. »Aus dem Betrieb kriegen mich keine zwölf Gäule raus«, fuhr Mandl fort. »Drin bleiben. Jetzt im Augenblick im Betrieb drin bleiben.«

Nuß nickte zustimmend. Ihn wunderte bloß, daß jetzt eine zweite Stimme, die er doch, wenn nicht alles trog, vor kurzem ganz anders hatte aufmucken hören, ebenfalls zustimmte: »Mußt dir lieber was gefallen lassen, jetzt gibt's für dich nur ein Gebot: im Betrieb bleiben.« Nuß warf einen Blick auf das Gesicht der Stimme. Ja, das war ein Mann namens Hannes Johst, er erkannte ihn trotz der Dunkelheit, trotz des Schnees, der seine Züge verwischte. Johst merkte erst jetzt, daß Nuß neben ihm herging, er wechselte sofort um: »Ich war seit heut nacht nicht oben. Die Martha sagt, das Kind macht ihr Herzbeklemmung.« Nuß sagte: »Schlechte Zeit fürs Kinderkriegen.«

Johst sah ihn kurz an und schwieg. Auch die anderen schwiegen. Johst kannte den Nuß nicht, aber Nuß kannte seit langem den Johst. Es waren vielleicht schon etliche Monate her, da hatte er diesen selben Johst, ja, auf der Pfingstkirmes erblickt, ein Mädchen am Arm. Johst hatte nicht nur den Arm dieses auffällig mageren und hellhaarigen Mädchens in seinem eigenen gehabt, er hatte auch noch die Finger um das Handgelenk des Mädchens geschlungen – erinnerte sich Nuß, als hinge viel von seinem genauen Gedächtnis ab. Wahrscheinlich war Johst mit diesem Mädchen die Ehe eingegangen. Sie war es, der das erwartete Kind Herzbeklemmung verursachte. So erfuhren also die beiden nicht bloß auf einseitige Art, was es hieß, im Ehestand leben. Er hatte übrigens alle beide schon vor der besagten Kirmes irgendwo getrennt gesehen, wo und wie, das mochte ihm schon einfallen, wenn er jetzt leider abbiegen und ein Stück Weg allein gehen mußte, weil er selbst nicht ganz oben auf der Ennsleiten wohnte.

Als Nuß gegangen war, fuhr Johst da fort, wo er vorhin abgebrochen hatte: »Ein verrücktes Jahr überhaupt auf dem Buckel. Soviel Unruh und soviel Streiks und so ein Wirbel.«

Mandl sagte: »Und eine Frau hast auch noch schnell nehmen müssen und ihr ein Kind machen.«

Johst sagte in einem anderen Tonfall: »Das Kind ist eben sofort gekommen. Und wir haben geheiratet, und ich war da doch noch im Werk.« Er wechselte die Stimme, als hätte er zwei Stimmen, eine für Betriebs- und eine für eigene Angelegenheiten.

»Hätten die nur im großen so die Zähne gezeigt, wie wir hier im Werk für die kleinen Abzüge, die man uns abzwacken wollt, dann wär soviel nicht kaputtgegangen.«

Einer sagte: »In Deutschland ist dieses Jahr noch viel mehr kaputtgegangen.«

Einer, der zuletzt nachkam und etwas schnaufte, sagte in den Rücken der andern: »Das kann ich immer noch nicht verstehen mit Deutschland, einfach so – –«

Sie erstiegen den letzten Treppenabsatz. Ein Band heller Fenster erglänzte schwach auf der äußeren Häuserfläche über dem Höhenkamm. Die wenigen breiten Gassen waren leer und finster. Gewöhnlich war es hier oben windig. Heute abend fiel der Schnee geruhsam und beschwichtigend. Obwohl er jetzt als dichte Wolke über dem Tal lag, blieben die Männer doch stehen und blickten wie jeden Abend noch einmal auf die Stadt hinunter.

Johsts Küchentür ging unmittelbar ins Treppenhaus. Er sah auf den ersten Blick, daß die Frau, die vor dem Herd kniete, nicht mit dem Feuer zurechtkam. »Es ist kein Zug drin«, sagte sie, »der Schnee steht auf dem Schornstein.« Johst runzelte die Stirn, die Frau war nicht allzu geschickt. Mandl, sein Freund, hatte ihm zugetragen, die Genossen sagten von ihm, sein einziger Fehler sei, daß er zuviel Wesens um die Frau mache. Sie war halb so alt wie er, kaum zwanzig. Ihr schmales Gesicht glänzte bleich vor Anstrengung, unmerklich stieg die Stirn in das ebenso helle Haar. Kein ordentliches Feuer, kein warmes Essen. Er legte seine Hand auf ihren Kopf, er sagte barsch: »Nichtsnutz.« Er liebte die Frau mehr als recht war, Mandl hätte ihm nichts zu sagen brauchen. Er schob von selbst die Frau etwas von sich ab, er ging sogar mehr aus dem Haus weg, als nötig war.

Er brachte den Herd in Ordnung. Die Frau erzählte: »Ruppl aus Linz war da, er hat dich auf dem Sekretariat gesucht, und dann ist er hier raufgekommen. Er ist dann zum Strobl gegangen, er war ganz ungeduldig, weil er dich nirgends hat finden können.«

»Ich werd schnell zum Strobl gehen.«

»Laß doch, er kommt ja wieder. Iß doch mit mir zu zweit.«

Johst sah von der Frau weg, er zog die Hand von ihrem Kopf, er sagte: »Nein.«

Martha aber horchte nach der Gasse und sagte froh: »Da sind sie ja schon.« Ihr Gesicht wurde etwas frischer. Eilig schlüpfte sie in die gute, buntgesprenkelte Strickjacke. Ihre Schultern, ihr Hals, ihre Arme sahen noch magerer aus im engen Wollzeug über dem hochgebauschten Rock. Während er seine Genossen begrüßte, warf Johst einen Blick auf die Frau, die ihre Jacke über der Brust zuknöpfte. Das aber war das letztemal, daß Johst seine Frau mit einem solchen Blick ansah. Nicht vor einem halben Jahr auf der Pfingstkirmes, kurz nachdem sie Nuß aus dem Auge verloren hatte, heute erst sollte ihre Brautzeit zu Ende sein. Der kleine, dicke, kerngesunde Betriebsrat Strobl legte den Arm um Johst und sagte lachend zu dem Linzer: »Ein schönes Mädel hat der Johst«, und er sagte leise zu Johst: »Schick die Frau schlafen.«

Johst sagte kurz: »Mußt uns allein lassen, Martha.« Sein Blick folgte der Frau durch die Tür, ihrer Hand, die den eingeklemmten Rock zurechtzerrte. Strobl fing sofort an: »Daß man den Bachmann so bald nicht enthaften wird, das steht schon fest, wenn man auch überhaupt nichts bei ihm gefunden hat. Aber sie wissen, daß er was weiß. Nun muß der ganze Bachmann sozusagen auf zwei verteilt werden, weil wie er ein zweiter nicht aufzutreiben ist. Der halbe Bachmann muß ich sein, zu allem, was mir doch schon obliegt, es geht nicht anders. Der andere halbe Bachmann aber mußt du sein, Hannes. Und der hier ist der Linzer Verbindungsmann, du kennst ihn ja, Martin Ruppl.«

»Habt ihr denn wirklich keinen Besseren als mich, Strobl?«

»Wenn wir einen Besseren als dich hätten, nimm mir's nicht übel, Hannes, dann wären wir jetzt nicht bei dir, sondern bei dem Besseren. Also –«

»Wenn du meinst –«

»Nicht: Wenn du meinst. Ja oder nein.«

»Ja.«

»Also. – Was du zuerst mußt: die Listen wieder zusammenbringen, die der Bachmann rechtzeitig in den Abort gestopft hat. Dann müßt ihr beide, Ruppl und du, euch zusammensetzen.« Er fuhr fort, Johst hörte mit gerunzelter Stirn zu, ohne Zwischenfrage, ohne aufzusehen. Als er fertig war, sprang Johst hoch, ging zweimal durch die Küche, hob den Schürhaken vor dem Herd hoch, stocherte kurz und warf ihn wieder weg. Er blieb vor Ruppl stehen. Er kannte Ruppl, der ebenso alt war wie er selbst, flüchtig aus dem Krieg, er hatte ihn bei Parteiversammlungen, Treffen und Festlichkeiten wiedergesehen. Jetzt sah er ihn zum erstenmal genau an. Ruppl erwiderte ruhig seinen Blick, sie gefielen einander.

Die drei Männer setzten sich zusammen an den Tisch. Hinter der Tür klang die schwache, nur durch das augenblickliche Schweigen wahrnehmbare Stimme der Frau, die beim Auskleiden sang. Johst horchte, aber er dachte dabei nur mit großer Verwunderung, wie wenig Zeit verflossen sei.

Er sagte: »Bin ich denn von oben bestätigt? Ist denn über mich abgestimmt worden?« Strobl lachte. Johst überflog in Gedanken die Genossen, die eigentlich übersprungen waren. Aber er mußte jetzt selbst Strobl recht geben. Es langte bei ihm gewiß, um den Beauftragten des Parteivertreters beim Schutzbund abzugeben.

Er war dazu geeignet in seiner doppelten Eigenschaft als alter Parteimann und als alter Soldat. Krieg, Volkswehr, Schutzbund, eigentlich war er seit 1914 Soldat, an die zwanzig Jahre.

Ruppl sagte: »Wenn man jetzt über die Funktionärernennungen abstimmen täte, dann möchte ich unsere Abstimmung vergleichen mit der in Wien und die Abstimmungen im Land untereinander. Daraus möchte ich schon wissen, an welcher Stelle der Strick halten könnte und an welcher er reißen möchte.« Strobl sagte: »Seit März vorigen Jahres ist jeder Tag Boden unter den Füßen weggetragen. Als das Parlament zum Teufel ging, da haben alle gewartet, daß etwas passiert, ein Ruck war durch alle gegangen – dann sind sie abends wieder heimgeschickt worden. Der richtige Ruck war damals durch alle gegangen, ein Ruck ist aber ein Ruck, nichts zum Aufbewahren.«

Ruppl sagte: »Damals, am fünfzehnten März, war ich drüben in Wels bei meinen Schwiegereltern. Da war ich mit zwei Genossen zusammen, auf die ich viel hielt. – Mit denen habe ich selbst richtig Gewehr bei Fuß gewartet am fünfzehnten März; wir haben uns richtig das Herz aus dem Leib gewartet. Ich sag euch, das waren Genossen, die wirklich aus einem Guß waren und der ganze Guß für uns. Ich bin dann das Jahr über nicht mehr hingekommen. Vorige Woche mußt ich rauf, ich wollt mit diesen beiden etwas ausmachen in unseren Angelegenheiten – da war der eine zu den Kommunisten und der andere zu den Nazis gegangen.«

Solange Johst nur Anweisungen empfangen hatte, da hatte er oft geschimpft gegen diese Anweisungen aus Wien, die alle Handlungen vermanschten und die endgültige Entscheidung hinausschleppten. Im Grunde seines Herzens aber waren ihm selbst diese Handlungen unklar und die Entscheidung noch weitab gewesen. Plötzlich erschien ihm alles möglich und alles greifbar, in seine Hand gegeben.

Strobl sagte: »Wir wollten was tun, wie man uns den Bachmann verhaftet hat. Da hieß es von oben: Nicht provozieren lassen. Meine Meinung war: Aber grad provozieren lassen.«

Ruppl erwiderte: »Wut ist schon genug in jedem drin. Die will aber raus, die verpufft sonst. Der Mensch ist doch keine Flasche, in der man die Wut einkorken kann.«

Später ging Johst hinein, um seiner Frau zu sagen, daß er den Linzer an die Bahn brächte. Ruppl fragte währenddessen den Strobl: »Ist der Mann auch fest genug?« Strobl sagte: »Doch, doch. Den kenn ich.« Johsts Frau war schon eingeschlafen, beruhigt, weil er überhaupt daheim war. Sie schlief auch, als er eine gute Stunde später zurückkehrte.

Frühmorgens, während des Aufwachens, kam es ihm vor, als hätte sich etwas für ihn vollkommen verändert, der anbrechende Tag sei mit dem vergangenen in nichts zu vergleichen. Er stellte die Füße auf den Boden. Der gestrige Abend fiel ihm ein. Aber wie er sich wusch und ankleidete, konnte er bereits nicht mehr völlig begreifen, warum durch diesen Abend viel verändert war. Martha erzählte beim Kaffee: »Manchmal kommen doch noch Leute unter. Zum Beispiel drunten in der Tischlerei bei St. Valentin, da ist einer, der Nuß heißt, eingestellt worden, seine Frau sagt's.«

Johst erwiderte zerstreut: »Vielleicht für'n Tag Aushilfe.« Er dachte kurz, ob das wirklich erst gestern abend war. Martha fuhr fort: »Die Frau hat gesagt, nicht zur Aushilfe, zur Probe, und was man ihm mal erklärt, kann er. Da ist sie guten Muts, das wird schon für ganz werden.«

Johst sah die Frau kalt an. Sie schwieg sofort und senkte den Kopf. Sie sah ihn manchmal an, als könnte sie die Ursache seines Schweigens von seinem Gesicht erkennen. Johst spürte ihren lästig gewordenen Blick und runzelte die Stirn. Schließlich traf sein Blick doch den ihren: er erschrak. All die Zeit, da er die Augen nicht von der Frau abgelassen hatte, war ihm das Wichtigste entgangen: kleine scharfe Punkte gab es auf dem Grund ihrer Augen, als sei auch ihr Inneres glashell. Er nahm ihre Hand und begann vorsichtig: »Jetzt werd ich noch mehr nicht daheim sein. Ich muß halt.«

Die Frau sagte nur: »Wenn du mußt –«

II

»Aus all diesen Gründen also«, beendete Karlinger leise und nachdrücklich, bei jeder Silbe ein Gesicht nach dem anderen fest anblickend, seinen Mittwochabend-Vortrag im Katholischen Lehrlingsheim in der Ferrarigasse in Wien, »aus all diesen Gründen bedeutet dieses Büchlein nicht nur Trost und Einsicht in seine Lage für jeden katholischen Arbeiter und Angestellten – es bedeutet auch vor allem eine einzigartige Waffe in den heute noch unvermeidlichen täglichen Kämpfen der katholischen Arbeiterschaft für die Besserung ihrer Lebensbedingungen und für die Zukunft ihrer Kinder.«

Karlinger machte den Schritt vom Katheder auf den Fußboden. Er war jetzt nur noch so viel über seinen Schülern, als ein Stehender über Sitzenden ist. Als sei aber auch das noch zu viel, setzte er sich in die vordere Bankreihe auf einen freien Platz.

»Quadragesimo Anno, im vierzigsten Jahr. Dieser Titel bedeutet, daß vierzig Jahre vergangen sind, seit zum erstenmal in einem päpstlichen Rundschreiben zur Arbeiterfrage Stellung genommen worden ist.«

Die dreißig alten und jungen, glatten und bärtigen Gesichter machten alle eine kleine Wendung nach links, um ihn im Auge zu behalten. Karlinger setzte seine Brille ab, wodurch sein Gesicht noch jünger und ungewohnt nackt aussah. Er wischte zuerst die Brille, dann sein Gesicht, das feucht war vor Anstrengung und Übermüdung. Seine Augen gingen durch den gewohnten, gut kargen Raum, über die Gesichter und die Buntdrucke an der hellgetünchten Wand, über die Tafel und das Kruzifix und den gußeisernen Ofen, alles verschwommen ohne Brille. Wie gut das wäre, hier sitzen zu bleiben, ein Schüler unter Schülern, ein zweiter Karlinger könnte hereinkommen, ein ausgeruhter, behender, der könnte sich vorn hinstellen und alles erklären, und er selbst bräuchte nur zuzuhören oder die Hand zu heben und Fragen zu stellen, und er bekäme dann Antwort auf jede, aber auch auf jede Frage, Erklärung des Unerklärbaren. Karlinger setzte die Brille auf, er merkte jetzt, daß ihn alle unverwandt beobachtet hatten. Ihre angespannten Gesichter warteten. Er riß sich zusammen und fragte in seinem zähen und sanften Tonfall, der ihn in diesem Haus zum beliebtesten Lehrer machte: »Wer noch was zu fragen hat, der soll ganz getrost fragen.«

Er sah wieder einen nach dem anderen an. Es war still, man hörte das Wasser auf dem Ofen brummen. Ein älterer Arbeiter mit einem schwarzen, buschigen Schnurrbart hob zögernd die Hand. Alle sahen ihn sofort an. Er war überdies zum erstenmal da. »Smetana ist mein Name«, sagte der Mann, als sei dies das Nächstwichtigste. Er stand auf und fügte hinzu: »Ich bin nämlich aus dem vierzehnten Bezirk zugezogen.« Karlinger mußte den Kopf zurücklegen, um ihn zu betrachten. »Nun also, willkommen im sechzehnten«, sagte er lachend. Alle lachten, auch Smetana. Sie wurden aber sofort ernst, als Smetana ernst wurde. »Wenn's also verstattet ist, zu fragen, dann möcht ich wohl gern folgendes gefragt haben: Die Quadragesimo Anno«, er nickte zu jeder Silbe mit dem Kopf, »billigt von unserem Herrgott das Recht uns zu, uns Arbeitsleuten, uns zusammenzuschließen. Auch billigt sie zu, daß manchmal muß gestreikt werden, weil nämlich die Übergriffe gar zu arg worden sind vom kapitalistischen Stand. Nun steht aber hier geschrieben auf Seite fünfundsechzig, schwarz auf weiß«, – er hatte das Eck der Seite umgeknickt, »wenn's verstattet ist, Herr Doktor, daß Christ und Sozialist nicht in einen Mensch zusammen reinkönnen.«

Er war sich nicht bewußt, daß er überhaupt noch keine Frage gestellt hatte. Neben und hinter ihm wurde auch sofort auf ihn dreingeredet:

»Da warst halt noch nicht da.«

»Das hat der Herr Doktor schon alles erklärt.«

»Das ist halt wegen dem Besitz.«

»Die woll'n doch bloß, daß niemand etwas hat.«

»Da warst halt noch in deinem vierzehnten Bezirk, da warst halt noch nicht im sechzehnten.«

Karlinger stand auf, um Smetanas Kopf vor sich zu haben. Der aber setzte sich dann sofort und stützte den Kopf in die Hände. Karlinger sagte: »Quadragesimo Anno begrenzt und bewahrt uns gegen rechts und gegen links – das heißt, strenggenommen gibt es ja für den Christ kein Rechts und kein Links, nur ein Drinnen und ein Draußen, aber darüber ein anderes Mal – wenden wir also zuerst einmal ihre Forderungen auf Deutschland an, wo der sogenannte Nationale Sozialismus dem Arbeiter das göttlich-menschliche Recht des Zusammenschließens geraubt hat –«

In diesem Augenblick läutete durch das ganze Haus die Schelle und beendete die Abendkurse. Karlinger ließ sie ausläuten. Er merkte mit einem Gefühl von Reue, daß er seit einer Viertelstunde ununterbrochen auf das Läuten gewartet hatte. Er sagte: »Wir werden nächsten Mittwoch da anfangen, wo wir heute aufgehört haben.« Einer nach dem andern trat aus der Bankreihe, gab ihm die Hand, bedankte sich und wünschte gute Nacht. Er wartete noch, als der Raum schon leer war. Er wünschte sich, unter allen Umständen heute abend allein heimzugehen. Das Lehrlingsheim war schon dunkel, als er schließlich als letzter auf die Straße trat. Smetana stand im Schnee und wartete. Karlinger konnte doch nicht den ruhigen, dunkeln Mann wegschicken, der doppelt so alt wie er selbst war. »Wenn's verstattet ist, Herr Doktor –« Die Ferrarigasse war dunkel, und jetzt auch beinah leer. Keiner von beiden achtete sofort auf den Schnee. Sie waren überrascht, wie dicht er um die Laternen fiel. Man spürte den offenen Stadtrand. Um jede Straßenecke fuhr ein ordentlicher Bergwind. Smetana sagte: »Wenn ich jede Früh möchte zur Messe aufstehn, wenn ich alles, alles tät, auch zu meinem Weib zu Haus, alles wie's recht ist, und wär nur gegen den Besitz, und hab doch eh keinen, sagens, das wär dann auch unchristlich?« Sie gingen die Gasse hinunter; drunten lag der Ludo-Hartmann-Platz. Im großen Eckgebäude, dem Ottakringer Volksheim, waren noch viele Fenster hell. Karlinger spürte beinah Gier nach Alleinsein. Er sagte ruhig: »Hören Sie, Smetana. Darüber möchte ich mit Ihnen noch mal lange sprechen. Kommen Sie doch einfach rauf in meine Wohnung, Ferrarigasse 108.« Smetana sagte froh: »Ja, wenn ich darf.«

Karlinger blieb unter der nächsten Laterne stehen. Er suchte in seinem Notizbuch. Unter jedem Wochentag stand eine Reihe Namen. »Also, Smetana, Freitag abend um sechs.« Jetzt, da er endlich allein war, beobachtete er ruhig und nachdenklich, wie der Mann mit gesenktem Kopf vor ihm herging, unschlüssig vor der Tür einer Weinstube stehenblieb und schließlich weiterging.

Karlinger überquerte den Ludo-Hartmann-Platz. Er hatte endgültig beschlossen, noch nicht heimzugehen.

Seine Frau war jetzt enttäuscht, aber sein Wunsch nach Alleinsein war zu heftig.

Vor dem Ottakringer Volksheim standen zwei Posten. Menschen gingen aus und ein, viele junge. Eben noch aller Gesichter und Worte überdrüssig, hatte Karlinger plötzlich ein ebenso heftiges Verlangen, möglichst viele Worte aufzufangen, möglichst viele dieser Gesichter anzusehen; denn unverkennbar lag auf den meisten dieser Gesichter der zweifache Glanz von Verstand und Jugend. Da er schon einige Jahre hier im Bezirk wohnte, waren ihm etliche vom Ansehen bekannt. Er wurde auch gegrüßt, vom einen unbefangen, vom anderen spöttisch. Diese Gesichter auf das seine zu richten, gespannt und aufmerksam, dafür hätte er das Beste seines Lebens hergegeben. Vom Platz her warf ein junger Bursch einen Schneeball, der offensichtlich einem der schönen und kräftigen Mädchen galt, die trotz des Schnees barhäuptig, eingehängt, an der Mauer lehnten. Der Schneeball streifte Karlingers Arm, eins der Mädchen sagte lachend: »Das ist ein Schlimmer, verzeihens, der Herr.« Karlinger streifte den Schnee vom Ärmel. Er spürte heftigen Ärger, eine sinnlose, ihm selbst unverständliche Wut. Wäre er nicht gewohnt, seine Gefühle schon im Entstehen zu zügeln, er hätte sich über die Straße gestürzt gegen den Schneeballwerfer.

Er hatte jetzt solche Lust nach hell, voll und heiß. Er sprang auf die Elektrische und fuhr vier, fünf Stationen gegen die Innenstadt. Er sprang beim nächstbesten Café ab. Er wurde ruhiger, als er an einem Tisch allein saß, mit Kaffee und Zeitungen.

Jemand legte ihm die Hände auf die Schultern.

»Ach, Bildt!«

Sein erstes Gefühl war Freude, bevor er sich noch bewußt wurde, daß er diesen Menschen vielleicht lieber nicht getroffen hätte. Der schob einen Stuhl zurecht. »Wenn du willst.«

Karlinger lachte. »Im Leben Gemeinsamkeit haben mit den Heiden ist erlaubt, im Tode nicht.«

»Tertullian?« Bildt lachte. Sie waren zusammen auf Seminaren gewesen in Graz und in Wien. Dann war Bildt abgesprungen und Arzt geworden. »Hast dich gar nicht verändert«, sagte Karlinger froh. Er meinte wohl damit, daß Bildts Gesicht unter dem früh grauen Haar rund, pfiffig und knollennasig geblieben war. Auch Bildts Händedruck war der alte geblieben, ein fester, vergnügter Druck, und noch ein kleiner Druck hinterher, bevor er endgültig losließ. Das einzig Neue war der schwache Arzneigeruch in Bildts Kleidern.

»Wie geht's, Bildt? Bist noch am Sankt Vincenz? Ich hab oft an dich gedacht die letzte Zeit. Ob du wohl Unannehmlichkeiten gehabt hast, obwohl's dir recht geschehen tät?«

»Ich bin noch am Sankt Vincenz und hab auch keine Unannehmlichkeiten, also auch keine, die mir recht geschehen täten. – Aber du, Karlinger, siehst ein bißchen verändert aus, so um die Augen rum, nimm doch mal die Brille ab.«

Karlinger gehorchte und blinzelte. Beide lächelten. »Wieviel Kinder hast jetzt, Karlinger?« Karlinger runzelte die Stirn. »Vier Stück.« Bildt lächelte nur mit den Augen.

»Und du, Bildt?«

»Es geht. Es ist nicht akkurat so alles geworden, wie man sich's ausgedacht hat, aber bei wem wird's akkurat so, wie er sich's ausdenkt.« Er bereute seine Offenheit, weil Karlingers Blick allzu gespannt wurde. Er machte sofort eine Bewegung, als sei das Gewicht der Sache plötzlich leicht geworden, und man könnte es ohne weiteres über die Schulter werfen. »Ich hab den Beruf, den ich gewollt hab, und die Frau, die ich gewollt hab, ich hab die Partei, die ich gewollt hab, ja, und auch das Kind hab ich, das ich gewollt hab.«

»Ach, du hast auch ein Kind.« – »Ja, freilich«, sagte Bildt. Er zeigte Karlinger eine Photographie. Karlinger zerstocherte seinen Zucker und betrachtete die Photographie, ohne sich klar zu sein, welches der zwanzig Kinder, die auf der Erde um einen Kochkessel hockten, Bildts Tochter war. Bildt räumte die Zeitungen weg. »'n robuster Mann, euer Faulhaber.« – »Wie kommst da drauf?« – »Na so, im Reich drüben.« – »Robust? Gut, auch robust.« – »Na, ich mein, was euer Innitzer nicht grad hat –« – »Das ist 'n andrer Mann auf 'nem andern Platz.« Bildt lachte. »Meinst, man kann nicht von ihm verlangen, daß er auch hier Messen liest?« – »Was meinst?« – »Na, Messen für die armen Teufel im Reich drüben, die man hingerichtet hat mit dem Handbeil –« »Saubagage.« Die Kellnerin kam mit dem Kuchenbrett: Sie nahmen nichts. Bildt legte bloß seine Hand auf den frischen, runden Arm des Mädchens. Karlinger drehte seinen Löffel in der Kaffeetasse. Bildt lachte mit dem Mädchen. Karlinger spürte plötzlich mit neuer Wucht seinen Wunsch, allein zu sein. Da fing Bildt ganz ernst an: »Ich hab neulich von dir zwei Artikel gelesen. Gewundert hab ich mich.« – »Ja, worüber denn?« – »Nicht, daß du's geschrieben hast, denn dich kenn ich ja, sondern, daß deine katholischen Leute dich das haben schreiben lassen.«

»Hör mal, Bildt. Wenn du nicht das wärst, was du bist, ein Sozialdemokrat nämlich, hättest schon mal eine kleine Frage in deinem Leben gehört, die heißt: Wer für wen?«

»Wirst doch nicht glauben, daß einem einzigen sozialdemokratischen Arbeiter mit dem, was du da schreibst –« Beide dachten plötzlich, daß es unsinnig sei, an einem Tisch zusammenzusitzen, daß es unwiederbringlich das letztemal sei. Trotzdem sagte Karlinger ruhig: »Was erbittert dich denn?« Beide waren überrascht, daß es auf einmal ernst geworden war zwischen ihnen, von einem Augenblick auf den andern. Karlinger fuhr fort: »Was ärgert dich? Kannst nicht vertragen, daß ich's zugebe:

Ja, in unserem finsteren Jahrhundert, ja, in unserer wilden Zeit, in unserer unchristlichen Welt, ja, da war's die Arbeiterklasse allein, die einen ungeheuren Wert hervorgebracht hat, christfeindlich zutiefst zwar, aber doch zutiefst christähnlicher als alles sonst: die Solidarität.

Sie, die Arbeiterklasse, ist unter großen, heiligen Opfern in die Geschichte eingetreten, sie hat ihren Wert in die Menschheit getragen. Wer weiß – vielleicht war ein Augenblick, da Gott es zugelassen hätte, daß sie nicht nur Werte schafft, sondern auch Macht ausübt.

Der Augenblick ist verpaßt worden. Mein Teurer, da ist nichts zu machen, das ist gründlich von euch verpaßt – Gott gab die Machtmittel in andere Hände. Was ihr jetzt treibt, das ist ja nicht Macht, das ist Anmaßung, noch dazu dumme –«

»Red doch keinen Mist. Anmaßung haben's immer die anderen geheißen, bis sie die Macht hergeben mußten.«

»Mit Recht geheißen. Dabei brauchst gar nicht hochzugehen. Weil nämlich ausnahmsweise, was die Machtfrage angeht, unser Herrgott in diesem Punkt mit dem alten Karl Marx, den ich vielleicht besser kenne als du, einig ist. Macht ist's nur so lange, als man's ausübt. Wißt ihr denn überhaupt, wie das war, dieses Jahr, im Frühjahr, als das Blatt sich für euch gewendet hat? Da hat euer Otto Bauer rübergeschickt, er sei bereit mitzumachen, auch auf ständischem Boden. Da bekam er die Antwort: Ja, aber die anderen nicht mit ihm. Euer Geschrei der jüngsten Zeit, das kommt mir manchmal vor, als wenn ein Patient mit dir packeln tät, du möchtest sein letztes Stündlein rausschieben.«

Einer dachte von den Augen des andern, daß sie glühten, nicht wie die Augen von Männern an einem Tisch, sondern wie von Füchsen in Höhlen.

Karlinger fuhr fort: »Ich sag dir was, Bildt, und du wirst dich vielleicht wundern, daß gerade ich's sag: Man kann gläubig sein, und man kann ungläubig sein. Aber sonst nichts. Man kann einen Staat aufbauen wollen exakt nach Gottes Gebot –« Bildt lächelte wieder zum erstenmal an dieser Stelle, und Karlinger errötete, »oder – Rußland.«

»Ho.«

»Rußland. Wär ich kein verheirateter Mann, hätt ich keine fünf Kinder –«

»Fünf?!«

»Ja, meine Frau erwartet eins. Warum lachst du, was glaubst du denn?« Er packte Bildts Handgelenk. »Glaubst du, ich sei ein Schulbub, glaubst, daß ich nicht weiß, ich brauchte die Frau nur in deine Sprechstunde raufzuschicken; daß ich nur in die nächste Drogerie zu laufen bräuchte. Aber ich packel doch nicht mit dem Herrgott. Ich bin kein Packler, ich nicht«, er fügte mit einer wunderlichen Geste von schüchternem Hochmut hinzu: »Ich bin ganz eins.« Er fuhr fort: »Hätt ich also keine Familie, so möcht ich einmal hinfahren – wie soll ich dir das erklären: Da ich das vollkommene Bild dessen, was ich hoffe, nicht erwarten kann, möcht ich wenigstens sein vollkommenes Gegenteil sehen.«

Die kleine, runde Kellnerin kam ohne Kuchenbrett an den Tisch. »Herr Doktor Bildt, Ihre Frau hat runtergeschickt –«

Bildt stand auf. »Meine Wohnung ist nämlich ums Eck rum. Da wird ein Patient droben sein. Entschuldig mich solange.« Sie gaben sich die Hand. Auch diesmal folgte auf Bildts Händedruck noch ein kleiner zweiter Druck, wie eine Beschwichtigung.

Karlinger trank noch einen Kaffee. Er kaufte sogar noch dem Mädchen eine Schnecke ab. Auf dem Tisch lag noch die Kinderphotographie, die Bildt vergessen hatte. Karlinger dachte, Bildt käme wenigstens, um sie zurückzuholen. Gegen Mitternacht stand er schließlich auf, um heimzufahren. Die Photographie hatte er eingesteckt.

Bildts Frau hatte sich schon wieder zu Bett gelegt. Ihre tiefe, ruhige Stimme war heiser vor Schläfrigkeit: »Du mußt noch nach Nummer sechsundachtzig. Greiner heißt er. Die Frau war da und jammerte, es muß ernst sein.« – »Was denn überhaupt?« – »Ein Unfall. Sie hat selbst nichts gewußt. Ein Nagel in der Hand oder so was.« Bildt ging wieder auf die Straße. Er ging wieder am Café vorbei. Er sah Karlingers Rücken, ein Viertel seines Gesichts, die große Schnecke in seiner Hand. Ihr Gespräch gab ihm auch jetzt noch einen Stich. Karlinger hatte da etwas in ihm getroffen, worüber er vielleicht später unablässig nachdenken mußte. Jetzt war er aber bereits im Banne eines Kranken, den er noch gar nicht gesehen hatte, im Banne einer Wunde, die er noch gar nicht kannte.

Eine ältere, vom Weinen verquollene Frau in einer Nachtjacke. »Sterben tut er, und läßt mich nicht rein. Herr Doktor, er stirbt und läßt mich nicht rein.« Bildt rüttelte. »Aufmachen, Arzt!« Die Tür gab schließlich nach. Er schob die nachdrängende Frau beiseite, er schloß hinter sich ab.

Dicht hinter der Tür kauerte ein Mann auf dem Boden in einer vertrackten Stellung. Körper und Arme waren unter dem Mantel verborgen, der mit leeren Ärmeln wie eine Glocke unter seinem Kopf abstand. Bildt griff ihm vorsichtig unter den Mantel, unter die Achseln. Eine große Blutlache war von dem Mann abgeflossen. Die Unterkleider waren zerfetzt. Was die Hand anging, so steckte kein Nagel darin, die Hand war vollständig zerfetzt. Bildt konnte dem

Mann nicht helfen, er starb schon. Er konnte auch den schweren Körper allein nicht aufs Bett bringen. Er knöpfte ihn auf und hockte sich neben ihn auf den Boden. Aber der Mann wollte etwas sagen, und er hielt deshalb das Leben von selbst fester an sich, als es im Vermögen des Arztes stand. Er bewegte mit aller Kraft die Lippen, aber seine Worte kamen nur bis in die Kehle.

»Sinds der Bildt?« Bildt sagte: »Ja.« Er näherte sein Gesicht dem sterbenden Gesicht. Vier Kriegsjahre hatten ihn nicht abgestumpft gegen den letzten, furchtbar aufmerksamen Blick der Sterbenden, dem gar nichts entging und gleich darauf alles. Das Gesicht des Mannes lief plötzlich schwarz an. Er öffnete mit höchster Anstrengung den Mund. Bildt verstand nichts. Er sagte: »Sei ruhig, ich versprech's.«

Draußen wurde die Flurtür zugeschlagen, jemand lief durch das Zimmer, stemmte sich gegen die Tür und fiel beinah auf die zwei am Boden. »Ist er tot?«

Bildt sagte: »Ja, ich glaube.« Er stand vom Boden auf. Er kannte den Neugekommenen vom Sehen: ein Nachbar, Kroytner, ein Bursch von fünfundzwanzig Jahren, hell und straff, auch jetzt, obwohl seine Lippen weiß waren. »Sie sind's, Genosse Bildt. Wieso sind Sie denn hier?«

»Man hat mich gerufen. Vielleicht hat er's selbst gewollt.« Kroytner sah auf den Boden, riß den Blick ab. Er sagte ziemlich ruhig: »Die Frau soll am besten nichts merken. Aber wie? Niemand soll was merken.« Bildt sagte: »Euch ist wohl unzeitig was losgegangen?« – »Ja, draußen, halbwegs Wiener-Neustadt. Wir haben was ausprobiert. Es hat noch zwei geschnappt, aber nicht so schwer. Zum Glück war niemand drum rum. Wir haben ihn hergebracht in einem Taxi. Wie macht man das jetzt, Genosse Doktor?« Kroytner nahm nun sofort den Wunsch des Toten auf mit der ganzen Schroffheit der Lebendigen. »Daß niemand was erfährt. Auch aus dem Totenschein nichts.«

Bildt sagte: »Das ist nicht so einfach, wie du meinst. Man wird die Frau ausfragen. Man wird auf dich und mich gewiß kommen. Wir wohnen beide nah.« Kroytners Gesicht veränderte sich, er sah Bildt scharf an, mit zugekniffenen Augen. »Sie haben wohl Angst, Ihre Praxis zu verlieren?« Bildt legte ihm die Hand auf die Schulter. »Nein, aber man muß sich ruhig fragen, ob's nötig ist. Schließlich ist der Mann ja tot. Ihm kann man nichts anhaben. Da kann die Frau aussagen, wie sie will.« Kroytner machte eine Bewegung, daß Bildts Hand von seiner Schulter fiel. Er sagte kurz: »Es ist unbedingt nötig.« Er bezwang sich und sagte ruhiger: »Jetzt ist leider keine Zeit, daß ich dir sagen kann: Geh zur Bezirksleitung und frag, wer ich bin, und ob's nötig ist, wenn ich sag, es ist nötig. Du mußt mir also glauben.« Sie sahen einander an, ziemlich lange, bis Bildt sagte: »In Ordnung«, und er fügte in gewöhnlichem Ton hinzu: »Jetzt hilf du mir mal, der Frau das beibringen.«

III

Der Rodel hoppelte über zwei kurze Erdwellen, dann flog er glatt talabwärts in einer Wolke von Sprühschnee. Die Zweige knackten und rissen den beiden die Backen. Die Frau hatte die Wimpern voll Schnee, sie kreischte, wenn es hoppelte. Der Mann bremste gewaltig, er hatte die Skier auf die Schultern gebunden, die freien Arme hatte er um die Frau geschlungen und die Schnur um das Handgelenk gewickelt. Die Frau bremste nicht mit, sie hatte die Beine angezogen. Sie war eingemummelt bis auf die schwarzen Äuglein. Mann und Frau legten die Oberkörper tief nach links, so daß der Schlitten die geschwungene Bahn um das Bachbett mit spielender Leichtigkeit nachfuhr bis zum Taleingang; gleich darauf riß der Mann sich und die

Frau scharf nach rechts, so daß sie gerade noch über den Steg kamen und etwas betäubt und benommen, aber haarscharf, vor der Tür eines größeren Bauernhauses der Ortschaft Utsch landeten.

Der Mann, ein außerordentlich hagerer Bauer unbestimmten Alters mit weit hervorspringender Nase, überhaupt starken Gesichtsknochen, aber winzigen Augen, wickelte seine Frau nicht unbehutsam aus den Decken. Sie traten in die Stube. Mehrere erwachsene Leute und etliche Kinder standen schon fertig zum Kirchgang. Mutter und Schwestern der Bäuerin schrien freudig: »Die Antonie!« Der Bauer sagte: »Weil's heut mit dem Schnee grad günstig ist, weil's heut das letztemal ist.« – »Aber wie kommt ihr denn zurück?« – »Na, wir werden schon.«

Mutter und Schwestern schälten der Frau, die im Sommer in eins der Berggehöfte geheiratet hatte, die letzten wollenen Tücher ab; gut fügte sich die Schwangerschaft in den breiten, ruhigen Körper. Ihre zerknitterten Sonntagskleider wurden von vielen Fingern zurechtgezupft. Ein Hemdband war gerissen. Die älteste Schwester führte die Bäuerin in ihre Kammer. Die Bäuerin setzte sich aufs Bett und nähte. Die Ältere warf einen schnellen Blick auf die starken, festen, schon für die Bewirtung des Kindes versehenen Brüste, zwischen denen an einem dünnen Kettlein das Bildnis des Erlösers baumelte.

Die Bäuerin biß den Faden ab und schlupfte mit vergnügtem Gesicht in ihr Hemd und in ihr Mieder. Sie legte ihr seidenes Tuch über die Schultern und steckte die Zipfel zusammen. Dann trat sie neben die ältere Schwester vor den Spiegel. Beide zupften an sich herum, die ältere Schwester war schon etwas knochiger und mitgenommener, aber beide verglichen nicht ihre Gesichter, sondern ihre Sonntagskleider. Dann gingen sie in die Stube zu den anderen. Alle setzten sich in Bewegung durch das Dorf, gegen die Landstraße, die das linke Murufer entlang nach Bruck führte. Die Bäuerin ging voran, neben ihrem langen, hageren Mann, der sie am Arm führte. Auf ihre Rücken hagelten beinah hochzeitliche Späße. Sie drehten sich nicht um, sondern sahen in den Schnee und lachten.

IV

Willaschek saß mit eingezogenen Beinen auf dem Gitter vor dem Kellerfenster. Das Vordach schützte ihn vor Schnee. Aus der Wäscherei kam feuchte Wärme um seinen Hintern und seinen Rücken. Durch das Kellerfenster konnte man drunten in der hellerleuchteten weißgetünchten Plättstube die Mädchen bügeln sehen. Sie trugen wegen der Hitze Sommerkleider. Auf einmal fingen alle miteinander laut zu lachen an. Willaschek fürchtete, daß sie lachten, weil seine Hose an einer Stelle geplatzt sei. Er setzte sich zurecht. Aber die Mädchen lachten weiter über die komische Stickerei auf einem Tüchlein, das Steffi gerade unter dem Eisen hatte. Willaschek hätte von seinem Platz aus die kleinen Brüste der Mädchen in den Miedern sehen können. Ihm aber waren bis auf Steffi die Mädchen einerlei. Er hätte kein einziges Mädchen mehr angesehen, wenn er, was freilich unmöglich war, Steffi bekommen hätte.

Es war schon ziemlich dunkel in dieser Straße, eine weiße, schläfrige Dunkelheit. Aus der Hauptstraße kam das Gebimmel der Elektrischen, Abendgeschäftigkeit vor Ladenschluß. Die dicke Frau Bovitzka betrat die Plättstube, schrie etwas und klatschte in die Hände. Jetzt mußte alles hurtig gehen. In einer Minute waren die Eisen ausgeschaltet, die Lichter abgedreht. In der nächsten Minute kam Steffi die Kellertreppe herauf, in einem braunen Wintermantel, eine Strickmütze auf dem Kopf, einen schweren Korb im Arm. Sie war ein kräftiges, pumpeliges Mädchen von siebzehn Jahren. Die dicken roten Backen ließen die Augen klein erscheinen wie Amseläuglein. An ihren Ohrläppchen hingen Korallenohrringe.

Sie hatte schon gemerkt, daß Willaschek auf sie wartete. Sie hatte sich nicht geeilt, um ihn wiederzusehen, sondern weil sie sich vor den andern Mädchen wegen dieses Burschen schämte. Solchen schäbigen Burschen wie Willaschek, dachte Steffi, gibt es in der Stadt keinen zweiten. Ausgerechnet an mich hängt er sich.

Willaschek brummte etwas und nahm Steffi den Korb ab. Beide hatten einen ziemlich langen Weg nach Eggenberg. Steffi sparte jeden Groschen. Ihr Vater und ihr Bräutigam waren arbeitslos, doch sollte sie im Frühjahr heiraten. Ihre Eltern wollten den Jungen das Wohnzimmer überlassen. Steffi wollte sich neue, gute Bettdecken und einen Spiegel zusammensparen.

Sie gingen schweigend nebeneinander auf den Schienen, zwischen denen der Schnee weggefegt war. Beide betrachteten unausgesetzt Willascheks Schuhe, rissig wie alles, was er am Leibe trug. Schon hatte der Schnee über Steffis Strickmütze ein zweites weißes Mützlein gestülpt. Auf Willascheks Haar und Schultern fiel der Schnee wie auf Dinge, denen man doch nicht helfen kann. Stürmisch und beinah fröhlich begann das Abendläuten der Grazer Kirchen. Steffi dachte, sobald sie aus der Stadt herauskämen, sollte ihr Willaschek den Korb zurückgeben. Sie wollte in Eggenberg nicht mit ihm gesehen werden.

Die Elektrische klingelte sie auseinander, nach zwei Straßenseiten. Steffi wäre gerne auf ihrer Seite geblieben, aber Willaschek kam sofort auf den Schienenstrang zurück. Aus dem Korb fiel ein Paketchen, an das die Wäscherechnung mit einer Sicherheitsnadel gesteckt war. Beide bückten sich danach. Willaschek warf dem Mädchen einen scharfen Blick zu. Steffis Eltern hatten das Mädchen gut behütet, auch für den Bräutigam war die Haustür nachts verschlossen. Sie begriff daher den allzu offenen Blick nicht ganz. Sein breites, plattes Gesicht kam ihr nur noch häßlicher als sonst vor, mit etwas zurückgezogenen Lippen. Sie hatten schon die eigentliche Stadt hinter sich. Um die Laternen wimmelten Schneeflocken. Über die Bauplätze und Schrebergärten zog sich der verschneite schwarze Bogen der Überführung wie nachgezogen mit einem weißen Kreidestrich. Vor der toten Eisenbahnwerkstätte stapfte ein Posten lautlos im Schnee. Willaschek sah zum erstenmal auf die andere Straßenseite. Er brummte wieder etwas.

Steffi hätte jetzt gern ihren Korb zurückgehabt. Auf der großen Treppe des Volkshauses unter dem schiefen eisernen Vordach standen und saßen trotz der Kälte ein Dutzend Menschen. Die Türen waren offen. Drinnen im hellen Flur war es voll, Kommen und Gehen. Wahrscheinlich sollte gleich irgendeine Versammlung anfangen. Willaschek hätte jetzt selbst gern den Korb zurückgegeben. Ihm fiel ein, was er fast eine Stunde lang vergessen hatte: sein übriges Leben.

Es war aber schon zu spät. Jemand rief: »Steffi!« Ein kleiner, untersetzter Bursch kletterte über und zwischen den Leuten die paar Stufen hinunter. Er nahm Willaschek den Korb ab, faßte Steffi unter und ging mit ihr, in sie hineinredend, die Straße entlang. Willaschek hatte nur noch das Päckchen mit dem Wäschezettel in der Hand. Statt weiterzugehen, blieb er auf breiten Beinen vor der Treppe stehen. »Willst nicht reinkommen? Hast schon ausgelernt? Geh, stell dich unter, dein Gehirn wird naß.«

Willaschek machte eine Bewegung. Einer auf der Treppe sprang hoch. Es sah nach Prügelei aus. Aber Willaschek suchte nur mit gerunzelter Stirn die lachenden Gesichter ab. Er schien ein bestimmtes Gesicht zu suchen oder auch nur einen bestimmten Ausdruck, gleichviel in welchem Gesicht. Seine Haltung wurde lässig. Auch der andere setzte sich wieder, er sagte nur laut: »Das muß arg sein, Willaschek, zwischen zwei Stühlen, und bei so 'nem Wetter. Patschnaß wird dein Hintern.«

Willaschek schien eine Antwort zu überlegen, aber er zog nur die Lippen von den Zähnen zurück. Droben in der Tür standen zwei ältere Männer, Martin Holzer und Franz Postl. Postl hatte seine erwachsene Tochter am Arm, ein großes, blasses, krank oder müd aussehendes Mädchen. Diese fragte ruhig: »Was ist's mit dem Willaschek?« Holzer erwiderte: »Voriges Jahr ist er raus bei uns, zu den Kommunisten rüber. Jetzt hat er wieder zu uns zurückgewollt.«

Willaschek preßte wieder den Mund zusammen. Er spürte jetzt sein schneedurchnäßtes Hemd, aber er machte den Schritt nicht unter das Vordach, er ging auch nicht weiter.

Da kam die Straße herunter, eine Pfeife im Mund, unter einer fast zu großen schneeplackigen Tellermütze ein Mann, der sofort mit lautem, bißchen spöttischem Ha und Ho begrüßt wurde. Seine dünnen, listigen Augen streiften Willaschek mit einem kurzen Blick; der verzog die Lippen, setzte sich dann in Bewegung die Straße aufwärts. Der Mann trat unter das Vordach, nahm die Pfeife aus dem Mund, blähte die Nasenflügel und sagte mehr als er rief: »Rot Front!« Alle riefen: »Freundschaft!« Einer der Jungen sagte: »Nehmt ihn euch doch zurück, den Willaschek, daß euer Dutzend wieder voll ist.« Mittelexer zuckte die Achseln. Postl sagte: »Der probiert mal alles durch. Der bleibt noch bei den Nazis.« Mittelexer sagte: »Nein, das glaub ich nicht.« Einer der Jungen, der Sohn Holzer, rief: »Der Willaschek? Nie und nimmer.«

Postl sagte: »So eine Unruhe in so einem Bub, das kann was Schlechtes und kann was Gutes sein.«

Mittelexer sagte: »War nicht gescheit, den Menschen so gehen zu lassen.«

Da schlug es auf einmal um gegen Mittelexer. »Ei, da lauf du ihm doch selbst nach. Warum bist du überhaupt hier? Kommst ja selbst bloß, um zu quengeln, um deinen eigenen Senf anzuschmieren.«

Mittelexer sagte: »Na, und ob. Wenn ich komme, komme ich, um meine eigene Meinung zu sagen, nicht um eure.«

Inzwischen waren der jüngere Holzer und noch zwei andere aufgestanden und die Straße hinuntergegangen.

Sie gingen bis zur nächsten Straßenecke. Sie sahen sich um nach Willaschek, der war aber auf einmal nicht mehr da. Sie standen eine Weile unschlüssig herum, dann kehrten sie zur Treppe zurück.

Als sei dort plötzlich ein unerwartetes Ereignis eingetreten, standen alle mit ganz veränderten Gesichtern aneinandergedrängt auf dem obersten Absatz dicht vor der Tür. Die drei stellten sich still dazu. In der Mitte des Kreises standen der alte Holzer und Mittelexer. Mittelexer klopfte seine Pfeife aus. Alle horchten mit äußerster Spannung.

»Selbst wenn alles so geschähe, Mittelexer, wie du uns da erzählst, und erzählen tut sich ja alles leicht – aber angenommen, es geschähe wie du sagst, und wir würden siegen, wir hätten ja doch wohl in ein paar Stunden die Italiener im Land drin?« Nicht nur Holzer, alle lauerten schweigend auf Mittelexers Antwort, als hinge für jedes Leben viel davon ab. Mittelexer hob die Faust und spreizte zuerst den Daumen, dann einen Finger nach dem andern, indem er abzählte:

»Erstens mal: So gewiß ist das überhaupt noch gar nicht, daß sie einrücken täten. Hängt von vielem ab. Zweitens mal: Die da einrücken täten, die Soldaten, das wären Proleten. Drittens mal: Wenn sie auch einrücken täten, und Blut fließen müßte – eine große Bewegung wär doch ausgelöst, ein revolutionärer Wind tät losgehen, das Eis wär gebrochen, etwas ganz Neues könnt damit anfangen.«

Alle dachten nach. Mittelexer steckte die Hände in die Taschen, gefaßt auf neue Einwände. Als das Schweigen andauerte, sagte er: »Bist 'n komischer Soldat, Holzer. Lädt, legt an, zielt und fragt dabei: Was geschieht, wenn ich treffe?«

Drinnen im Haus ging eine Klingel. Alle drängten, immer noch schweigend, hinein. Dann wurde die große Tür von innen zugemacht.

Willaschek war die Straße hinuntergegangen. Dann fiel ihm ein, daß er das Wäschpäckchen noch immer in der Hand hielt. Er bog ab.

Als sei der Schnee in dieser Gasse ein anderer, fiel er dünn und kraftlos, nicht imstande, das schmierige, schwarze Pflaster zuzudecken. Schlecht, schäbig und ohne Aussicht war Willascheks Leben von jeher. Er war seit der Schulzeit arbeitslos. Trotzdem kam ihm in diesem Augenblick zum erstenmal der Gedanke, was aus ihm werden sollte. Er war vor zwei Jahren zu den Sozialdemokraten gegangen, weil er glaubte, er könnte dadurch sein schlechtes Leben verbessern. Gleich von Anfang an hatten ihm Mittelexers Zwischenrufe in allen Versammlungen in den Ohren gejuckt. Der Ärger seiner Genossen hatte ihn im geheimen belustigt. Ihm hatte der kleine Mann mit den listigen Augen und der Pfeife gefallen. Das Wort Diktatur, einmal in seinem Gehirn, war von da an wie eine Messerspitze Hefe seinen Gedanken beigemischt. Er war noch nicht allzusehr mit seinen Leuten verwachsen, und es war kein Riß für ihn, nicht mal ein Bruch, als er das Jahr darauf zu den Kommunisten überging. Doch quälte ihn, ohne daß er sich's klar war, die Erinnerung an den großen Schwung, den das Zusammensein mit vielen gehabt hatte, Rufe aus allen Türen und Fenstern. Die Zelle war nicht das, was er sich darunter vorgestellt hatte. Sie waren etwa drei Dutzend Leute in der Stadt. Bei der letzten Wahl hatten sie an die dreihundert Stimmen gehabt. Freilich hatten Mittelexers Zurufe in den Versammlungen der Tausende geknallt, aber Mittelexer in der Zelle war ein anderer, wie es Willaschek vorkam, streng und knifflig. Ihm behagte nicht, was von ihm verlangt wurde, kniffliges, schwieriges Zeug, er verstand auch nicht alles. Seine Unruhe zeigte sich nach außen in Lust nach Krach und Händeln. Er fuhr dem Mittelexer oft übers Maul, er störte. Mittelexer machte deshalb keine großen Versuche, ihn zurückzuhalten, als er wieder wegging. Vielleicht hatte Willaschek im Grunde seines Herzens geglaubt, er sei etwas so Kostbares, daß sich alle um ihn reißen müßten, er hatte vielleicht gedacht, er sei etwas Unersetzbares, um das sich Mittelexer und Holzer einander die Augen auskratzen täten. Statt dessen war er nun allein. Er war gerade jetzt allein; in dieser Zeit, da es unmöglich war, allein zu sein, war er der einzige, der allein war.

Willaschek senkte den Kopf auf die Brust. Nun fielen die Schneeflocken nicht mehr auf sein Haar, sondern spürbar auf seinen bloßen Hals. Er schloß die Augen, als seien sie das letzte Gewicht auf der Last, die sie untragbar machten. Ein anderes Mal hätte sein Herz geklopft, wenn er Steffis Haus betreten hätte. Jetzt hob er nicht einmal den Kopf, als er die Stiege unter sich hatte.

In einem trotz langer Arbeitslosigkeit durch die unglaubliche Tüchtigkeit der Frau beinah wohlhabend aussehenden Zimmer saß die ganze Familie; Steffi und ihr Bräutigam, beim Abendessen. Steffi wurde puterrot. Das Gesicht des Bräutigams verzog sich verärgert bei Willascheks Anblick.

Der Vater in der Tür sagte wütend: »Was fällt denn dir ein?« Willaschek erwiderte nichts. Er schmiß das Päckchen unter dem erhobenen Arm des Vaters mitten in die Familie hinein, mitten auf den sauber gedeckten Tisch.

Er stieg hinunter. Er haßte die ganze Familie. Seine Lust auf Steffi war weg, nun, da er sie einmal ohne Lust gesehen hatte, und mitten in der Familie. Der große Kummer hatte den kleinen ausgelöscht.

Drunten im Hausflur sah er den jungen Holzer und zwei andere auf der Straße herumstehen. Sie suchten ihn offenbar. Aber Willaschek hatte heute abend keine Lust nach Händeln. Er wartete im Dunkeln, bis sie fort waren.

Er ging in seine eigene Straße. Er durchquerte den Hof, der voll lag von Bergen gefrorener Kohlköpfe. Obwohl sie seit Jahren hier in Tonnen gequetscht wurden, spürte Willaschek zum erstenmal den säuerlichen Geruch, obwohl der saure Schwaden im Sommer unerträglich, im Winter kaum spürbar war.

Auf der Treppe war es stockdunkel. Im dritten Stock erst fiel etwas Licht aus dem gegenüberliegenden dritten Stock. Willaschek drückte sein Gesicht ans Treppenfenster. Drüben saß eine ältere Frau hinter der Nähmaschine. Das Lampenlicht fiel auf ihren gesenkten Kopf und ihrer Hände Arbeit. In dem Kreisrund Licht war so viel Geduld, daß es ausreichte, um Willaschek zu beruhigen. Ein wenig getröstet stieg er die letzten Stufen hinauf.

Der ältere Gruschnick lag schon in der Küche auf der gemeinsamen Schlafstelle. Willaschek sah es an dem Fünkchen seiner Zigarette. Vor zwanzig Jahren, als Willascheks Mutter in die Stadt gejagt worden war, um das Kind zu gebären – bei der Rübenernte von einem slowenischen Arbeiter empfangen –, hatte man ihn zum erstenmal neben dem älteren Gruschnick unter die Decke gesteckt. Später hatte Willascheks Mutter in Graz bei einer Herrschaft das Kostgeld für Gruschnicks erdient. Dann war sie mit ihrer Herrschaft fortgezogen und verlorengegangen.

Die Gruschnicks wollten den Willaschek ins katholische Waisenhaus geben. Der alte Gruschnick war ein mürrischer, finsterer Mann. Er war nicht kinderlieb. Er hatte selbst weit mehr Kinder als ihm lieb war, und Willaschek war um nichts besser als diese, frech, gierig und schmutzig. Er drohte Willaschek hinauszuwerfen, als er dem ältesten Gruschnick, Stephan, das Gesicht zerkratzte und den Milchtopf umwarf und die Katze quälte. Er drohte damit, als Willaschek Äpfel und Semmeln stahl, er drohte ihn hinauszuwerfen, als er dem Nachbarmädchen unter die Röcke griff. Er drohte ihn hinauszuwerfen, als Willaschek seine Arbeitslosenunterstützung, statt sie abzuliefern, für Zigaretten und Kino ausgab, und später für Abzeichen und Beiträge. Er drohte ihn hinauszuwerfen, als Willaschek auf sozialdemokratische Versammlungen ging und später in die Partei, und als er zuletzt zu den Kommunisten ging. Seit Willaschek nicht mehr bei den Kommunisten war, beobachtete ihn Gruschnick heimlich mit finsteren, drohenden Blicken, was er jetzt ausbrüte.

Willaschek hockte sich nieder und zog seufzend seine quitschnassen Stiefel aus. Er konnte jetzt alles in der Küche unterscheiden, auch Stephan Gruschnicks Gesicht, den Blick unter den Wimpern, das letzte Feuerpünktchen zwischen den blanken Zähnen, von denen er die Lippen zog, um sie nicht zu versengen. Kaum hatte Willaschek die Schuhe aufgestellt, da wurde die Tür leise geöffnet, Lucie, eine der Töchter Gruschnicks, drückte sich herein aus dem Zimmer, in dem sie mit der übrigen Familie schlief. Sie trug eine Flanelljacke über dem Hemd. Der Unterkiefer hing locker an ihrem törichten und häßlichen Gesicht. Willaschek machte eine Bewegung, wie man eine Wespe wegscheucht. Das Mädchen blickte bald auf ihn, bald auf ihren Bruder. Stephan Gruschnick streckte die Hand aus. Willaschek suchte in der Tasche nach einer Zigarette. Stephan nahm sie, räumte das Lager und ging ins Treppenhaus. Willaschek hielt die Hände zurück, ließ aber das Mädchen an sich, dessen Unterkiefer zitterte. Niemals war sie ihm so häßlich vorgekommen wie jetzt. Trotzdem war seine böse, freudlose Umarmung Nicht-Alleinsein. Lucie legte sich dann nebenan zu ihren Schwestern. Willaschek struppte sich Stephans filzige Socken über, es litt ihn nicht in der Küche. Stephan lehnte, in seine Decke gewickelt, im Treppenhaus an der Wand. Willaschek lehnte sich neben ihn, obwohl er vor Frost zitterte. Vom Licht der nähenden Frau im dritten Stock gegenüber waren beide etwas erhellt. Stephan Gruschnick verzog den Mund zu einem Witz, sagte dann aber: »Dich wird unser Vater bald rauswerfen.« Willaschek sagte: »Der merkt nichts.« Stephan sagte: »Einmal wirft er dich doch raus. Wart's ab. Bestimmt tut er's.«

Willaschek zuckte die Achseln. Auf einmal fiel Stephans Blick auf Willascheks Füße. Er sagte wütend: »Meine Socken schlampst rum auf dem bloßen Holz, bist denn übergeschnappt?« Er war ganz aufgebracht. »Gleich ziehst sie aus, hörst du? Auf der Stelle.«

Vielleicht hatte Stephan selbst Lust auf Prügeln, einerlei weshalb und worüber, aber Willaschek sah ihn nur erstaunt an. Er zog wirklich die Socken aus, struppte sie sogar ineinander. Er spürte unter den Sohlen den bitterkalten, rauhen Boden. Um ihn herum war ein undurchdringliches Dickicht von Dunkelheit und Unordnung.

Stephan Gruschnick fragte: »Warum lachst du denn?« Willaschek erwiderte nichts. Er dachte, daß es für ihn nicht mehr schlechter kommen könnte. Er mußte sich herauswinden, er wußte nur nicht wie. Vielleicht könnte er morgen zum Mittelexer gehen. Jetzt setzten Willascheks Gedanken auf dem alten Punkt ein, zu wem er gehen sollte; er brach dann ab, ganz erstaunt. Von einem Augenblick auf den anderen konnte man also selbst sein Leben ändern.

Stephan Gruschnick sagte unsicher: »Unsere Mutter gibt mir keine für Sonntag aus dem Kasten. Morgen ist doch Sonntag, da will man doch wie ein Mensch rumgehen.

Warum lachst du?«

Willaschek sagte: »Ich lach halt über dich.«

Stephan Gruschnick sprang ihn an. Sie balgten sich stumm. Dann gingen sie beide schlafen, müde und erleichtert.

V

Sogar heute abend, nach einem schweren und verworrenen Tag, spürte Riedl nur Stolz und Freude, sobald er unter dem großen Bogen in den Karl-Marx-Hof heimkam. Hunderte heller Fensterviertecke waren mit der weiten Hoffläche und dem ausgestirnten Himmel ein mächtiger, stiller Wohnraum, Riedl suchte sein eigenes Fenstervierteck. Er wußte, daß es bei ihm schon voll war. Jeden Abend kamen zu ihm eine Menge Menschen, die gewohnt waren, ihn schnell etwas zu fragen.

Riedl hatte vor etlichen Jahren eine bezahlte Parteistelle abgelehnt. Er wollte in seinem Betrieb bleiben. W.-A.-Kabelwerke. Er war vor zwei Jahren Betriebsratsobmann geworden. Riedl betrat seine Küche und fragte schnell, beinah gedankenlos seine Frau wie jeden Abend: »Ist der Fritz schon da?« Seine Frau erwiderte wie jeden Abend: »Hab nicht acht gepaßt.« Riedl warf seinen nassen Lodenmantel auf den Küchenstuhl, beachtete nicht den aufgefüllten Teller, sondern betrat sofort sein Wohnzimmer. Auf der Schwelle fiel ihm ein, er könnte aus dieser Wohnung eines Tages verhaftet werden. Dieses könnte zum Beispiel morgen früh geschehen, um sechs Uhr, aus dem Bett heraus. In der Provinz waren dieser Tage nicht nur Bezirks- und Schutzbundfunktionäre, auch Betriebsräte verhaftet worden.

Trotzdem war Riedl sofort von dem Ring vertrauter Gesichter eingefangen. Er brauchte sich gar nicht erst zusammenzureißen, sondern war wirklich sofort sorglos. Während er schon auf die ersten Fragen antwortete, dachte er flüchtig: Ist der Fritz da?, wußte aber bereits, daß der Fritz unter keinem der wohlbekannten Gesichter war. Seine Frau trug ihm den Teller nach. Die schmale, kurzhaarige, merkwürdigerweise etwas mürrische Frau wartete, an der Tischecke sitzend, bis er gegessen hatte, nahm den leeren Teller und blieb dann draußen.

Riedl merkte aus allen Fragen, daß der Inhalt des letzten, an Funktionäre herausgegebenen Blattes durchgesickert war und beunruhigte. Alle fragten eigentlich dasselbe, was er selbst noch heute in der Besprechung mit dem Parteivertreter gefragt hatte. Nur antwortete er jetzt, was man ihm vor ein paar Stunden auf seine eigenen Einwände geantwortet hatte.

Einer der jungen Burschen fragte, ob es wahr sei, daß der Parteirat einberufen werde. Riedl als Betriebsratsobmann von W.-A.-Kabelwerke gehörte zum Parteirat. Rudolf Bäranger rief, zu laut für ein Wohnzimmer, die Parteimeinung sei klar, mit oder ohne Parteirat. Seine Mutter war im Zimmer die einzige ältere Frau. Sie gab allen den Anschein einer Familie. Sie strickte etwas Blaues, ständig Wachsendes. Sie ärgerte sich, weil die beiden anderen Frauen, die stellungslose Gemeindeschullehrerin Luckner und die Freundin ihres Sohnes, mit leeren Händen saßen. Riedl wußte, daß sie in ihrem Schrebergarten sechzehn Armeegewehre vergraben hatte.

Riedl zündete eine Zigarette an und blickte rundum. Alle Gesichter waren vertraut und beruhigend, aber sie waren nicht Fritz. Wenn er nicht in den nächsten Minuten hereinkam, war er heute abend nicht heimgekommen. Rudolf rief, wie in einen Saal: »Reden sind ja bei uns genug geredet, und Beschlüsse genug beschlossen.« Riedl sagte trocken: »Waren auch nötig.« Rudolf sagte etwas ruhiger: »Das ist mein erster Abend, glaub ich, seit Wochen, daß ich zu Haus bin. Überall bin ich rum gewesen. Draußen im Arsenal, da hat die Parteileitung einen Bauer-Mann hingeschickt gehabt zum Referieren, bei den Buchdruckern am Mittwoch einen Renner-Mann, sie hat jedem die richtige Musik gespielt.« Riedl sagte: »Sei getrost, die Richtigen geben den Ton an.«

Seine Buben kamen in Nachthemden hereingelaufen, krabbelten über alle weg und hängten sich an Riedl. Der legte einen Augenblick seine hohle Hand auf das bloße Knie des Kleineren. Dann scheuchte er beide hinaus, stand auf, wollte im Zimmer auf und ab gehen, wozu es aber zu eng war, setzte sich dann aufs Fensterbrett. Die alte Frau Bäranger ging weg. Es war jetzt gegen zehn Uhr. Riedl ging es durch den Kopf, daß Fritz jetzt wohl kaum mehr heraufkam. Er warf einen Blick hinter sich in den Hof. Mehr als hundert Fenster waren hell hinter dem Schnee auf der ununterbrochenen, burgstarken Mauerfläche. Im Laternenlicht glänzten die Schwünge der dicken Torbögen. Niemals hatte sich dieser Anblick für Riedl abgestumpft, er war auch in diesem Augenblick stolz darauf. Er wartete gespannt, ob einer der beiden Menschen, die durch das gegenüberliegende Tor kamen, Fritz sei. Keiner war's. Ihre gleichwohl bekannten Gesichter waren einen Augenblick im Laternenlicht weiß, tauchten in die ungeheure, von wäßrigen Schneeflocken ausgefüllte Hofleere. Riedl wandte sich wieder gegen das Zimmer.

Jemand verlangte den Arbeiter-Sonntag. Riedl wollte ihn herauskramen, dann fiel ihm ein, daß Fritz die Zeitung nicht zurückgebracht hatte. Er sprang wieder auf und lief hinaus.

Er lief die Treppe hinunter in den Hof, den nächsten Eingang hinauf, vier Treppen hoch. Er klopfte bei Obrechts. Er war ärgerlich auf Fritz, der nie zurückgab, was er auslieh.

Die Großmutter Obrecht öffnete. Sie war zugezogen nach dem Tod von Fritzens Mutter. Sie war eine kleine, runzelige, saubere Frau. Ihre Augen blickten hell hinter unglaublich blanken Brillengläsern. Sie sagte erstaunt: »Ach, der Genosse Riedl.«

»Ist der Fritzl da?« – »Nein, ist der nicht bei euch?« Riedl blickte über den Kopf der alten Frau, dem die weißen Haare straff anlagen, in die offene, helle Küche. Fritzens Vater erhob sich hinter dem Küchentisch. Die Großmutter sagte: »Da ist er drüben beim Doktor Erlanger hängengeblieben. Ich hab ihn noch mal wegen der Käthi rübergeschickt. Man meint immer, alles sei geschafft, wenn eins gesund geschrieben ist.«

In diesem Augenblick erst verstand Riedl, daß er enttäuscht war, weil Fritz nicht heraufkam. Er merkte jetzt erst, daß ihm Fritz teurer war als alle anderen droben in seinem Zimmer. Riedl blickte auf den glatten, wie gestriegelten Kopf der alten Frau. Er spürte die ganze Last des Teuerseins. Er dachte auch sofort, daß es besser sei, diese Last abzuwerfen und Fritz wieder einen von vielen werden zu lassen, in der niemand verwehrten Nähe seines Herzens. Es war auch besser, die Last sofort abzuwerfen, jetzt, in diesem Augenblick. Er trat plötzlich und grundlos ein, wobei er die alte Frau zur Seite schob. Der Vater Obrecht gab ihm etwas verlegen die Hand. »Genosse Riedl.« Überaus deutlich war alles in der nächsten Minute innen und außen. Auch in der kleinen, hellen Küche entging ihm nichts: Obrechts dickes, rotes Gesicht, die Zeitung auf dem Wachstuchtisch, das Fichtenzweiglein im Wasserglas. Auf dem Gasherd stand ein Aluminiumkessel, zwischen Schrank und Wand war ein Kinderbett eingeschoben, denn das Zimmer war voll von Fritzens jüngeren Geschwistern. Unmerklich regte sich das weiße Hügelchen von Federbett. Hell, warm und still war die Küche, hier wurde Fritz gar nicht vermißt. Durch seine Abwesenheit hatte der Abend für Obrechts nichts eingebüßt.

Riedl setzte sich auf den Küchenstuhl, den Obrecht frei gemacht hatte. Er fragte nach der Zeitung. Die Großmutter sagte: »Alles verschlampt er und verlegt er, der Bub. Stecken Sie's ihm doch, Genosse Riedl, auf Sie hört er doch.«

Riedl lachte und stand auf. Er trat noch mal ans Fenster. Obrechts Wohnung ging nach der Uferseite. Von hier aus konnte man weit über das schwach hügelige, jetzt im Schnee fast gleichförmige Land sehen. Es hatte ganz zu schneien aufgehört. Für den, der sich auskannte, standen die Sternbilder klar im ausgestirnten Himmel. Für den, der sich auskannte, war die Ebene von zahllosen Lichtern klar abgesteckt: Kanal und Donaubrücke, die abseits gelegenen Dörfer und Gartenstadt und Floridsdorf als heller Ausläufer der Stadt.

Die Großmutter nahm ihm den Vorhang aus der Hand, den er in einer Faust zerknüllt hatte. Eins der beiden Kinder, die Kopf gegen Füße unter dem Federbett schliefen, war aufgewacht. Seine Käferaugen blinzelten zwischen Schlaf und Neugierde.

Er stieg also wieder in den Hof. Er wollte gerade in seine Haustür treten, da kam Fritz auf der anderen Seite des Hofes aus einer der gegenüberliegenden Türen. Riedl rief: »Fritz!« Fritz lief sofort, statt rund herum, quer über die beschneite Rasenfläche. Er war ein magerer, aber schon ziemlich aus- und zurechtgewachsener Junge von achtzehn Jahren. Er hatte eine kurze Hose an und trotz der Kälte nur ein blaues Leinenhemd. Die untere Hälfte seines länglichen Gesichts war noch weich und kindlich, die obere hatte schon Bestand. Außer diesem freilich ziemlich augenfälligen Widerspruch war nichts Besonderes in seinem hellen, ruhigen, ordentlichen Gesicht. Jetzt, wo er vor ihm stand, fand auch Riedl an ihm nichts Besonderes. Er fragte bloß: »Wo warst du?«

Fritz erwiderte: »Ach, droben bei Erlangers. Es waren viele droben.«

»Wer denn?«

»Ach, der Erlanger hat doch immer solche Leute an sich –« Riedl kannte den Fritz, seit er mit seinen Eltern und Geschwistern hier eingezogen war. Fritz hatte, auf der Deichsel reitend, seine kleinen Geschwister vom Geschirrkarren beim Einzug abgewehrt. Damals waren auf der Westseite des Hofes die Gerüste noch nicht abgeschlagen. Stark und lustig wurden die Kinder, die aus der Wiener Innenstadt herauszogen. Ihr wildes und glückliches Geschrei lehrte die Eltern, die Rasenfläche als ihren Garten anzusehen, die Kinder als ihre Jugend. Riedl hatte dem Fritz zum erstenmal die Hand unters Kinn gelegt, als er am Roten-Falken-Tag sammeln gekommen war. Er hatte ihm zum erstenmal die Hand auf den Kopf gelegt, als Fritz ihm mehr erstaunt als verzweifelt erzählte, seine Mutter sei gestorben.

Später war er die meiste Zeit bei Riedl. Riedl begann aus ihm einen jungen Genossen zu machen, klassenbewußt, unprahlerisch, ohne Phrasen.

Riedl fragte: »Was habt ihr denn zusammengeredet?« – »Da war einer, den kenn ich gar nicht, der hat was erzählt, das hab ich zu Ende hören wollen.« – »Was denn?« – »Ach, von den Lenaern Goldfeldern.« – »Ach, da droben in Sibirien, die Amerikaner, ich weiß, die haben 'ne Konzession drauf.«

»Sie haben's schon nimmer, hat der Mann gesagt. Er hat auch gar nicht von jetzt gesprochen, sondern von früher.« Fritzens Tonfall war bei langen Erzählungen immer gedehnt und singend, er hatte einmal Riedl gestanden, daß er dann immer seine Mutter, die aus der Wachau gekommen war, mit aus sich herausreden hörte.

– »Von damals, nach 1905, als in Rußland die Revolution war, die verlorenging, grabesstill war es dann, hat der Mann bei Erlanger gesagt, bis dann aber ein großer Streik war, droben in Sibirien auf den Lenaern Goldfeldern, von dem aber niemand etwas gehört hat, weil's zu arg weit weg war. Es hat ihnen auch nichts genützt, ihr Streik, weil die Soldaten sie alle gleich in den Schnee zusammengeschossen haben, aber denen ihr Lenin hat später gesagt, daß er doch was Rechtes war, ihr Streik, weil so lange vorher nichts war, und nachher, nach dem Streik, doch etwas angefangen hat.« –

Riedl sagte: »Wie ich drüben in Rußland war mit der Metallarbeiterdelegation, haben sie uns dort ihre Klubhäuser gezeigt und ihre Krankenhäuser. Was die stolz waren! Hätten besser sollen selbst Delegationen nach Wien zu uns entsenden, die hätten Augen gemacht.« »Eben gehen sie weg«, sagte Fritz. Aus einer der gegenüberliegenden Haustüren trat eine Gruppe Menschen in den Hof, ein frischer Lichtstreifen schob sich aus der hellen Tür über den Schnee. Riedl legte eine Hand auf des Jungen Schulter. Das Licht erlosch. Beide warteten mit sinnloser Aufmerksamkeit, wie diese Gruppe zwischen Schneefläche und Mauer bis zum nächsten Tor lief. Fritz sagte: »Wir wollen zu dir raufgehen.«

Riedl sagte: »Nein, dafür ist's zu spät. Geh du jetzt schlafen.«

Er rief Fritz noch mal zurück. »Wo ist die Zeitung?« Fritz hatte sie ganz klein zusammengefaltet in der Tasche. Riedl sagte: »Noch was, Fritz. Wie ist denn das mit dir? Hast den Strobel eingeführt?«

Fritz sagte: »Noch nicht – schau, ich geh so ungern weg von meiner Gruppe, grad jetzt. Die Falken wollen's auch nicht.«

»Wollen's auch nicht. – Du kannst doch nicht ewig ein Falke bleiben, ewig Indianer spielen. Komisch, wie ihr Buben immer an euern Gruppen klebt. Das ist immer ein ganzer Schnitt für euch, wenn ihr sie abgeben sollt.

Aber das ist doch klar, daß du jetzt für was anderes gebraucht wirst.«

»Also, ich versprech dir's.«

Sie trennten sich. Riedl blieb einen Augenblick allein vor der Haustür stehen. Jetzt zählte er in der gegenüberliegenden Mauer nur noch acht helle Vierecke. Er dachte einen Augenblick, er hätte etwas Wichtiges vergessen. Er hatte aber nichts vergessen, es fehlte ihm nur etwas, was eben noch dagewesen war. Fritzens stracks auf ihn zulaufende Spur trennte noch immer eine Ecke von der großen Schneefläche ab.

Zweites Kapitel

I

»Als ich zur Leninschule nach Moskau abfuhr, kam's meiner Frau hart an. Sie hat gewußt, daß ich meinen Arbeitsplatz verlier. Der alte Holzer war wie besessen drauf, mich aus dem Betriebsrat rauszusetzen –«

Niklas Stifter, der Orgleiter, ein kleiner, trotz seiner Jugend streng aussehender Mensch mit bürstenartigem Haar, zog die Hand von Mittelexers Türklinke in die Hosentasche zurück. Er sagte: »Jetzt hat der Mann selbst seinen Platz verloren.«

Mittelexer fuhr fort: »Wie ich zur Leninschule fuhr, hat's mich auch gewurmt, was die sozialdemokratischen Kollegen gesagt haben: ›Wie kommen denn die dort ausgerechnet auf den Mittelexer?‹ Haben sich ausgedacht, jemand aus Österreich aus der Provinz muß auch dabeisein; war kein Besserer zu finden als der Mittelexer –«

Frau Mittelexer öffnete die Küchentür. Ihr Gesicht war verdrückt und unfrisch. Sie hatte Nähfusseln im Haar. Sie hatte im Brustlatz ihrer Schürze Nadeln stecken mit verschiedenfarbigen Fäden: »Ihr könnt doch unterwegs reden. Du mußt vor sechs im Städtischen Krankenhaus sein. Der Bub muß vor Nacht abgeholt sein.«

»Es ist noch viel Zeit. Wie wir aber aus Polen rauskamen, wie wir von der schmalen Spur auf die breite gewechselt sind und haben alle in allen Sprachen die Internationale gesungen, auch ein Neger vom Seeleuteverband aus Amerika – da hat mich nichts mehr gewurmt, da war's mir einerlei, daß ich meinen Platz verlier.

So wenig wir hier sind, wir müssen bei dem, was jetzt kommt, durchgespürt werden, jeder von uns muß durchgespürt werden –«

Niklas zuckte die Achseln. »Hast du die Rede von Bürgermeister Seitz gelesen, im Stadthaus, zur ausländischen Anleihe? Das ist doch nicht bloß zum Schein gepackelt, so redet kein Mensch, der denkt, daß es losgeht. Und er muß es doch wissen.«

Frau Mittelexer brachte ein Kapuzenmäntelchen. »Zieh es ihm sofort an. Geh jetzt.« Sie sah Niklas böse an, der ihren Blick streng erwiderte. Sie ging zurück. Die Nähmaschine ratterte. Niklas fuhr fort: »Der junge Holzer hat einen klaren Kopf als sein Vater, ich rede oft mit ihm. Er kauft die ›Rote Fahne‹ ab, liest, was man ihm gibt. Ich frag ihn: ›Gibst uns in allem recht – warum kommst nicht zu uns?‹ Da hat er nein gesagt und hinterher gelacht. ›Da gib dir gar keine Müh, nie im Leben werd ich meine Partei verlassen, was soll ich denn bei euch Dutzend Menschen anfangen?‹ Da hab ich gesagt: ›Die Bolschewiki waren auch mal bloß ein Dutzend.‹ Da antwortete er: ›Ihr seid aber schon gar zu lang ein Dutzend.‹«

Mittelexer zerknäulte das Mäntelchen und warf es auf den Tisch. Frau Mittelexer kam zum drittenmal. Sie sagte bloß: »Peter.« Sie weinte fast.

»Ja, komm, Niklas.«

Aber gerade als sie fort wollten, wurde an der Flurtür geklopft. Niklas, der schon im Flur stand, öffnete. »Ach der Willaschek –«

Willaschek, als er Mittelexer erblickte, zog die Mütze ab, ärgerte sich darüber und setzte sie wieder auf.

»Hab was mit dir zu reden, Genosse Mittelexer.«

»Na, komm rein, also, was willst, Willaschek?«

»Genosse Mittelexer, ich will wieder dazu.«

Niklas rief: »Wenn du glaubst –« Mittelexer sagte: »Laß, Niklas. Das sind drei Fragen.« Er spreizte die Fragen an den Fingern ab: »Erstens: Warum bist du überhaupt zu uns gekommen? Zweitens: Warum bist weggelaufen? Drittens: Warum kommst du jetzt wieder?«

Frau Mittelexer in der Küche stellte die Nähmaschine ab. Sie merkte jetzt, daß die Männer immer noch redeten, ja, daß aus zwei Stimmen drei geworden waren.

Sie riß die Tür auf, über dem Arm ein blauseidenes Kleid. Sie schrie: »Also wegen dem —« Mittelexer sah die Frau an. Der letzte Rest von Lieblichkeit war erloschen in ihrem Gesicht, grau vor Ärger. Es ging ihm durch den Kopf, was er damals gar nicht beachtet hatte, als sei es nicht vor zwei Jahren geschehen, sondern heute, wie sie es wider Erwarten ruhig aufgenommen hatte, als er seine Stelle verlor. Er nahm das Kapuzenmäntelchen vom Tisch, auf den er es geworfen hatte. Diese Bewegung allein besänftigte die Frau, glättete ihr Gesicht. Sie wartete, das halbfertige blaue Kleid über dem Arm, in einer geduldigen Haltung, bis die drei gegangen waren.

Mittelexer sagte auf der Treppe zu Willaschek, wobei er den Arm um seinen Rücken legte: »Wir sind kein Taubenschlag, Willaschek. Du kannst wieder zu uns zurück, gewiß. Aber gerad, weil wir wenig sind, muß man jeden genau abschätzen, hat jeder viel Verantwortung. Es ist weder für dich noch für uns ein Gewinn, wenn man dich bloß als einen Krachschläger kennt. Arbeite du jetzt mit uns, hilf uns, dann in ein paar Wochen — —«

Willaschek hatte eine ähnliche Antwort erwartet. Gleichwohl war er enttäuscht, als Mittelexer den Arm von seinem Rücken zog. Er wollte etwas erwidern, aber Niklas betrachtete ihn mit allzu scharfer, durch keine Güte gemilderte Aufmerksamkeit. Willaschek nickte also bloß und entglitt den beiden etwas unvermutet in den Regen, der an diesem Abend die ganze Stadt verhängte.

Der alte Holzer ging zu Fuß in die Stadt hinein, aus Unruhe, trotz des Regens. Er war seit März letzten Jahres pensioniert. Das hatte ihm auch sein alter Freund Wurzel sachte vorgehalten, zu dem er gefahren war, um sich auszusprechen. Er könne von Glück sagen, daß man ihm bei dem Verfahren nach dem Eisenbahnerstreik im März nichts nachgewiesen und ihn bloß zwei Monate später pensioniert hatte. Holzer und Wurzel waren beide in Graz beheimatet, beide hatten sich jahrelang auf der jugoslawischen Strecke Wien–Graz–Marburg im Dienst abgelöst, beide hatten erwachsene Kinder. Heute aber war ihm sein alter Freund Wurzel so alt wie noch nie vorgekommen, war er denn selbst schon alt? Holzer stapfte in den von Schnee und Regen aufgeweichten Feldweg. Diese zweieinhalb Stunden Streik im März dreiunddreißig hatten sein Leben völlig verändert. Die paar heftigen Worte, die sie damals einander zuriefen – Holzer für die Verlängerung des Streiks auf vierundzwanzig Stunden, Wurzel für sofortigen Abbruch gemäß dem Beschluß der Leitung –, waren aus beiden Gehirnen nicht wegzuwischen. Das hatte sich erst heute nachmittag wieder herausgestellt. Holzer dachte an die Worte seines Jungen: »Wenn's nach dem Wurzel ging, käm die Revolution erst nach seiner Pensionsgrenze.«

Der Feldweg stieg ein wenig an, sprang dann jäh in die asphaltierte Hauptstraße. In der Ferne, hinter dem Regen, in einem durchdringenden, dem Tal verwehrten Abendlicht, zog sich ein schneeglänzender Alpenkamm.

Da, wo die Landstraße nach Graz einbog, stand ein erleuchtetes Gebäude in einer kahlen, im winterlichen Regen trostlosen Anlage. Vor der vielfenstrigen Fassade, auf der hohen Treppe, stand ein kleines Kind mit einer Reisetasche unschlüssig im Regen. Als Holzer näher kam, stemmte es mit den Knien die Tasche vorsichtig Stufe um Stufe abwärts. Holzer lachte und nahm ihm die Tasche ab. Der Bub lachte auch und rieb sich die Hände, er war blaß und spitznasig, mit dünnen, listigen Äuglein.

Holzer fragte: »Wie heißt du?« –

»Ich heiße Johann Baptist Mittelexer.«

»Was hast denn für 'ne Krankheit gehabt?« – »Masern.« – »Holt dich denn niemand ab?« – »Ich weiß nicht.« – »Lassen die denn so ein junges Kind wie dich so auf und davon gehen?« – »Sie haben gesagt: ›Die Bagasch denkt an alles, bloß an ihre Kinder nicht.‹ Und zu mir haben sie gesagt: ›Na, dann geh, Kind.‹«

Er schnufftelte vergnügt den Regen. Er hupfte um Holzer herum. Auf einmal rannte er geradezu auf einen Mann, der von der Stadt über die Straße kam. Mittelexer lächelte und wickelte den Buben in sein Kapuzenmäntelchen. »Du bist aber dürr.« – »Hat sie was gebacken, die Mutter?« – »Morgen wird sie was backen, sie hat was fertignähen müssen.« – »Sie soll aber heut gebacken haben.« – »Weckklöß hat sie dir aufgehoben.« – »Sie soll aber heut gebacken haben.«

Holzer kam mit der Tasche. »Gebens her, Holzer.« Holzer dachte nach, warum es ihm wunderlich vorkam, Mittelexer mit einem Sohn zu treffen, so klein, wie seiner einmal gewesen war, mit einem kranken Kind und einer Tasche. Er hatte alle Jahre Mittelexer nur gewertet als einen Mann, der stört, wenn er in einen Raum tritt oder zu Gruppen auf Straßen. Mittelexer hatte immer Verdruß im Verband gemacht. Deshalb hatte Holzer für seinen Ausschluß gestimmt, damals bei der Rußlandreise. Holzer hatte sich aber auch manchmal gewundert, daß dieser Mittelexer, der doch kein Dummkopf war, sich darauf versteifte, immer bloß allein zu sein, immer bloß zu wühlen und zu stören.

Mittelexer spürte erschrocken in seiner Hand die dünnen Knöchelchen. »Wie war's denn da drin?« – »Fad.« Er erschrak, weil das Kind plötzlich in den Knien einknickte, überwältigt von der kühlen Luft. »Gebens die Tasche her, Mittelexer.« Holzer dachte zum erstenmal ohne Spott, nur mit leiser Verwunderung, daß Mittelexer all die Zeit über stur und starr allein geblieben war. Schon begann die Stadt rechts und links der Straße mit Baracken und verlassenen triefendnassen Wirtsgärten. Mittelexer sagte: »Nun, Holzer, wie steht das jetzt so bei euch? Immer noch abwarten? Wo schon das ganze Gelichter von der Vaterländischen Front bei dem Starhemberg in Wien beisammensitzt und berät, wie's uns am besten das Genick abdreht.«

Holzer dachte, daß er sich gern mit Mittelexer aussprechen möchte. Das ging nicht an. Er schwieg. Mittelexer fuhr fort, Angst im Herzen, weil das Kind in seinem Arm allzu leicht war: »Ihr mit euren Gewehren, und zuletzt doch wie in Deutschland –« Da rief Holzer: »Wie in Deutschland? Nie!« Er dachte, was er dem Mittelexer unmöglich sagen konnte: Wir und diese deutschen Sozialdemokraten – das ist doch nicht dasselbe. Diese Severing, Noske, und unsere Bauer, Deutsch, Wallisch. Denen ihre Gewerkschaftsleute und unser Stanek. Aber warum stockt es dann? Kann ich etwas dafür? Nein. Bin ich zu allem bereit? Ja.

Mittelexer spürte unter seiner Hand das Herz des Kindes, hastig und zerbrechlich. Er zog ihm die Kapuze über das Gesicht. Er sagte: »Sag mal offen, Holzer, wenn du morgen abstimmen solltest, ob ich drin bleiben soll im Verband oder raus müßt, für was tätst abstimmen?« Holzer dachte kurz nach. Sie waren bereits in der Stadt. Er sagte: »Ich wär für Drinbleiben.« Mittelexer nickte nur. Er sagte nichts mehr. Helle Fenster, im Regen vorbeilaufende Menschen; war denn der Abend unerträglich gequält und unruhig über die stille Stadt hereingebrochen? Waren nur sie beide unerträglich gequält und unruhig in einem stillen Abend? Mittelexer sagte: »So, nun gib mal die Reisetasche. Danke. Ich bin da nämlich daheim.«

Als Willaschek die Küche betrat, waren schon fast alle vom Tisch aufgestanden. Eine der Töchter Gruschnicks half beim Geschirrspülen. Stephan saß noch über dem leeren Teller und rauchte. Lucie, die bereits ihr Kleid aus- und eine Flanelljacke übergezogen hatte, kratzte langsam ihren Teller, um Willaschek abzupassen. Die mittlere Schwester hängte Wäsche an der Leine auf, die durch die Küche dreifach gespannt war. Einer der jüngeren Buben hatte den Stuhl gegen das Fensterbrett gestellt und machte Schulaufgaben. Zwischen den vorhanglosen, regenverspritzten Fenstern, inmitten ratloser Armut und großer Unordnung aus Gesichtern, Heften, Geschirr, Wäsche, starb unaufhörlich an seinem Holzkreuz der Heiland für alle.

Auf Willascheks Teller stand noch ein schwärzliches, schon erkaltetes Hügelchen aus Buchweizengrütze. Er wunderte sich, daß ihm Frau Gruschnick einen Rest Kaffee warm gestellt hatte und sogar an den Tisch brachte. Stephan Gruschnick sagte nichts. Wie ein drittes Auge war das Zigarettenpünktchen fortwährend gegen Willaschek gerichtet. Er begriff den Ausdruck seines Gesichtes nicht. Willaschek, während er aß und trank, dachte nach, ob sich durch seinen Besuch bei Mittelexer irgend etwas für ihn geändert hatte. Lucie stieß ihn mit dem Ellenbogen an. Er behielt einen Löffel voll Grütze im Mund, süßte ihn mit dem letzten Rest Zuckerersatz aus der Tasse und schluckte. Er reichte Tasse, Teller und Löffel der Frau Gruschnick zum Spülen. Frau Gruschnick war eine breite, schläfrige Frau, noch dunkelhaarig, mit trüben Augen und Brüsten wie Säcke. Sie sagte: »Geh rein, Willaschek, dein Onkel ruft dich.«

Willaschek zuckte die Achseln. Er ging zur Tür. Alle, auch der Schulbub vor dem Fensterbrett, sahen ihm nach.

Der alte Gruschnick saß auf dem einzigen Stuhl zwischen den beiden Betten, die das Zimmer fast ausfüllten. Hier drin war es ordentlich, aber kahl und kalt. Auf einem Wandbrett unter Glasstürzen standen bunte Gipsfiguren der Gottesmutter und der Brautkranz der Frau

Gruschnick. Auf der Tapete unter Glas hingen allerlei Photographien und Urkunden, auch ein Zeugnis der Schmiedegilde. Aber der alte Gruschnick übte kein Handwerk mehr aus. Sein großer, grobknochiger Körper war ineinandergerutscht, auch sein Gesicht war ineinandergerutscht, der Blick mußte sich mühsam aus den tiefen Gruben unter den Brauen herauswinden.

Willaschek sagte: »Was gibt's denn, Onkel?« Der alte Gruschnick sagte: »Willaschek, du bist einundzwanzig Jahre geworden, du bist mündig nach dem Gesetz, wie?« Willaschek sagte erstaunt: »Ja, und?« Er fügte hinzu: »Übrigens schon bald zweiundzwanzig. Das sind ja schon paar Monate her.« Er betrachtete den Mann ruhig, kalten Herzens, wie eben ein Junger einen Alten betrachtet, für den er weder Achtung noch Liebe fühlt, nur ein wenig Verwunderung und Widerwillen. Der alte Gruschnick sagte, wieder vor sich hin blickend: »Du weißt, was ich dir immer, immer gesagt habe. Meine Frau und meine Kinder waren Zeugen. Bis zum einundzwanzigsten Jahr – das ist das Alleräußerste. Länger kann ich dich nicht hierhalten.« Willaschek zog die Brauen hoch. Er sagte: »Nun gut.« Er klappte die Türklinke herauf und herunter. Als Gruschnick nichts mehr sagte, auch nicht mehr aufblickte, da fragte Willaschek: »Soll ich vielleicht sofort gehen, jetzt, heute abend?« Wieder versuchten sich Gruschnicks Blicke aus ihren Gruben hinauszuwinden, fielen wieder zurück, zu schwer, um etwas zu fassen am Rand ihrer Untiefen. Er sagte vor sich hin: »Jeder Abend ist heut abend.«

Willaschek lächelte. Er sagte: »Das mit dem: Heut abend ist jeder Abend, das hast du nicht aus dir raus, Onkel. Das hat Euch der Pfaff vorgesagt, daß ich Eure Kinder verhetz, daß ich hier nicht reinpaß, daß ich weg muß. Daß Ihr dazu die Kraft müßt aufbringen.« Gruschnick sagte: »Wie redst denn du!« Er hob den Arm.

Aber Willaschek faßte schnell von unten sein Handgelenk. »Laß doch, Onkel, ich geh schon.« Er ließ ihn los, er öffnete eine Schublade. »Was machst du?« – »Was denn, Onkel, ich laß nichts mitgehen. Schau meine Hände und Taschen nach. Bloß meine Papiere, die sind da. Mein Geburtsschein, mein Impfschein, meine Schulentlassung –« Gruschnick war aufgestanden. Er war wohl ein riesengroßer Mann gewesen, bevor sein Körper zusammengerutscht war. Er sah über Willascheks Schulter, sagte: »Willst so einfach Weggehen, in die Nacht hinein?« Willaschek lächelte. »Hast's ja selbst gesagt.« – »Ja, wo wirst du jetzt hingehen?« – »Irgendwohin.«

Gruschnick sagte: »Entweder tust von heut ab, was ich dich tun heiß, oder –«

Willaschek lachte. »Oder! Laß jetzt, ich geh schon.« Er hatte scharf und schnell nachgedacht. Er hatte selbst keine Lust mehr, zu bleiben. Er wußte zwar nicht, wohin, aber er dachte in einer Art Erleichterung, daß es das Richtige sei, endlich Schluß zu machen. »Also, Onkel, leb wohl.« Er griff die große Hand. Sie war schlaff vor Schreck und Staunen. Einen Augenblick standen in Gruschnicks Kopf alle Worte auf, die man in ihn hineingeredet hatte, unangebracht sei sein Mitleid, eine Versündigung an den eigenen Kindern. Aber sein Herz sträubte sich in einem stummen Anfall von Wut, das loszulassen, was es wider Sinn und Verstand liebte.

Willaschek fuhr fort: »Also Onkel, ich geh dann. Hör nicht soviel auf die Pfaffen, die nützen dir nichts und mir nichts. Ist schon gut, daß ich geh. Es ist auch halt arg eng. Soll der Kleine bei dem Stephan schlafen.« Er setzte auf einmal einsichtig hinzu: »Seid ja mir gegenüber auch zu gar nichts verpflichtet gewesen. Dank auch schön für alles.«

Gruschnick murmelte: »Wenn du aber durchaus nichts finden tust –«

Als Willaschek die Küchentür öffnete, warf er dadurch beinah die ganze Familie um, die alle zusammen davorstanden und auf den Ausbruch eines Streits gewartet hatten. Willaschek gab allen schnell die Hand, zu Lucie sagte er: »Mach's gut«, zu Frau Gruschnick sagte er: »Dank auch schön.« Dann ging er, wie er war.

Der alte Gruschnick rutschte vom Stuhl aufs Bett unters Fenster. Er wartete, bis Willaschek unten auf der Straße herauskäme. Ging er die Straße herauf oder herunter, ging er in die Schule oder zum Fluß, in die Kirche oder auf den Fußballplatz, ins Kino oder in Versammlungen? Daß er darüber nicht mehr zu grübeln brauchte, das verstand der alte Gruschnick noch nicht. Über den Dächern glänzte schwach das fleckige, schwefelfarbige Licht der Regenabende. Er drückte sein Gesicht an die Scheibe. Einen Augenblick sah Gruschnick auf, weil der Anblick der leeren Straße unerträglich war. Dieses blasse, fleckige Licht, das Ungewisseste vom Ungewissen, hatte einen Augenblick die Macht, seinen bleischweren Blick festzuhalten. Unbegreiflich war auch die Macht dieses im Regen barhäuptigen Jungen, der drunten zwischen den Häusern, ohne sich umzusehen, in die Stadt hineinging. Zwischen zwei solchen Mächten konnte man zerrieben werden wie zwischen Mühlsteinen. Er ließ das Fensterkreuz los, er legte sich auf den Rücken. Er war müd und alt. Aber er hatte fast nichts begriffen von dem Leben, das er durchquert hatte.

Der große Schwung, der über Willaschek gekommen war und der ihn dazu geführt hatte, am Nachmittag zu Mittelexer zu gehen und später mit Gruschnicks Schluß zu machen, ließ etwas nach, als er die nasse Straße hinunterging. Lang und bitter war die Nacht, die noch nicht einmal angebrochen war. Sollte er wieder zu Mittelexer gehen? Der war längst noch nicht zurück, mit der Frau war nicht zu reden. Zu Niklas? Seine Brauen zogen sich schon in Abwehr zusammen, wenn er nur an Niklas' Gesicht dachte. Er könnte vielleicht zu dem jungen Holzer gehen; den kannte er noch von der Schule her. Sein heller, regelrecht geschorener Kopf war immer etwas gewesen, woran man sich halten konnte.

Selbst die Wohnungstür der Eisenbahnerleute Holzer war gut und ordentlich. Der Griff war poliert. Mit Tuschschrift und kleinen Schnörkeln stand auf dem Schildchen: Martin Holzer. Frau Holzer, mit weißem Haar, aber in einem bunten Mädchenkleid, das die Arme bis zu den Ellenbogen bloßließ, lud ihn herein, weil er vom Regen naß war. Eine unglaublich weiße Küche. Sie sagte: »Der Vater ist noch nicht zurück. Der Bub ist wohl runter zu den Buden.« Sie verstand das tiefe ängstliche Erstaunen in Willascheks Gesicht nicht. Ich möchte einmal an einem solchen Ort schlafen, dachte Willaschek, die Frau hat vielleicht nichts dagegen. Er fürchtete sich vor den überraschten Gesichtern der heimkehrenden Männer. Er nahm seine Mütze und ging. Jetzt brannten schon die Laternen. Auf dem Marktplatz unter den leeren Buden standen ein paar Menschen. Gerade als Willaschek auf den Platz trat, kam Niklas von der anderen Seite, und es gab ihm einen Stich. Er erkannte auch den jungen Holzer. Das traf sich falsch, daß beide an einem Ort zusammen waren.

Aber keiner gab auf ihn acht, weil alle auf den großen hölzernen Markttisch herunterblickten, auf dem jemand mit Kreide eine Zeichnung verfertigte: das Land Österreich mit Wien und seinen fünf großen Städten und seinen sechs Landesgrenzen. Willaschek vergaß sich einen Augenblick, er beugte sich gleichfalls vor. Ein Arm fuhr vor seinen Augen weg in die Zeichnung, der alte Holzer sagte heftig: »Geh doch mit dem Unsinn. Ich kenn das Land besser als du. Früher bin ich diese Strecke dreimal die Woche abgefahren, da hab ich gut auf einer Wegstreck und an einem Tag vor Augen gehabt, wie aus deinem ›Führer‹ der Herr wird, und aus dem Herr der Gospodin.« Er erblickte

Willaschek, unterbrach sich, als sei in Willascheks Gesicht etwas Auffälliges, übermäßig Gespanntes. Bevor es Willaschek selbst merkte, der noch auf die Zeichnung starrte, starrten alle Willaschek an. Niklas sagte: »Bist auch wieder da?« Willaschek fuhr zusammen. Er sagte töricht: »Mich hat der alte Gruschnick rausgesetzt.« Niklas sagte: »Grad ist aus Frohnleiten meine Schwester mit dem Kind da. Sonst könntest bei uns Unterkommen, von Mittwoch ab.«

Der junge Holzer sagte: »Vater, er kann doch bei uns Unterkommen bis Mittwoch.«

Willaschek blickte von einem zum andern, in großer, fast bestürzter Verwunderung.

Da kam aus einer der Straßen einer angelaufen, ein Freund des jungen Holzer. Er rief: »Da hab ich was gehört.« Er schwang sich auf den Tisch, verwischte die Zeichnung mit dem Hintern. Er erzählte: »Ich hab was in der Stadt drin im ›Auge Gottes‹ auszurichten gehabt. Da gehens vom Parteisekretariat immer hin. Da war auch der Wallisch und seine Frau. Sie haben grad Platz nehmen wollen. Da ist der Melchior Senzer von seinem Tisch aufgestanden und hat gesagt: ›Genosse Wallisch! Wir reden grad davon. Unsere Bürgermeister werden uns einer nach dem andern verhaftet, die Heimwehren rücken an, es geht an unsere Betriebsräte, es geht an unsere Abgeordneten. Da haben wir grad gesagt: Was denkt sich denn der Genosse Wallisch?‹

Der Genosse Wallisch hat gesagt: ›Morgen kannst's schwarz auf weiß lesen, was sich der Genosse Wallisch denkt.‹

Da hat der Melchior Senzer gesagt: ›Wann schlagen wir los, Genosse Wallisch?‹ Da hat der Wallisch gesagt: ›Wenn's für die Arbeiterklasse nützlich ist.‹ Da hat der Senzer gesagt: ›Der Arbeiterklasse ist es längst nützlich.‹ Da hat der Wallisch ihn angesehen, so, und hat gesagt: ›Sie hat immer noch viel zu verlieren.‹ Da war's still, da haben's alle hingehört, und da hat der Melchior Senzer giftig in die Stille reingesagt, dem Wallisch ins Gesicht:

›Alles ist schon hin, einen Dreck hat sie zu verlieren.‹ Da hat der Wallisch den Melchior Senzer soo angesehen und hat gesagt, ganz ruhig: ›Seit wann ist dein Blut denn Dreck?‹ Da haben alle stillgeschwiegen, auch der Melchior Senzer.«

Alle schwiegen. Da sagte Willaschek in die Stille hinein: »Ja.«

Alle sahen ihn plötzlich an und nickten, als hätte er etwas Wichtiges gesagt. Willaschek fühlte sich ganz und gar als das, was noch zu verlieren war, als Fleisch und Blut.

II

Auf der Herdfläche lagen die Brote zum Backen fertig auf ihrem Blech, mit einem Leinen zugedeckt. Die Bäuerin saß am Tisch, auf dem eine Schublade stand mit allerlei Tüten, Reis und Kandis, Rosinen, Gewürzen und geriebener Nuß. Sie mischte von diesem und jenem dem Teigrest bei, der in der Tonschüssel geblieben war. Draußen hinter der Herdmauer fuhrwerkten der Wind und der Bauer, der den Backofen von außen ansteckte.

Sie bog die Schultern, um den Teigrest durchzukneten. Plötzlich wurden ihre Hände locker, sie strich sie an der Schüssel ab. Sie wartete auf etwas, senkte den Kopf und stellte dann die Schüssel auf den Tisch. Sie stand auf, trat an den Herd, nahm das Tuch von den Brotlaiben, faßte das Brotmesser und drückte mit dem hölzernen Griff die Kerben in den Teig. Sie war halb fertig, da legte sie das Messer hin und machte zusammengekrümmt ein paar Schritt zu dem Stuhl zurück, von dem sie aufgestanden war. Dort saß sie noch, als der Mann hereinkam, Hals und Kopf in einem Wollschal, und darüber eine dicke Kapuze aus Schnee. So dicht fiel der Schnee, daß er nicht einmal wimmelte, sondern in dicken, vom Wind gefalteten Tüchern das Haus einwickelte.

Die Bäuerin sagte: »Es ist soweit.« Der Bauer sagte erschrocken: »Es wird doch nicht. Das könnt ein großes Unglück geben. Man kann auf keinen Hof schicken bei dem Wetter. Wenn das nur für dich gut geht. Ich glaub's nicht.«

Sonderbarerweise beschwichtigten diese Worte die Angst der Bäuerin. Sie sagte ärgerlich: »Ich kann doch nichts dafür.« – »Schlecht wird's ausgehen mit euch beiden.« – »Och, och, och.« – »Antonie, wirst sehen. Ich seh euch schon daliegen, ohne Tauf und ohne Abendmahl.«

»Du hast immer was zu bestellen. Vor der Hochzeit hast gemeint, daß das Dach nicht fertig wird. Dann hast gemeint, du wirst bei deinem Vater mit dem Umpflügen vorm Frost nicht fertig.« Sie krümmte sich zusammen und sah ihren Mann, solange es dauerte, böse an. Als es fertig war, sagte sie: »Meine Schwester hat auch immer gesagt, daß du immer was zu bestellen hast.«

»Paar aufs Maul kann deine Schwester kriegen.«

Er ging wieder in den Schnee, verzweifelt und unglücklich, voll böser Ahnung. Er machte sich am Backofenfeuer zu tun, fast erstickt von Schnee und Wind. Er nagelte noch ein paar Latten gegen die Fenster.

Die Bäuerin schob ihre Brotbleche ein. Beim zweiten Blech fing es richtig an. Sie blieb auf dem Boden kauern. Der Mann kam herein und fuhr sie an: »Bist 'ne Zigeunerin? Willst dein Kind auf dem Boden kriegen? Ins Bett rein!« Sie richteten miteinander das Bett. Wenn sich die Frau unterbrach und seufzte, dann seufzte auch der Bauer. Ihm war es arg, daß er nichts unternehmen konnte, sein Kind nicht wie ein Kälbchen an den Füßen herauszuziehen. Er konnte nur Wasser auf den Ofen stellen, und er konnte das Windelzeug aus dem Kasten auf den Tisch legen, die Tüten einräumen und aus dem Teigrest eine

Schnecke machen. Die Frau wollte aber nicht haben, daß er den Backofen noch mal aufmachte, jetzt, wo die Brote ihre gleichmäßige Hitze hatten. Auf einmal fing die Frau, die immer bloß ein wenig geächzt hatte, als ob sie gar nicht wüßte, was auf dem Spiel stand, laut zu seufzen an. Der Bauer sagte: »Jetzt hast's.« Die Bäuerin hörte noch mal auf, seufzte und sagte: »Nix hab ich, gar nix und grad nix.«

Dann fiel dem Bauer etwas ein. Er lief im Zimmer herum und wühlte in seinen Sachen. Er trat mit verändertem Gesicht ans Bett, ein Bildchen auf der flachen Hand. »Das hat mir einer zugesteckt im Winter fünfzehn, und wer es anschaut, der stirbt nicht unversehen am gleichen Tag. Das hat man uns zugesteckt, wie's zum Angriff auf den Ovidopaß hinaufging, und uns hat's gegraust, und wir haben Angst gehabt. So denk ich mir, daß das mit dem Unversehen nicht bloß bei Schüssen gemeint sein kann.« Die Bäuerin heftete ihre vor Angst und Anstrengung pechschwarzen und runden Augen auf das Bild und versuchte zu erkennen: Das Wasser ging dem Riesen Christophorus bis zum Bart, der Knorzstock bäumte sich unter der Last des Kindes auf seiner Schulter, das Kind trug nur ein Hemd und etwas Gold am Kopf. Mit dem Zeigefinger seiner Faust bezeugte das kleine Kind das Geheimnis seiner Schwere: du trägst nicht nur die Welt, du trägst Ihn, der die Welt erschaffen hat.

Der Bauer schnüffelte in die Luft nach dem plötzlich wahrnehmbaren Geruch des Brotes. Er warf das Bild auf die Bettdecke und sprang hinaus. Er war noch nicht am Backofen fertig, als er von drinnen etwas Neues hörte, trotz des Windes unglaublich durchdringend. Er stürzte ins Haus zurück. Er war glücklich, weil er sich auf das verstand, was noch zu tun war, weil das Kind ein Sohn war, und weil er spürte, daß es günstig für ihn war, daß das Kind so mager und so lang war, mit starken Gesichtsknochen und winzigen Äuglein.

III

»Im Namen meiner Ortsgruppe –«
»Was will denn der hier? Ist der vielleicht zugelassen?«
»Im Namen der Linzer Ortsgruppe der Kommunistischen Partei –«
»Gibt's das auch? Was sucht denn der hier?«
»Laß ihn doch, Zillich. Er gibt ordnungsgemäß eine Erklärung ab. Wir sind doch hier keine geschlossene Parteiversammlung. Das Wort hat Aigner, um eine Erklärung abzugeben.«

»Im Namen der Linzer Ortsgruppe der Kommunistischen Partei Österreichs, Sektion der Dritten Internationale, gebe ich folgende Erklärung ab: Die Mitglieder meiner Ortsgruppe erachten es für ihre Pflicht, angesichts der faschistischen Gefahr, Seite an Seite mit ihren sozialdemokratischen Klassengenossen zu kämpfen, auch mit der Waffe in der Hand.«

»Plötzlich?« – »Ach! Hast dazu die Genehmigung?« – »Richtig.«

In einer Woge von Zustimmung lag Zillichs bis in die Ohren roter Kopf allein wie ein unbeweglicher Stein im Wasser. Aigner setzte sich schnell. Sein Nebenmann legte ihm die Hand auf die Schulter. Sein Blick lief um den Tisch herum. Etliche an dem Tisch waren früher seine Freunde gewesen. Früher, das war vor dem Herbst neunundzwanzig, als er nach dem mißglückten Streik auf der Donauwerft, zu deren Belegschaft er damals gehörte, zur KP übergetreten war. Dieser Übertritt hatte ihm damals seine besten Freundschaften gekostet, vor allem die seines Schwagers. Als er jetzt dem Blick seines Schwagers schräg über den Tisch begegnete, stutzten beide. Seit vier Jahren ertrugen sich ihre Blicke zum erstenmal. Aigner hatte mit diesem Mann alle Nächte des Jahres neunundzwanzig bis zum Morgen durchdiskutiert, aber je mürber dessen Argumente geworden waren, je anfechtbarer sich die Programme erwiesen hatten, je kläglicher die Pakte, je offenkundiger die Verrate, desto leidenschaftlicher und wütender hatte sich der Schwager auf das Letzte zurückgezogen: die Treue zur Partei. Als sei es unter allen Umständen nötig, dies Letzte aufrechtzuerhalten, da alles zweifelhaft wurde. Er hatte Aigners Wohnung nie mehr betreten, selbst nicht bei dem Tod seiner ältesten Schwester, Aigners Frau. Vor anderthalb Jahren war Aigner Polleiter seiner Zelle geworden; sie waren, mit den anderen Gruppen verglichen, ziemlich straff und spürbar. Einmal hatte Aigner gehofft, nach Moskau auf die Leninschule geschickt zu werden, aber im letzten Augenblick war die Wahl auf Mittelexer in Graz gefallen. Aigner hatte inzwischen seine Stelle verloren, gerade in dem Jahr, in dem seine Frau nach der Geburt von Zwillingen krank wurde. Die letzten Monate ihrer Ehe waren getrübt worden durch die Eifersucht der Frau auf ihre junge, gesunde Schwester, die Haushalt und Kinder besorgte. Eine begründete Eifersucht, da nämlich Aigner sofort das hübsche und heitere Mädchen heiratete, freilich nur, um zu erfahren, daß sie in nichts ihrer toten Schwester ähnlich war. Der Schwager sah dieser ältesten Schwester sehr ähnlich, mit dem Strich zwischen den starken Brauen, dem schwarzen, herzförmig aus der Stirn gewachsenen Haar.

Als Aigner den Blick von seinem Schwager abwandte und still seinen Bleistift anspitzte, war es ihm plötzlich, als könnten sich die verschiedenen, im Laufe der Zeit auseinandergefallenen und beschädigten Teile seines Lebens wieder zusammenfinden.

Sofort nach Aigner bekam Zillich das Wort für die zentrale Leitung. Er überging Aigners Erklärung. Seine Stimme war abgewogen, als lese er längst geschehene Dinge aus einem alten Buch ab. Er beschrieb die Lage, die jedem am Tisch wie ihm selbst genau bekannt war: die Forderungen der in Wien versammelten Vaterländischen Verbände nach Absetzung der gewählten Bürgermeister, Einsetzung von Kommissaren und Polizeigewalt der Heimwehren. Er warnte die Linzer Arbeiterschaft vor Sonderaktionen ohne Befehl der zentralen Leitung. Waffen seien nicht dazu da, um damit auf Provokationen herumzufuchteln, sondern sie seien die Wehr der Verfassung, hinter der sich die gesetzmäßige Neuwahl zu vollziehen habe, gestützt auf die überwiegende Mehrzahl der Werktätigen Österreichs. Aigner war überrascht über die Zwischenrufe und den Ausdruck der Gesichter. Als ob ihm nicht das eine oder andere Gesicht all die Zeit über täglich begegnet wäre, sah er jetzt alles: Risse hatten sich durchgezogen, Haarbüschel waren grau geworden, Augen hatten sich zusammengekniffen, Ungeduld und Erbitterung hatten auf einmal alle Gesichter dem seinen angeglichen. Nur Zillich hatte noch immer sein altes Gesicht.

IV

Als Aloys Fischer seinem Hilfsarbeiter Nuß am Samstagnachmittag den Wochenlohn auszahlen wollte, bat dieser mit schrägem Kopf ihn von vornherein um Entschuldigung, falls er sich Montag früh nicht pünktlich einfinden sollte. Er berief sich dabei auf das Rundschreiben des Vizekanzlers, wonach die vaterländisch gesinnten Männer in ernster Stunde bereit sein müßten, ohne Rücksicht auf Berufsinteressen. Aloys Fischer hatte den Nuß entgegen seiner ursprünglichen Absicht auch für den Februar behalten, weil er seiner genauen Arbeit den beträchtlichen Auftrag des Stiftes Hohenbuch mit zu verdanken glaubte. Jeden Abend weigerte sich Nuß, die Werkstatt vor den Fischers zu verlassen. Er wolle nicht als Überstunde aufgerechnet haben, was sich die Familie am Feierabend abzwickte. Wenn Fischer wirklich das Geld für den großen Auftrag in der Tasche hätte, dann möge er seiner gütigst gedenken. Das alles überschlug Aloys Fischer, dem das Ansinnen des Nuß, wie nun einmal so was zu gehen pflegt, zu unpaß kam. Denn gerade die kommende Woche sollte abgeliefert werden. Er sagte: »Wird's gar der ganze Montag sein?«

Nuß erwiderte, wobei sein Blick, der mitten in das Gesicht des Aloys Fischer aufgesetzt war, zu bohren anfing: »Verzeihens, Herr Fischer. Is' auch saudumm, grad wo's pressiert. Ich tät auch von Ihnen nicht wegbleiben, wenn's nicht diesmal geheißen hätt, wer diesmal nicht kommt, der kann auch später nicht mehr kommen.« Fischer erwiderte, voller Unbehagen über die Macht, die seinen Arbeitsmann aus seinem Stundenwerk herausnahm: »Gehens, in Gottes Namen.« Er war erleichtert, als Nuß den Blick von ihm abzog.

Nuß nahm seinen kleinen, zerknauften Hut; er streckte, wie's Gewohnheit geworden war, jedem der beiden Söhne die Hand hin. Geduldig wartete er mit schrägem Kopf und dargebotener Hand einen Augenblick, bis jeder sein Widerstreben besiegt hatte und in seine Hand einschlug. Als er draußen war, arbeiteten alle drei schweigend minutenlang. Sie waren schon lange nicht mehr zu dritt allein gewesen. Plötzlich sagte Kasper: »Nimm mir's nicht übel, ich bin ein offener Mensch, wenn du, Joseph, unser Handwerk besser verstündst, wir brauchten den Mann gar nicht.« Joseph Fischer, der älteste Sohn, erwiderte ruhig: »Ich bin kein gelernter Tischler, ich bin gelernter Monteur, ich glaub, dafür mach ich's ordentlich. Was willst du eigentlich?« Joseph Fischer war seinem Vater ähnlich, bloß bartlos, mit gesundem Gesicht, rötlichen Haaren und Brauen. Jetzt füllte sich sein Gesicht mit Blut. Er sah seinen jüngeren Bruder unruhig an, der nickte, als wollte er ihm nur bestätigen, daß er ihn wirklich geringschätzte.

Der ältere hatte einmal Ingenieur werden sollen, dann hatte es nur zum Monteur gelangt. Dann war er aus dem Werk entlassen worden. Dort war er noch eingefangen gewesen von der Betriebsumgebung, die Menschen hatten ihm gefallen, er grüßte sie noch manchmal auf der Straße. Ihre Flugblätter waren durch seine Hände gegangen, er hatte manchmal auf ihre Listen einen kleinen Geldbetrag gesetzt. Er hatte sich längst wieder in seine vier Wände eingewöhnt. Die letzten Wochen war er manchmal unruhig in seinem gesunden Schlaf, als zupfe ihn jemand an einem einzigen Haar.

Man hörte in dem kleinen Hof zwischen Werkstatt und Vorderhaus Schritte und Stimmen. Das Quietschen eines kleinen Kindes löste die angespannten Gesichter der Männer. Die Tochter Fischer kam wie allabendlich mit dem Kind im Arm, heute war auch ihr Mann, Anton Scheer, mitgekommen. Kasper Fischer freute sich, die beiden waren gut Freund, sie hatten sich angewöhnt, über die meisten Dinge einer Meinung zu sein. Die junge Frau grämte sich manchmal, wenn die beiden Dinge sagten, die allzusehr von dem abstachen, was man ihr daheim ans Herz gelegt hatte. Doch hatte sie die letzte Zeit zu viel lügen müssen, um ihre wachsende Not vor den Eltern zu verbergen. Heute mittag hatte es daheim nur Brot und Suppe gegeben, sie waren unwillkürlich früher gekommen. Alle standen jetzt im Kreis um das Kind herum, das auf dem Boden mit geringelten Hobelspänen spielte. Aber obwohl Aloys Fischer ganz Aug und Ohr für dieses Kind war, beobachtete er doch seine ganze Familie. Er lachte laut über das kleine Kind, aber er konnte seine Beklommenheit nicht bezwingen. Alle diese vertrauten Gesichter hatten sich verzogen und verändert, aus allen war das Wichtigste abhanden gekommen, doch was war in einem Gesicht das Wichtigste? Das war doch nicht mehr ganz das Gesicht des Ältesten, und nicht mehr ganz das Gesicht des Jüngsten, und nicht mehr ganz das blasse Gesicht der Tochter. Der Schwiegersohn, den er sich selbst ausgesucht hatte, stand plötzlich breitbeinig da und gleichmütig, im Umschlag der Jacke hatte er ein Abzeichen, von dem nach außen nur der Knopf zu sehen war, sein Haar war über den Ohren und im Nacken merkwürdig ausrasiert. Sobald die Stiftskasse dem Aloys Fischer das Geld auszahlte, wollte er seiner Tochter einen guten Batzen geben, damit sie ihren Mann und den Hausstand in Ordnung brächte.

Hinten über der Hoftür hing ein Bild, das so verstaubt und verdunkelt war, daß niemand mehr darauf achtete. Nur Aloys Fischer war dabeigewesen, als es sein eigener Vater nach dem Neubau des Hauses aufgehängt hatte, in einer glücklichen und vernünftigen Zeit. Er hatte seine Farben frisch und bunt gesehen. Auf dem Boden einer Tischlerwerkstatt, im schmalen Einfall des Sonnenlichts, zu den Füßen der Familie spielte mit geringelten Hobelspänen Er, dessen eigener Vater gewiß aus tiefer Ursache Zimmermann gewesen war.

Als Bastian Nuß in den grauen, mehr herbstlich als winterlich anmutenden Abend hinausging, da waren seine Gedanken von Aloys Fischers Gedanken nicht allzu verschieden. Er ahnte wohl, daß die Söhne wider ihn redeten, sobald die Tür hinter ihm zu war.

Seine eigene Frau hatte ihn gebeten, nicht um Urlaub anzukommen. Sie hatte sogar gehofft, er möchte das Hahnenschwänzel ablegen, nun da er wider Erwarten nach vier Jahren Arbeit gefunden. Ihr mißfielen nämlich seine Kameraden, die Märsche und Schießübungen am Sonntag, die ewig besetzten Abende. In der Drohung des Ausschlusses sah sie nur einen guten Fingerzeig, lästige Verpflichtungen loszuwerden.

Aber Bastian Nuß dachte genauso wie Aloys Fischer, daß dieser Werkstatt vielleicht kein weiteres Glück mehr blühte, sobald das Chorgestühl abgeliefert war. Fischer hoffte zwar zuweilen, dann noch immerfort geistliche Bestellungen zu erhalten. Wenn er dazu Hilfe benötigte, mußte er ihn, Nuß, ohnedies behalten, ja, er mußte, denn seine Macht, sich an einem gewonnenen Ort zu halten, war stärker als die Macht der beiden Söhne zusammen, ihn zu vertreiben. Doch das Glück des Aloys Fischer war ohne Zweifel ungewiß. Bestimmt viel gewisser war das Glück eines Vizekanzlers, des Mannes mit dem Theresienkreuz. Dollfuß, Fey, Starhemberg, mit solchen sich's zu verderben, war Unsinn. Er wußte, warum er das Hahnenschwänzel auf seinem Hut trug, das die sturen Steyrwerksleut giftete. Jene saßen in Wien, von immer und für immer wie der Papst in Rom. So gut sein Gedächtnis sonst war, daß es kein I-Tüpfelchen vergaß, kein Härchen auf einem Kopf – er hatte völlig die Zeit vergessen, in der es jene Männer noch gar nicht gegeben hatte.

Da, wo die Minoritengasse in die Uferstraße stieß, traf er dann noch Fischers Tochter mit Mann und Kind. Sie nickte ihm freundlich zu. Die blasse, gutherzige, schon etwas abgearbeitete Frau war bis auf Tuchkleid und Hut seiner eigenen, wie sie vor zehn Jahren gewesen war, allzu ähnlich, als daß sie ihm Kopfzerbrechen machte. Der Mann dagegen – er reichte das Kind der Frau, um das Abzeichen nach innen zu knöpfen, bevor er die Gasse seines Schwiegervaters betrat. Was soll denn dieses Abzeichen bedeuten, hatte sein eigener Pfarrer vorigen Sonntag von der Kanzel gerufen, ist das überhaupt noch ein Kreuz, ist unser Heiland gerädert oder gekreuzigt worden?

Nuß ging die Uferstraße entlang. Er warf keinen Blick auf das schaumige, eilig fließende Wasser. Er blickte geradeaus auf die Rücken zweier ihm bekannter Heimwehrler; der eine war in Zivilkleidern, der andere war in Uniform, aber ohne Gewehr, mit zwei großen Kommißbroten unterm Arm. Nuß machte ein paar eilige, leise federnde

Schritte. »Nein, nein, nein, so ist das nicht gewettet«, sagte der mit den Broten, »ich hau ab, ich bin nicht versessen aufs Theresienkreuz, ich nicht, ich mach Schluß, ich hab Angst.«

Der andere erwiderte: »Abhauen kannst jetzt nimmer. Ich werd mich auch umziehen und hingehen. Nuß, grüß Gott, hast auch Angst, wenn's ans Sterben geht?« »Warum soll's ans Sterben gehen?«

»Weil die Roten, gegen die's jetzt gewaltig losgeht und endgültig, sich das Fell nicht werden über den Kopf ziehen lassen ohne Zähnezeigen. Und recht habens.« »Recht geschieht's ihnen. Haben die Stadt zugrunde gerichtet. Haben sich Häuser gebaut hoch auf die Ennsleiten, da möchtens über das ganze Land wegsehen, und wer sitzt drin? Hungerleider. Erwerbslose. Hungerleider wohnen wie Ritter, schauen über das ganze Land weg.«

Der andere war offenbar zu faul, zu antworten. Die Rede des Nuß belustigte ihn. Seine Augen funkelten. Der mit den Broten fuhr neu auf. »Ich bin kein Soldat, sag ich. Mein Leben ist dafür gar nicht da. Wofür ist denn das Bundesheer da? Wofür habens denn das Welser Regiment vorige Woche auf Steyr gelegt? Was brauchens da mich?«

Nuß sagte: »Grad uns brauchens. Habens ja sogar Heimwehren aus Niederösterreich dazugelegt, haben Beamtenhäuser vom Steyrwerk frei gemacht. Vor dem Direktor Herbst seinem Haus haben Autos aus Wien gestanden, Offiziere sind ausgestiegen.«

Der in Zivil sagte mit lachenden Augen: »Der Direktor Herbst, dem wird man ja bald Kartoffeln aufs Grab pflanzen.«

»Kartoffeln?«

»Weil er gesagt hat: Solangs noch Blumen im Garten haben statt Kartoffeln, könnt in Steyr von Hunger die Red nicht sein. Mir wär's ja eins, aber ihm wären vielleicht aufs Grab, das er bald haben wird, 'n paar Astern lieber.«

Der Heimwehrler mit den Broten seufzte.

Nuß sagte: »Hast im Krieg vielleicht Angst gehabt gegen die Italiener?« – »Freilich hab ich Angst gehabt.« Der andere aber schüttelte sich vor Lachen. »Alles ein Schiß. Wie dein Vater bei deiner Mutter war, hat er zu sehr an sein eigenes Vergnügen gedacht, deshalb hast müssen zur Welt kommen, deshalb mußt jetzt Angst vorm Sterben haben. Grüß Gott, Kameraden. Auf Wiedersehen, Kameraden.«

Nuß und der mit den Broten stiegen die Höhe hinauf nach ihren Wohnungen. Sie sprachen jetzt von gleichgültigen Sachen. Sie begegneten auf der jenseitigen hohen Uferstraße einer auswärtigen Heimwehrformation, fremde Gesichter. Sie hatten aber keine Lust mehr, über diese Dinge zu sprechen. Sie stießen auf der Treppe nach der Ennsleiten dreimal auf Gendarmerieposten, sie hörten hinter sich Schritte von mehreren Menschen, drehten sich aber nicht um. Nach einer Minute wurden sie überholt. Arbeiter aus dem Steyrwerk. Sie beachteten einander nicht. Nuß und sein Begleiter eilten sich jetzt, um wieder vorzukommen. Die Arbeiter ließen sie auch durch. Da bekam eins der Brote des Heimwehrlers von hinten einen Stoß, daß es auf die Treppe kullerte. Nuß hob das Brot schnell auf. Der Heimwehrler aber war herumgefahren, dem nächsten an die Kehle. Nuß bückte sich auch nach dem zweiten Brot. Man hatte seinen Begleiter sofort zurückgerissen, seine Arme festgehalten. Einem der Arbeiter, dessen Gesicht weiß geworden war und zuckte, wurden gleichfalls die Arme festgehalten. Bloß ihre Blicke sprangen ineinander. Auch das Gesicht des Arbeiters, der die Arme seines Freundes mit äußerster Anstrengung festhielt, war weiß geworden, auch seine Augen glühten. Nuß, der mit den Broten zwei Meter abseits stand, begriff langsam, daß der, der festhielt, Johst war, und der, der festgehalten wurde, Mandl. Dies war Nuß neu, daß sich Gesichter so verändern konnten, daß es nutzlos wurde, sie dem Gedächtnis einzuprägen. Schließlich ließ Johst den Mandl los, der auch still war und sich von seinen Leuten weiterführen ließ, bergauf. Der Heimwehrler stand einen Augenblick mit eingeknickten Knien. Nuß stieß ihn an und gab ihm seine Brote zurück. Sie bogen auf den Weg zu ihren benachbarten Wohnungen. Der Heimwehrler, der auf der Uferstraße seine Angst vor dem Sterben bekundet hatte, wischte mit dem Taschentuch den Schmutz von seinen Broten ab und verfluchte den Sozialismus.

Alle schimpften Mandl aus, der vor sich hin sah. »Willst, daß alle zur Nacht über die Ennsleiten herfallen?« Mandl machte eine Bewegung mit den Armen. »Ich kann's nicht mehr aushalten.« Johst sagte: »Du mußt.« Mandl sagte ruhiger: »Warum eigentlich? Müd macht's, die Wut halten.«

Sie trennten sich vor Johsts Wohnung. Droben in seiner Küche saßen Strobl, Ruppl aus Linz, seine Frau. Sie trug ihre gute bunte Jacke. Auf ihrem, die letzten Tage zusammengeschmolzenen, bleichen Gesicht lagen die dunklen Schatten der Wimpern. Ihr Gesicht glänzte ein wenig auf, als er eintrat. Sie berührte seine Hand. Er zog seine Hand zurück, legte sie auf ihren Kopf und sagte: »Geh, laß uns allein.« Sie erwiderte: »Gewiß.« Sie zögerte etwas. Er schob sie leicht durch die Tür und machte zu.

Auf dem Tisch standen eine Blechkanne und ein paar Tassen. Johst wärmte sich die Hände an der Kanne. Ruppl berichtete aus Linz, Strobl sog an seiner Unterlippe. Sein gesundes, rundes Gesicht schien etwas Luft auszulassen wie ein Kinderballon. Ruppl hatte mit Aigners Erklärung begonnen; er endete mit dem Beschluß der Linzer, sich einer etwaigen Waffensuche unter allen Umständen mit Gewalt zu widersetzen, unabhängig von der Wiener Zentrale. Strobl verstand, daß sich die Steyrer auf jeden Fall den Linzern anschlossen, unabhängig von Wien. Er hielt den Atem zurück, um nicht vor seinen Genossen hörbar schwer zu atmen. Trotzdem begriff Johst sofort, warum Strobl den Atem anhielt. Gerade war Strobl der Entschluß aufgegangen in seiner bereits unentrinnbaren Nähe. Johst dagegen hatte plötzlich wieder ein Gefühl von langer Frist. Es fiel ihm auch ein, daß er Martha durch die Tür geschoben hatte; er horchte. Aber er hörte nichts von Martha. Wahrscheinlich schlief sie. Strobl sagte – offenbar hatte er schon vorher ein paar Sätze gesagt, die für Johst ausgefallen waren: »Glaubst du daran, Johst?« – »Woran?« – »Daß gesiegt wird.« Johst erwiderte, alles kehrte sofort wieder zu ihm zurück, nah und drohend, er vergaß die Frau hinter der Tür: »Offen gesagt, das ist für mich gar nicht die erste Frage.«

»Sondern?«

»Mut. Weil dadurch immer noch alles möglich wird.« Strobl sagte: »Dich hat der Schutzbund geschluckt, Johst. Du warst dort für deine Funktion hingeschickt, so und so. Aber er hat dich mit Haut und Haaren gefressen.«

Johst lachte. »Gewiß.«

»Aber du kannst es nicht mit dem Schutzbund allein schaffen. Du verwechselst die Menschen, die jetzt um dich herum sind, mit allen andern.«

»Nicht mit dem Schutzbund allein, aber durch ihn.« Johst machte aus dem Armgelenk eine Bewegung des Mitreißens. Ruppl aus Linz nickte. Strobl schwieg plötzlich auch. Er hatte aufgehört, an der Lippe zu saugen. Johst unterdrückte den Wunsch, aufzustehen und ins Zimmer zu gehen. Er verstand vielleicht zum erstenmal, vielleicht sogar zum einzigen Mal, daß es gar nicht zwei verschiedene Teile seines Lebens gab, einen hier drin und einen hinter der Tür, sondern nur sein eines, einiges Leben. Trotzdem schämte er sich vor seinen Genossen, jetzt, da solche Dinge verhandelt wurden, aufzustehen und nach der Frau zu sehen.

V

Das Floridsdorfer Gemeinderatsehepaar Wöllner schlief in seinem großen, frisch bezogenen eichenen Doppelbett. Frau Wöllner hatte ihr krauses, weißes Haar in einen Zopf geflochten. Auf dem Nachttisch lagen die Photographien ihrer Enkel, ein Buch und eine Haarbürste. Der Gemeinderat schlief fast aufrecht, auf drei Kissen, dessen oberstes gestickte Ecken hatte. Sein gescheites, herrschsüchtiges Gesicht mit hervorspringendem Kinn und Brauenwülsten war auch im Schlaf nicht ganz aufgelockert. Die Nasenlöcher waren von einem starken Schnupfen rotgerändert. Seine Kleider waren regelrecht über den Stuhl gehängt. Die Uhrkette hing über der Lehne, daß er auf den ersten Blick die Zeit von den Radiumziffern ablesen konnte.

Der große geraffte, goldgelbe Vorhang täuschte einen Sonnenaufgang vor, obwohl es noch dunkel war und der Regen gegen die Scheiben prasselte.

Es klingelte an der Vorplatztür. Frau Wöllner seufzte ein wenig. Keins erwachte. Es schellte zum zweiten Male. Gleich darauf ein drittes Mal, dann fortwährend, ohne abzusetzen. Frau Wöllner blinzelte, sie reckte den Kopf und warf einen Blick zwischen zwei Zipfeln des Federbettes auf die Uhr ihres Mannes. Sechs Uhr. Sie hatte einen Augenblick das Gefühl von Klingeln. Weil es aber nicht absetzte, dachte sie in ihrem benommenen Kopf, die Stille sei ununterbrochen. Sie legte sich zurück.

Da wurde an der Tür geklopft, so heftig, daß die Dielen zitterten. Sie fuhr hoch, zog Pantoffeln über und den Schlafrock, hinter dessen Kragen sie ihren Zopf verwahrte. Es klopfte fortwährend, wie mit Hämmern. Der Gemeinderat Wöllner hatte sich aufgerichtet und horchte. Er war erst gegen Morgen eingeschlafen. Er hatte die halbe Nacht das Ereignis nach allen Möglichkeiten abgeschätzt, das jetzt eingetroffen war. Auch in seinem Schlaf hatte es an die Tür geklopft. Er hatte auch im Schlaf wiederholt: »Ich stehe hier kraft meines Mandats als gesetzlich gewählter Gemeinderat. Alles, was Sie tun, ist ungesetzlich.« Er wollte in seine Kleider springen, ein Mensch in seinem Kopf sprang blitzschnell aus dem Bett, fuhr in die Kleider, rief in den dunklen Flur: »Kraft meines Mandats.« Aber er lag noch fast eine Minute lang, er spürte wie neu entstanden das Alter seines Körpers und die Bettwärme, er hörte draußen ein Gewirr von Männerstimmen, die weinende Stimme seiner Frau, die rauhe der alten Bedienerin. Er sprang auf, er zog seine Hose über das Nachthemd. Fast im selben Augenblick war das Zimmer voll Menschen, Polizei, Kriminale, der Polizeioffizier. Er richtete sich, noch barfuß, auf. »Ich verbitte mir das, meine Herren. Bis jetzt bin ich hier der Hausherr. Was wollen Sie eigentlich?« Der Polizeioffizier sagte: »Nutzt ja nix, Herr Wöllner. Machens doch keine Geschichten.«

Schon wurden die Schubladen auf den Teppich ausgeschüttet, die Schranktüren knackten. Wöllner sagte: »Ihre Legitimation, meine Herren?« Er spürte den Plüsch unter seinen nackten Füßen, als hätte er nie zuvor auf einem Bettvorleger gestanden. Zwei Kriminale hatten wirklich ihre Jacken zurückgeschlagen und zeigten ihre Marken. »Machens sich fertig, Herr Wöllner.« – »Ich stehe auf diesem Platz kraft meines Mandats als gesetzlich gewählter Gemeinderat.« – »Gehens, Herr Gemeinderat, seiens doch vernünftig, ich kann Sie doch nicht von Kopf bis zu Fuß anziehen. Ach so, den Haftbefehl wollens sehen, Herr Gemeinderat. Also schauens: Im Namen der Bundesregierung. Und jetzt seiens vernünftig. Wollen doch nicht in so 'nem Aufzug durch die ganze Stadt fahren.«

Plötzlich war seine Frau neben ihm, um ihm die Schuhe anzuziehen. Sie weinte. Ein Schnürriemen ohne Stifte. Die Dienstmagd schrie: »Sie zerhacken unser Büfett mit spitzem Zackenzeug!« Wöllner erschrak, zwei Briefe in einem Papierserviettenkästchen.

»Machens jetzt zu, Herr. Los, los, los.« Wöllner zog das Oberhemd über das Nachthemd, er versuchte seine Krawatte zu binden auf dem doppelten Kragen. »Also, Frau Wöllner. Gebens dem Mann einen Wintermantel, damit Ihr Mann keinen Schaden leidet. Verabschiedens sich.« Er drehte sich um. »Bissei fix, ihr da hinten. Alles auf einen Haufen, daß nix verlorengeht. Schraubt die Abortdeckel ab. Grabowsky!« – »Zu Befehl.« – »Sie sind verantwortlich. Lassen Sie den Mädler in der Wohnung. Setzen Sie sich ans Telefon. Niemand rein-, niemand rauslassen, alles arretieren.« – »Zu Befehl, Herr Leutnant.« – »Nikisch, kommens mit, ich geh selbst mit. Also, Herr Wöllner, jetzt ist genug Abschied genommen, so jung seid ihr ja nimmer.«

Wöllner ließ die Frau los. Er starrte dem Polizeioffizier auf die Augen. Seine Frau hatte mit einem Ruck zu weinen aufgehört. Sie betrachtete gleichfalls höchst verwundert diesen Menschen. Sie half ihrem Mann in den Mantel. Sie zog seinen Kopf herunter und küßte ihn. Wöllner wünschte jetzt selbst, der Abschied möchte vorbei sein. Er unterdrückte einen unsinnigen Wunsch, sie am Zopf zu ziehen. Die Bedienerin weinte laut: »Herr Gemeinderat!« Doch auf der Schwelle erschrak er. Er rief: »Das ist ungesetzlich!«

Der Polizeioffizier faßte ihn plötzlich am Arm. Er ließ ihn erst im Auto los. Auf der Straße brannten noch die Laternen. Es gab noch keine Menschen. Vielleicht bestaunten sie alles hinter den Türen, hinter den Vorhängen. Wöllner saß neben dem Polizeioffizier auf dem hinteren Autositz eines gewöhnlichen Mietautos. Die vom Regen angelaufenen Scheiben verzogen die ganze Stadt zu einem Muster aus Laternenlichtstreifen. Im Traum waren die Sitze viel härter gewesen, die Polizei viel wilder, die Stadt viel voller, das wirklichste Wien. Viel feierlicher waren in seinem

Kopf die Worte gestanden: Kraft meines Mandats. Gesetzlich gewählt. Er hatte doch wirklich jahrelang dieses Mandat besetzt gehalten wie einen Posten. Er hatte sich Tag und Nacht für seine Mandanten eingesetzt, er hatte sein Leben lang gekämpft gegen Unordnung, Kommunismus und Verwahrlosung. Er war immer ein geachteter Mann gewesen.

Im Polizeipräsidium brannten Lichter in allen Stockwerken. Gerade als sie vor dem Tor standen, gingen in allen Straßenzügen alle Laternen aus. Der Polizeioffizier hatte ihn wieder unterm Arm gefaßt. Wöllner war oft in diesem Gebäude gewesen. Trotz des frühen Morgens wimmelte es auf der Haupttreppe und in den Korridoren. Wöllner war müd im Kopf und in den Füßen. Er dachte, da er zu müd war, um sich etwas Neues auszudenken, sich ganz und gar auf seine drei Sätze zu stellen: Ich stehe hier kraft meines Mandats. Ich bin gesetzlich gewählter Gemeinderat. Alles, was Sie tun, ist ungesetzlich.

»Also, Herr Wöllner, setzen Sie sich. Sie waren Gemeinderat in Floridsdorf?« – »Ich bin Gemeinderat.« Er kannte vom Sehen dieses längliche, wie verzogene Gesicht. Der muß schon früher in der Verwaltung dringesteckt haben.

»Tut mir leid, Herr Wöllner. Sie waren. Ihr Mandat erlischt oder ruht zumindest vom Augenblick des Haftbefehls an bis zu seiner Aufhebung.«

Dieser redete höflich, sogar bescheiden, mit einem solchen Unterton – tut mir leid, daß ich, der Jüngere – –

Wöllner erwiderte leise: »Ich bin gesetzlich gewählt, nur meine Wähler –« Plötzlich fing sein Herz zu schlagen an, als witterte es etwas Drohendes, für den Verstand noch nicht Wahrnehmbares. »Sie rauchen nicht?« – »Nein, ich rauche nicht, und ich trinke nicht.« – »Gestattens. Bitt schön, was ist die Telefonnummer Ihrer Wohnung? Sie ersparen mirs Nachsehen, A 13 882?« Wöllner blickte auf die fremde Hand an der Drehscheibe, langgezogene Hand mit einem Trauring. »Was hatten Sie eigentlich für eine Funktion im Republikanischen Schutzbund?« – »Ich? Gar keine. Ich bin Gemeinderat.« – »Nun, wenn Sie auch keine Funktion bekleideten, Herr Wöllner, so doch eine gewisse Vertrauensstelle. Ihre Freunde haben Sie doch gekannt, und gewußt von Ihnen, daß Sie ein alter Parteimann sind, ein angesehener, auf den Verlaß ist, bei dem man was aufheben kann, dem man was anvertrauen kann. – Hallo, hier ist Nummer achtundzwanzig. Jawohl, meine Wenigkeit. Sagens, schon alles abgegangen? Per Auto sagens? Muß schon hier sein. – Ich meine, Herr Wöllner, dem man auch im Notfall was anvertrauen kann.« Er senkte ein wenig den Kopf, um Wöllner ins Gesicht zu sehen. In Wöllners Augen war Angst. Er sagte bedauernd: »Redens doch, Herr Wöllner. Erleichterns sich doch. Einem Mann in Ihren Jahren wird man nichts anhaben. Habens doch Vernunft, und bewahrens Ihre eigenen Leut vor der Unvernunft. Wir haben jetzt einen nationalen Staat, nicht wahr, und einen Staat kann man nicht ändern, er ist eben da, und man muß sich mit ihm abfinden.« Wöllner wischte sich mit dem Ärmel übers Gesicht. Der andere zog ein frisches, noch viereckig zusammengelegtes Taschentuch heraus und legte es vor sich hin, mitten auf eine blaue Mappe. Wöllner murmelte: »Alles, was Sie tun, ist ungesetzlich.«

»Aber wieso denn, Herr Wöllner, aber ich bitt Sie. Im Staat ist doch immer ein höherer Wille ausgedrückt. Der höchste Wille, der drückt sich im Staat aus, und deshalb ist ein Staat nicht ungesetzlich. Deshalb muß man ihm dienen, das ist meine Meinung vom Staat. Aber bedienens sich doch, Herr Wöllner. Nehmens doch das Tüchel, Herr Wöllner. Ein Schnupfen ist doch menschlich.« Er stöpselte am Hausapparat. »Ja, hier ist Nummer achtundachtzig. Meine Wenigkeit. So, ach. Werd ich gleich schicken. – Tut mir leid, Herr Wöllner. War mir sehr interessant. Werden ein andermal diskutieren.« Draußen an der Tür standen zwei fremde Gesichter, zwei Kriminale, zwei schlampige. Wöllner zog die Schulterblätter zusammen. Er hielt sich ganz gerade. Auf den Bänken in den Gängen saßen viele Menschen, viele sahen ihn an, einen weißhaarigen, aufrechten Mann. Jemand wurde gleichfalls zwischen zwei Kriminalen an ihm vorbeigeführt, erkannte ihn, hob die Hand, rief »Freundschaft!« Wöllner erkannte ihn nicht. Sein Gesicht regte sich nicht, als trüge es eine Maske an dünnen Fäden. Er hob auch nicht den Arm, als könnte er etwas verschütten. Der Weg kam ihm sehr lang vor.

Vier Leute in Zivil hinter einem Tisch, auf dem Tisch Papiere, zwei Briefe, ein Bündelchen Papierservietten. Der neue, dicke, schuhwichsgescheitelte Kommissar.

»Ach, der Herr Wöllner.«

»Ich bin gesetzlich gewählter Gemeinderat.«

»Also gut, Herr Gemeinderat. Nehmens Platz, Herr Gemeinderat. Erklärens uns mal schnell diese zwei Wisch, Herr Gemeinderat.«

Wöllner sah hinunter auf den pechschwarzen Scheitel. »Ich bin gesetzlich gewählter Gemeinderat.« Er bewegte fast gar nicht die Lippen, als könnte sein Gesicht herunterfallen. »Sie haben doch so 'ne Vertrauensstelle gehabt beim Schutzbund.« – »Damit hat das nichts zu tun.« – »Also gebens zu, daß Sie die Vertrauensstelle gehabt haben. Also, hier habens ein Glas Wasser. Hier habens 'nen Stuhl. Hier habens Ihr Schnupftüchel.« Er hob es vom Boden auf. Wöllner hatte sich gesetzt, die Beine nebeneinander, kerzengerade. Sein Herz machte einen klapprigen Lärm, wie eine Mühle. »Also Sie haben doch gesehen, wie voll bei uns die Gänge sind. Das soll alles noch vorm Mittagessen vernommen werden. Und Sie möchten ja wohl auch nicht, daß Ihr Brathendl zu Haus hart und schwarz wird. Also haltens uns hier nicht auf, Herr. Bescheid wissens.« Er war im Zimmer herumgegangen, jetzt blieb er vor dem Stuhl stehen. »Sagens die Namen. Dechiffrierens uns schon.« Wöllner dachte: Nichts anderes denken, nichts anderes sagen als – – Er sagte: »Alles, was Sie tun, ist ungesetzlich.« Der kleine Kommissar stellte sich vor den Stuhl und machte eine Kniebeuge. »Was meint der Herr?« – »Ungesetzlich.« Der Kommissar schlug ihm auf den Mund, die Fäden rissen, das fünfzigjährige Gesicht klappte herunter. Der Kommissar trat einen Schritt zurück und betrachtete das neue Gesicht belustigt. Wöllner leierte mit gleichfalls ausgewechselter, erstaunlich heller Stimme: »Ich bin gesetzlich gewählter Gemeinderat.« Jemand verdrehte ihm die Arme hinter der Stuhllehne. Der Kommissar sagte: »So, alter Freund. – Die Depots? Wissens nicht?« Er schlug. »Die Namen? Keine Ahnung?« Er schlug. »Die Depots? Immer noch keine Ahnung?« Er schlug. »Die Namen? Immer noch keinen Schimmer?« Er schlug. – Er schlug aus der Kniebeuge ganz genau auf die Schläfen mit der rechten und mit der linken Faust, er schlug und schlug.

Wöllners Kopf hoppelte auf seinen Schultern, auf seinem kerzengeraden, erstarrten Oberkörper. Erst als die Schläge aufhörten, kullerte der Kopf auf die Brust. Der Kommissar sagte: »Nix zu machen. Schickt den ganzen Kram auf Zimmer zweihundertzwölf an die Schriftgelehrten. Sollen die sich jetzt auch mal abplagen. Laß mal los, gieß ihm eins über. So, was? Was will er?« Wöllner leierte mit seiner neuen hellen Stimme, ohne seinen triefendnassen Kopf zu heben: »Ich mandate hier kraft meiner Gemeinde –« Der Kommissar legte mißtrauisch die Hand unter Wöllners Kinn, er hob ein wenig den großen, nassen, alten Kopf.

Im Nebenzimmer wartete ein halbes Dutzend Kriminale auf den Chef. Plötzlich liefen alle in den Korridor. Aus der Tür drang ein helles, ununterbrochenes Geleier. Jemand lief aus diesem Zimmer verstört heraus. »So ein Pech, hat ihn nicht mal angerührt. Da sind andere ganz anders drangekommen und habens überstanden.« – »Woraus man mal wieder sieht, daß das ganze Geschwafel von Gleichheit Geschwafel ist.«

VI

Ohne sich um die vielen Nachbarn zu kümmern, die an diesem Abend teils auf den Stufen saßen, teils über das Geländer herunterredeten, nahm Fritz in einigen großen Sätzen das Treppenhaus und schellte und klopfte gleichzeitig an Riedls Wohnungstür. Frau Riedl öffnete, ohne Eile, mürrisch. Man sah es ihr an, daß es ihr einerlei war, ob Fritz kam oder überhaupt jemand. Fritz rief: »Ist Riedl da?« Frau Riedl erwiderte: »Riedl? Nein.« – »Wann kommt er?« Sie zuckte die Achseln. Er folgte ihr in die Küche. Die beiden Buben saßen in Nachthemden zwischen Tisch und Heizung, Breiteller vor sich. Sie starrten Fritz an, die Mutter rief ihnen zu: »Weiteressen!« Fritz rief: »Aber man hat in seinem Bezirk eine Betriebsratsobleute-Sitzung ausgehoben. Ob's seine war, Frau Riedl?«

Die Frau erwiderte: »Möglich. Man muß auch damit rechnen.« Sie zuckte wieder die Achseln. Sie brachte ihre Buben zu Bett. Fritz öffnete die Tür zum Wohnzimmer. Er knipste Licht an, als hätten vielleicht die Menschen doch im Dunkel zusammen gesessen. Er sagte verzweifelt: »Niemand ist da.« Frau Riedl sagte: »Es hockt doch alles im Treppenhaus beieinander.« Er war ihr ins Schlafzimmer gefolgt, zwei große Betten, zwei Kinderbetten, alles weiß und frisch. Als sei die Frische und Heiterkeit der Frau von ihr weggegangen in die Dinge. Fritz wickelte einen der Buben fest in seine Decke; die Falken hatten immer darum gebettelt, er hatte einen guten Griff. Aber dieses Kind zog die Knie an und runzelte die Stirn. Zum erstenmal fragte sich Fritz, warum gerade diese Buben nicht an ihm hingen, warum ihn gerade diese Frau nicht liebte. Sie hatte sich nie um ihn gekümmert, Riedl allein war Vater und Mutter für ihn gewesen. Manchmal hatten sich die Genossen gewundert, daß Riedl gerade eine solche Frau hatte. Fritz aber hatte die Frau, die Buben, seine eigenen Leute, Riedls Freundschaft als festen, selbstverständlichen Bestand seines Lebens hingenommen. Er sagte in tiefer, kindlicher Unruhe: »Er kommt vielleicht doch bald.« Frau Riedl zuckte zum dritten Male die Achseln. Sie schloß hinter ihm ab.

Fritz ging nicht hinunter, sondern lehnte sich im Treppenhaus an. Die gegenüberliegende Flurtür war offen. Ein heller Lichtschein vermischte sich mit dem schwächeren des Treppenhauses. Frau Bäranger saß auf der oberen Stufe. Ihre untätigen Hände fielen sogar Fritz auf. Ihr Sohn Rudolf stand einen Absatz tiefer an die Wand gelehnt. Auch die Flurtüren im zweiten Stock waren offen. Ein Dutzend erwachsener Menschen saßen und standen zwischen zweitem und drittem Stock. »Weil es einem doch befremdlich vorkommt«, tönte Rudolf Bärangers Stimme durch das Treppenhaus, »daß so ein alter verantwortlicher Genosse beschwipst gewesen sein soll und die Selbstbeherrschung so soll verloren haben, deshalb redet man halt, er hätt mit ganz klarem Verstand, weil ihm der Versammlungsbeschluß nicht gepaßt hat, auf den Heimwehrposten losgehauen, damit er ein bißchen eingesperrt wird, damit er ein bißchen die Verantwortung los ist für die Zeiten, die jetzt kommen.« Fritz fuhr zusammen. Er rief: »Nein, das ist nicht wahr!« Alle, auch Rudolf, sahen ihn an. Er rieb vor Verlegenheit seinen Hinterkopf an der Wand. Er sagte, mehr und mehr errötend: »Nein, das ist eine Schweinerei, solche Geschichten.« Er stockte, weil er merkte, daß er statt eigener Worte genau das sagen wollte, was Riedl an seiner Stelle gesagt hätte. Vom vierten Stock war Luckner ein paar Stufen heruntergekommen; sein kleiner, bärtiger Kopf lag auf dem Geländer. »Wozu erzählst das?«

Fritz konnte von seinem Platz aus die beiden Stiegen übersehen. Erstaunlich vertraut war ihm das Treppenhaus mit allen Gesichtern, das polierte Geländer mit den Messingknöpfen, damit die Buben nicht hinunterrutschten. Er sah und horchte gespannt.

Plötzlich erfüllte ihn die Gewißheit einer großen Veränderung, eines ungeheuren Ereignisses, alsbald, an diesem Ort. Sein Herz witterte richtig, doch nicht das Treppenhaus wurde erdbebenartig von Veränderung ergriffen, nicht die Menschen auf den Stufen und über dem Geländer, sondern ausschließlich er selbst. Bäranger legte den Kopf zurück und rief hinauf: »Wenn überhaupt an dieser Geschicht kein wahres Wort dran wär, daß überhaupt so was gemutmaßt werden kann von einem Mann, der unser Genosse genannt wird, der unser Mandat in der Rocktasche hat«, Rudolf schlug sich auf die Brust, »das zeigt, daß niemand mehr was begreift, daß alle Geduld gerissen ist.«

Seine Stimme blieb fest und körperlich im Treppenhaus, auch als es zu Ende war. Fritz sah von jetzt ab nur noch Rudolf an, seinen straffen, selbstbewußten Körper, dem man anmerkte, daß er in Waffen geübt war, mit Frauen geschlafen hatte. Rudolf war nur drei, vier Jahre älter als Fritz, doch er war das zweite Jahr im Schutzbund, er besaß Vertrauen, Verantwortung. Warum bin ich grad ich? dachte Fritz verzweifelt, warum bin ich nicht früher von den Falken weg? Riedl hat recht gehabt, jetzt kommt er nimmer. Drunten wurde die Haustür geöffnet. Alle beugten sich vor: Riedl.

Er stieg bis zum dritten Absatz. Das Treppenhaus hatte auf einmal einen Kern, sein ruhiges, zuverlässiges Gesicht. Er wehrte mit einem Lächeln die ersten Fragen ab. Er erblickte Fritz und nickte ihm halb zu. Er machte keine Miene, vollends hinaufzusteigen, sondern setzte sich nur aufs

Fensterbrett. Ja, es stimmt, Sitzung der Betriebsratsobleute in seinem Bezirk. Ich war aber bei der Bezirksleitung. Nein, im Gegenteil, ich glaube, es hat sich alles etwas zurechtgezogen. Eine Beruhigung ist eingetreten. Zwei Abgeordnete von den Christlich-Sozialen haben die Vermittlung übernommen. Wenn die Parteiführung freie Hand behält, wenn im Reich die Disziplin gehalten wird – Rudolf schrie, obgleich Riedl dicht neben ihm stand: »Behüt mich der Himmel vor eurer Disziplin. Verpackelt nur all unsre jungen Leben, ihr gottverfluchten Packler!« Riedl drehte sein Gesicht schnell nach ihm hin. Alle waren still, auch Rudolf war jetzt still und starr. Riedl erwiderte beinah sanft: »Sieh mal an, Rudolf, bist ja dem Deutsch seine rechte Hand worden, weißt alles –« Frau Bäranger sagte vor sich hin: »Immer muß der Bub einem übers Maul fahren –« Riedl fuhr fort: »Nennst du das Packeln, Verantwortung haben um eure jungen Leben, um hunderttausend Leben – dann lohnt es sich zu packeln. Um das Haus, in dem wir wohnen, um all die hellen, hellen Wohnungen für sechzigtausend Genossen, um all unsre kleinen Kinder und all unsre Schulen und Spielplätze für ganze Generationen von Kindern, unsere ganze Kraft und Arbeit durch Jahre, unsere Organisation, ja, verzieh nur dein Gesicht, Rudolf, unsere Organisation, die dir was Selbstverständliches ist, weil wir sie dir zu was Selbstverständlichem gemacht haben, und du kannst dir nimmer vorstellen, wie dunkel und durcheinander und wild sonst alles war, und du weißt gar nimmer und hast vergessen, wie sie dich aus deiner Familie weg im richtigen Augenblick zu den Kinderfreunden gegeben haben und dann zum Falken gemacht und dann wieder im richtigen Augenblick zum Jugendgenossen und zuletzt dem Schutzbund übergeben – freilich, da hast du recht: man darf's nur, wenn man auch ein Gewehr hat, wenn man auch einen Schlußpunkt setzen kann. Aber den Punkt zu bestimmen, das mußt du der Parteileitung überlassen. Denn für die Genossen in der Parteileitung ist die Verantwortung groß, Blut vergießen zu müssen. Für sie war das eine große Versündigung vor der ganzen Arbeiterklasse, unnütz Blut zu vergießen.«

»Wer spricht auch von unnütz? Wir werden siegen.«
»Möglich.«
»Sicher.«
»Möglich. Ich bin gewiß gegen die, die unmöglich sagen. Ich bin auch gegen die, die sicher sagen. Weil nämlich im Sicher immer eine kleine Unsicherheit mit drin ist, und in jedem Unmöglich doch noch eine kleine Möglichkeit.«

Alle im Treppenhaus waren still, weil diese beiden doch nur sprachen, was alle gesprochen hätten. Riedl warf einen kurzen Blick treppauf. Fritz stand noch immer mit gesenktem Kopf, wie an die Wand genagelt. Rudolf fuhr fort: »Und was du furchtbare Versündigung nennst vor der Arbeiterklasse, so mein ich, wären's doch müßige Gewissensbisse, die besser einem Katholik anstehen, das mit dem Blutvergießen, obwohl's nämlich umgekehrt ist. Wenn der Otto Bauer Angst hat vor der Versündigung, der Dollfuß hat bestimmt gar keine. Was mir Gewissensbiß machen tät, wär nur, die Zeit verpassen.«

»Hast wohl mit Kommunisten debattiert, die letzte Zeit? Man hört ihre Argumentiererei aus deiner Rede heraus, wie beim Klopfen den Sprung im Teller.«

»Hab ich. Warum auch nicht? Haben ja ihre Revolution –«

»Fragt sich bloß, was für eine.«
»Na, eine ganz ordentliche.«
»Fragt sich, was daraus geworden ist.«
»Na, ein Arbeiterstaat. Und wenn ich schon soll kutschiert werden, lieber als von dem Liliputaner doch von Stalin, der ein zäher, verteufelter Teufel sein muß und ein Proletarier.«

»Nein, von keinem. Daß mir keiner auf dem Hals sitzt, darum geht's mir im Leben, und wenn's sein muß, im Sterben. Und jetzt gute Nacht, Genossen, und Freundschaft.«

»Freundschaft.« Er ging die letzten Stufen hinauf. Frau Bäranger stand auf, um ihm Platz zu machen. Alle bewegten sich und sprachen durcheinander. Rudolf Bäranger stieg die Treppe gleichfalls hinauf. Er schüttelte Riedl kräftig die Hand, beide lachten. Dann folgte er seiner Mutter. Ein heller Lichtschein nach dem andern wurde dem Treppenhaus entzogen, die Flurtüren schlossen sich. Niemand blieb zurück als Riedl, der von außen aufschloß, und Fritz, an die Wand gelehnt.

»Komm rein, Bub.«

Fritz machte einen Schritt. Er lehnte seinen Kopf an Riedls Arm. »Ach, Riedl.« – »Was denn? Komm rein.« Fritz schüttelte den Kopf. Riedl wiederholte seine Aufforderung nicht. Er merkte, daß Fritz allein sein wollte. Freilich war es das erstemal, daß er auf diesen Wunsch bei ihm traf.

Fritz verließ das Haus und ging in seine eigene Wohnung. Die Großmutter stopfte Strümpfe. »Dein Vater ist wieder noch nicht da. Ist's denn wahr, was man im Hof erzählt, daß es ernst wird?«

»Ja, es ist wahr.«

»Wirst denn du da auch schon mitmachen müssen?«

»Ich muß nicht, aber ich möcht.«

»Wird denn dabei auch was rauskommen, was Richtiges, bessere Lebensumstände?«

Er sah in ihre funkelnden Brillengläser. »Sicher.«

Er ging ans Fenster. Er warf einen Blick ins Kinderbett, in dem statt der Buben seine Schwester schlief. »Hab's ausgetauscht, weil's hier warm ist. Sie ist noch anfällig.« Er zog die etwas zu kurze Decke über die nackten Füße. Das Mädchen erwachte einen halben Augenblick, erkannte ihn, lächelte, schon wieder schlafend. Er kehrte dem Zimmer den Rücken. Er stand da, wo Riedl gestanden hatte, als er vor etlichen Wochen vergebens heraufgekommen war. Auch für Fritz war die Erde zu einer Landkarte aus Lichtern abgesteckt: Hohe Warte, Gartenstadt, Floridsdorf. Der Himmel war dunkel und sternelos. Um die Lichter stand die Luft in zittrigen, milchigen Kreisen. Zum erstenmal in seinem Leben hatte Fritz eine eigene, wenn auch flüchtige Vorstellung des Todes, zum erstenmal spürte er auch sein eigenes, mit allen Genossen unzertrennlich verbundenes Leben, von allen anderen abgesondert, ihm allein zu eigen, von ihm allein nur darzubieten. Er spürte es in sich einschießen, das wirkliche, bewußte Leben der Erwachsenen, vorerst noch unerträglich, weil er nicht daran gewöhnt war. Rudolf, den er beneidete, und darum wenig liebte, hatte recht gehabt. Doch Riedl, der ihm lieb war, hatte unrecht in seiner Angst vor dem Furchtbaren: Blutvergießen. Von wem hatte er das erzählen hören von den Lenaer Goldfeldern, wo und wann? Die zerschossenen Männer, neben- und übereinanderliegend, auf dem entlegensten Fleck der Erde, nutzlos und von unermeßlichem Nutzen. Gerade das, was Riedl furchtbar nannte, verlangte sein Herz in seiner ersten, durch nichts getrübten Bereitschaft. Alles, was er die letzten Wochen gehört und gesehen hatte, blinkerte und flimmerte in seinem Kopf, dann ordnete sich alles zu einem klaren und harten Bild: der Aufstand.

Die Tür ging hinter seinem Rücken. Er drehte sich um: das also war sein Vater, das also war seine Wohnung, das also war er selbst.

VII

Nur weil seine Haltestelle wenige Meter entfernt lag, trat Karlinger zu der Menschenmenge, die am Hoftor der Heimwehrkaserne irgendeinen Vorgang neugierig verfolgte. Karlinger reckte selbst seinen Hals. Es kam ihm unwahrscheinlich vor, daß das, was er sah, genügte, um die Menschen zusammenzuhalten. Vor der Einfahrt standen drei große Lastfuhrwerke, eins voll Stroh, zwei voll Brote. Da das Tor zur Einfahrt zu eng war, liefen alle Brote nacheinander durch eine ganze Kette von Händen in eins der Küchenfenster. Der ganze Hof war mit Strohhaufen ausgefüllt, Heimwehrler hockten herum und füllten Säcke unter Gelächter und Witzen. Einer verstand es, blitzschnell Puppen aus Strohwischen zu drehen, die er im Arm wiegte und dann schnell in die Säcke hineinknautschte. Offenbar war es das ganze lustige Durcheinander, das die Passanten unwiderstehlich anzog. Hinter allen Fenstern der Kaserne klebten weiße Gesichter, ein Placken am andern, wie Frösche am Glas. Die Kasernen waren überfüllt, seitdem die Heimwehrführer in Wien verhandelten. In allen Städten Oberösterreichs klirrten die schnell zusammengezogenen bewaffneten Formationen zu ihren Forderungen.

Aus einem der obersten Stockwerke wurde eine Schnur heruntergelassen. Der im Hof knüpfte seine Strohpuppe daran. Es gab einen Mordskrach; aber das wilde Gefluche der Wache endete in Gelächter bis auf die Straße hinaus. Die Schnur hatte sich verheddert, die Puppe baumelte vor dem dritten Stockwerk zwischen Himmel und Erde. Währenddessen ging das Brotabladen weiter. Karlinger suchte zu begreifen, was ihm eigentlich zuwider war; gewiß nicht die Puppe. Zuwider war ihm die ungeheure Brotmenge, die diese Kaserne fraß wie ein Ofen Kohlen; zuwider war ihm seine eigene plötzlich erwachte, sonderbare

Freßgier, die ihn überwältigte. Sie kam aus dem deutlich wahrnehmbaren Roggengeruch, dem Fett- und Zwiebelgeruch aus den Küchen.

Er sprang auf die Elektrische. Es war voll auf der Plattform. Sogar der Wagenführer ließ sich die letzten Sätze des Flugblattes wiederholen, freilich ohne den Blick von der Fahrbahn abzuziehen. Er klingelte die kleinen, erregten Straßen auseinander, die wahrscheinlich ebenso wie die Elektrische selbst frisch mit Flugblättern belegt worden waren. Karlinger hatte sich wieder eins genommen, obwohl er den Inhalt bereits seit gestern kannte. Das Flugblatt hatte schon gestern abend vorgelegen auf einer gemeinsamen Sitzung von Vertretern der Sozialdemokraten, religiösen Sozialisten und jungen Katholiken, auf Wunsch der ersteren. Er war selbst zugezogen worden. Karlinger hatte enttäuscht durch seine Weigerung, irgendeine Vermittlung persönlich zu übernehmen. Er hatte sich an den Fingern abzählen können, daß jede Vermittlung fehlschlug. Der kleine Kanzler war entschlossen. Er teilte nicht mit den Gottlosen die Angst vor Verantwortung. Er fühlte sich felsenfest im höheren Auftrag. Ein merkwürdiges Werkzeug, dachte Karlinger, von glühendem Ehrgeiz erfaßt, wie viele Zwerge, durch große, gefährliche Gesten seine winzige Peripherie zu erweitern. Er glaubte vermutlich, er brächte den Schwung in die Mühle, in der er doch selbst mitgemahlen wurde. Man erwartete wirklich immerfort etwas, was zu seiner Kleinheit im Widerspruch stand. ln Wirklichkeit war sein Verstand auch eng, seine religiöse Begabung schwach, eine krankhafte Abhängigkeit von seinem Beichtvater. Er mußte in den Gehirnen der anderen als Feind schwer faßbar sein, ein furchtbarer Schemen. Er war ganz unwahrscheinlich. Gleichwohl war er da und eingesetzt. »Wer den Ring hat, dem gehorcht der Geist des Ringes.«

Auf einmal fiel Karlinger ein, warum er überhaupt in die Stadt fuhr. Er hatte heute morgen von seinem Vorgesetzten ein Telegramm erhalten, das ihn in dessen Wohnung nach der Freyung rief. Er zerbrach sich von neuem den Kopf, was man Dringendes von ihm wollte. Vielleicht wurde eine Auskunft gewünscht über die gestrige Sitzung. Er hatte plötzlich keine Lust mehr zu fahren, seine Gedanken verlangten selbsttätige Schritte. Er stieg aus. Er überquerte den Ring, er lief durch den Burghof. Er lief durch ein Gewimmel von Gassen nach der Freyung zu.

Die Glocken setzten ein; er kannte sie alle von jeher an den Stimmen. Sie läuteten jetzt Sturm; die Stadt stellte sich noch unschuldig, viele Frauen trugen Sonntagskleider. Das Furchtbare lag darin, dachte Karlinger, daß man gezwungen war, etwas auszutragen, dessen Ausgang von vornherein gewiß war. Die anderen mochten für ihre Verhältnisse sträflich gut bewaffnet sein, ein Staat war gegen sie, ein regelrechtes Heer mit Tanks und Flugzeugen, im Rücken Armeen mächtiger Staaten.

Die Freyung lag vor ihm, ein lichter, festlicher Platz mit beschwingten Dächern, mit müßigen, sonntäglichen Menschen. Er erschrak; was gab ihm denn plötzlich das Recht, von irgendeinem Ausgang auf Erden anzunehmen, daß er von vornherein gewiß sei? Es war ja nicht einmal gewiß, daß er lebend über die Freyung kam. Die anderen hatten vermutlich auch eine Art Glauben und in dem Glauben ihr »doch noch möglich«. Da konnten sich hundert winzige irdische Umstände zusammenfügen, dem »doch noch möglich« dienstbar. Auch in den Tanks und Flugzeugen saßen Menschen, aus Menschen waren die Armeen. Die anderen konnten auch schnell die wichtigsten Punkte besetzen, den Flugplatz, das Arsenal, das Radio, die Druckereien; sie konnten Hand auf solche Dinge legen, vor die man ungern Kanonen anfuhr, die Burg, die Kaiserliche Schatzkammer, den Stephansdom, die Museen, Rembrandts und Brueghels, die Bibliothek des Franziskaner-Klosters, die Herrlichkeiten des Landes, der Stolz Europas. – Er fuhr zusammen. Was rechnete er da aus, für wen rechnete er da?

»Sagens, um Gottes willen, ich hab Sie doch nicht aus dem Krankenbett rausgescheucht, weil Sie so blaß sind, das tät mir für Sie leid und auch für uns, weil wir einen kerngesunden Karlinger brauchen. Es handelt sich um folgendes – –«

Etwa eine Stunde später stand Karlinger auf der gegenüberliegenden Seite der Freyung, vor dem Haus, in das er von seinem Vorgesetzten bestellt worden war. Er hatte sich zuerst entschieden geweigert, dann hatte er sich Bedenkzeit erbeten, dann hatte er sich breitreden lassen. Er sollte einen Posten annehmen in der Stadtverwaltung, die schon zusammengestellt war – für die bevorstehende Neuordnung. Man würde, wenn alles geregelt war, jüngere Menschen brauchen, die eine gute Kenntnis der Arbeiterfrage hatten und eine geschickte Hand und gewöhnt waren an den Umgang mit Arbeitern. Dr. Winter sollte Vizebürgermeister werden, Karlinger sein Mitarbeiter. Er war ganz verblüfft. Er kannte Winter seit langem, es gab Ansätze zu einer Freundschaft, Möglichkeiten gemeinsamer Arbeit. Er hätte freilich nie für möglich gehalten, daß sie in den Räumen einer Stadtverwaltung zusammenkämen. »Ich will schnell heim und alles meiner Frau erzählen.« Er hatte auch ordentlich Hunger. Er erinnerte sich flüchtig an den Karlinger, der vor einer Stunde drüben vor dem Platz gestanden hatte, von Zweifel befallen, ob er gesund über die Freyung käme. Jetzt hatte er nicht den geringsten Zweifel mehr an der bevorstehenden Entscheidung. Seine Zweifel waren verpufft mit dem leisen Ja, das er schließlich auf den zuerst fragwürdigen Vorschlag seines Vorgesetzten erwidert hatte. Jetzt konnte ihn nichts davor behüten, seinen Posten anzutreten. Für ihn war alles gewiß, und er fing an, sich zu fürchten.

VIII

Die Menge flüchtete vor den Polizeiknüppeln aus der Floridsdorfer Hauptstraße in die Nebenstraße. Ein Flugblattverteiler war gefaßt worden, am Hals gepackt, auf das Pflaster geknallt. Er war mit den Knien aufgeschlagen und unter Tritten und Hieben vornübergefallen. Die Gesichter der Arbeiter hatten gezuckt, ihre Daumen waren eingeschlagen: nicht provozieren lassen.

Die Menge sammelte sich von neuem um einen neuen Flugblattverteiler in einer der halbfertigen, kalkbestaubten Straßen zwischen der alten Eisenbahnersiedlung und dem Schlingerhof. Er war von der Arbeiterjugend, in kurzen Lederhosen, lederne Hosenträger über dem Wams. Seine blauroten Hände teilten unglaublich fix aus. Eine Spur von Witzigkeit lag auf seinem mageren, verfrorenen Gesicht. In den kahlen, nach der Straße zu offenen Höfen standen Frauen und Kinder zwischen den trotz des Sonntags gespannten Wäschesträngen. Sie blinzelten gegen den Stauwind, als erwarteten sie etwas sofort, bevor es sich lohne, in die Türen zurückzugehen.

Zwei Hände griffen gleichzeitig nach dem letzten Flugblatt. Zwei Gesichter beugten sich gleichzeitig. »Die Wahrheit ist, daß die Sozialdemokratie niemand angreift – Sie hält sich aber zum Kampf mit der Waffe bereit – Wenn der Eid und die Verfassung gebrochen werden – Wenn die Freiheit in Gefahr gerät –«

Die Straße hatte sich schon um die beiden geleert, sie lasen gründlich und sorglos. Sie blickten auf, sie blickten einander an, stutzten und erkannten sich. »Wieso kommst du denn hierher? Wohnst denn nicht mehr im Vierzehnten?« – »Hast Arbeit?« – »Ich? Ach wo. Bloß mein Alter.« – »Hast Familie?« – »Ich? Ach wo. Du?« – »Frau und Kind.« Kroytner dachte belustigt, daß es auch schwierig sei, sich den Matthias als Familienvater vorzustellen. Er war das gleiche Gummimännchen geblieben wie in der Schule. Er begleitete seine Antworten mit denselben Grimassen, die ihm damals Ohrfeigen eingetragen hatten. Genau wie damals spürte sich Kroytner an seiner Seite schön und kräftig. Kroytners Haltung, Sprache, sogar sein Blick drückten Zuverlässigkeit aus, allerdings auch das Bewußtsein, daß er ein Mensch sei, auf den sich alle ruhig verlassen konnten. Er dachte: Was denkt sich jetzt wohl so einer von unserem Flugblatt? Er fragte: »Was sagst du dazu, Matthias?« – »Wozu?« – »Zu dem Flugblatt.« Der Kleine verzog seinen Mund fischartig. »Was soll ich dazu sagen? Soll sich den Kopf einrennen, wer Lust hat. Für unsereins springt eh nix raus.« – »Bist Sozialdemokrat?« Matthias schnellte die Brauen hoch. Seine Stirnhaut quetschte sich in konzentrische Halbkreise: »Weder – noch. Ich bin überhaupt nichts.« Kroytner lachte. »Dann laß dir's gut gehen, Matthias. Hat mich gefreut, dich auch mal wiederzusehen.«

»Das Vergnügen war ganz auf meiner Seite. Grüß Gott.« Kroytner kehrte auf die Hauptstraße zurück. Matthias ging zum Ende der Seitenstraße, dann quer über den Bauplatz, dann in eine der kleinen Straßen gegen die Flußseite.

Im Erdgeschoß wohnte eine Strumpfwirkerin. Sie hatte eine winzige Auslage in ihrem Wohnzimmerfenster: Seidenstrümpfe über zwei Holzbeinen mit hübschen, geschwungenen Waden, ein von Motten zerfressenes Stricktuch, ein gleiches kunstgestopft, zwei Schilder: Vorher und Nachher. Sie selbst, eine Witwe, saß im zweiten Wohnzimmerfenster mit ihrer Wirkmaschine, eine kleine, runde, kraushaarige Person mit hochgezogenen Röcken und festen, hellstrümpfigen Beinen. Sie öffnete das Fenster. »Grüß Gott, Matthias. Wieder zurück? Wie geht's der Mutter?« – »Dank schön, soso.« Seine Mutter war vor einem Jahr wegen ihres Gelenkrheumatismus ins Siechenhaus gekommen. Er pflegte sie abwechselnd mit seinem Vater zu besuchen. »Was Neues, Frau Klampfl?« – »Ach Gott, ach Gott, man hat den Herrn Gemeinderat Wöllner aus dem Bett raus verhaftet.« – »Wann war denn das?« – »Ach, gestern –« Er verabschiedete sich von der Frau, die durch die Wohnung an die Flurtür lief, um noch mal auf der Treppe in ihn reinzuschwatzen. Er war aber schon auf dem ersten Absatz. Dort blieb er stehen, dachte nach. Sein Vater aber hatte die Schritte schon gehört und öffnete. Er betrat also die kleine, an diesem trüben Tag besonders dunkle Wohnung, die stickig roch und nach Gulaschsuppe.

Der Alte brachte einen Teller voll Brot, ein Glas Wein. Er war gleichfalls ein Gummimännchen, kahlköpfig. Er setzte sich an den Tisch und fragte. Aber der Sohn erzählte nicht viel, sondern zerpflückte das Brot über der Suppe. Die beiden wirtschafteten allein, seit die Frau im Siechenhaus wohnte. Der Alte hatte sich mit dem Zustand ausgesöhnt. Wenn er aus dem Gaswerk heimkam, zu verschiedenen Tag- und Nachtzeiten, hatte der Sohn immer was zusammengekocht. Seine einzige Angst war, der könnte mal eine Braut anschleppen.

Als es klopfte, zog der Junge die Brauen hoch; das Brotbröckchen, das er gerade zwischen Daumen und Zeigefinger hielt, ließ er nicht in die Suppe fallen, sondern steckte es zwischen die Zähne. Er kaute erst ruhig weiter, als draußen eine Stimme fragte: »Ist der Heini da?« Kroytner trat ein, übertrieben gespannt und aufrecht. Er stutzte. Matthias sagte: »Nanu?« Er war mäßig erstaunt und aß. Kroytner sagte: »Ja, aber wie? Wohnt bei euch ein Heini?« – »Na, ich.« – »Du? Bist doch Matthias.« – »Stimmt schon, ich bin's. Kommt doch bei Christen vor, die auf Matthias Heinrich getauft sind. Du aber bist der Ersatzmann aus dem zwanzigsten Bezirk.« Kroytners Gesicht wurde weich. Zum erstenmal hatte sein Selbstbewußtsein nichts gefunden, um sich daran zu wetzen. Er sagte: »Hast das schon auf der Straße gewußt?« – »Ich? Woher? Es gibt doch viele Männer im zwanzigsten. Bloß weil du um zehn Uhr fünfzehn kommst. Wart mal, ich muß mir da was überlegen. Setz dich.« Kroytner gehorchte und setzte sich still. Er betrachtete das Gesicht des Matthias, wobei sein eigenes wieder weicher wurde. Da das kauende, nachdenkliche Gesicht vor seinen Augen sich nicht veränderte, mußte er seine Vorstellung von Gesichtern ändern.

Matthias wischte mit der Brotrinde den Teller blank, kaute dann die Brotrinde. Er entschloß sich. Er mußte sofort die Wohnung verlassen. Aus Floridsdorf konnte er nicht heraus, er mußte erreichbar bleiben, aber er konnte zum Beispiel in einer leeren Bootshütte übernachten. Mit vielen Nächten rechnete er nicht mehr. Alles hing für ihn davon ab, ob dieser Gemeinderat fest blieb, etwa wenn man ihn schlagen würde. Er versuchte sich vorzustellen, was dieser alte Mann tat, wenn man ihm eins in die Fresse knallte. Er sah auch keinen Grund ein, warum die Polizei nicht ebenso foltern sollte wie in Deutschland. Ein Blödsinn, was dieser Gemeinderat alles wußte, zum Teufel mit »erprobter Genosse«, zum Teufel mit »bewährtes Mitglied«. Auf was war denn der Alte erprobt worden? Mit einem Hammer auf die Nägel schlagen, das wäre vielleicht eine Probe gewesen. Und was für ein Blödsinn, daß dieser Mann in seiner Wohnung abgewartet hatte, bis die anderen das Gesetz brachen und sein Mandat verletzten.

Er seufzte und stand auf. »Komm, Kroytner, wo drückt dich der Schuh? Wir machen's unterwegs aus.« Er sagte in dem kleinen, stockdunkeln Flurviereck: »Wart mal 'nen Augenblick.« Er trat in die Küche. Sein Vater klopfte Schuhsohlen fest. »Hör mal, Vater. Ich muß wieder weg.« – »Könnt ihr's nicht hier bereden? Bist grad kommen, ich hab grad frei. Man ist doch kein Hund, man ist doch ein Mensch, der Anspruch braucht.« – »Nichts zu machen, Vater. Sogar auf länger.« Der Alte sah ihn, vielleicht zum erstenmal, gründlich an. »Hast was ausgefressen?« Er hatte vielleicht zum erstenmal die Vorstellung einer großen Ähnlichkeit mit sich selbst, zum erstenmal verstand er, daß er von diesem Menschen nichts wußte. Der Junge war viel unterwegs, arbeitslos, ein guter Koch. Das letzte Jahr hatte er sich völlig an ihn gewöhnt, er hatte sich nur geärgert, weil der Junge keine Zeitung las und ihn nie auf Veranstaltungen begleitete. Er sagte ängstlich: »Mir kannst alles sagen.« – »Nichts, nichts. Mit der Partei was.« – »Hab nicht gewußt«, sagte der Alte, »daß du damit auch was zu tun hast, und gleich so was, wo du verschwinden mußt. Mir hättst es aber wirklich sagen können.« Matthias sagte: »Wenn man fragen sollt, warum ich weg bin, sag, wir hätten Streit gehabt.« – »Werd sagen, du hättst mir 'ne Braut angeschleppt, die mir nicht gepaßt hätt.« – »Kannst auch sagen, du hättst zu viel die Frau Klampfl geknutscht, hätt mir nicht gepaßt, wo unsere Mutter im Siechenhaus liegt.« – »No, no, no. Wann kommst eigentlich?« – »Wenn's vorbei ist.« Sie gaben sich die Hand, das taten sie sonst nie.

Er verließ mit Kroytner das Haus durch den Hof. Sie gingen schweigend bis zum Ufer. Plötzlich war alles fernergerückt mit den ferngerückten Bergen, ausgekühlt die Zeit von dem kräftigen Wind, der das holzige, kahle Gebüsch surren machte. Weit hinter dem jenseitigen Ufer, in allen lichten Farben, die dem Himmel und dem Wasser heute fehlten, erhob sich mit seinen Türmen der Karl-Marx-Hof, auf so große Entfernung gleichzeitig zart und gewaltig.

»Also: ich muß in meinem Bezirk ein Depot auffüllen. Furchtbare Ausfälle durch die Verhaftungen –«

»Und da schickt man dich bis zu mir?«

»Die Bezirksleitung ist doch verhaftet, die Ersatzleute sind noch nicht beisammen. Ich kann dir sagen, daß ich heilfroh bin, daß ich die Verbindung zu dir bekommen habe. Die Verhaftungen gestern und vorgestern haben alles durchgerissen.«

»Weißt schon, daß Korbel heute früh freigekommen ist?«

»Was? Nein. Ich bin nämlich seit heut nacht unterwegs. Wieso denn grad er, grad heut?«

Sie hatten jetzt die Donau im Rücken. Sie kletterten die Böschung hinunter. Unter ihren Füßen begann eine Straße, die schnurgerade nach Floridsdorf hineinschoß, wie ein Schnitt, der das Herz der Stadt bloßlegt. Hier waren noch braune Äcker rechts und links, Wind und stoßweiser Regen. Einen Kilometer weiter setzten die Häuser ein, ein Gerinnsel von Menschen zwischen sich, tief drunten zu einem schwarzen Klumpen geronnen, alles von weit her sichtbar. Nichts konnte die beiden davor bewahren, dem Verhängnis dieser Straße zu folgen. »Ich war die ganze Woche verreist, jetzt muß man zuerst nachsehen, ob mein Schiffchen angekommen ist, obwohl es sicher angekommen ist. Dann sprechen wir über dich.«

Sie waren unwahrscheinlich schnell zwischen Häuser geraten, an den Rand des Menschenauflaufs. Diesmal bekamen beide mit der Hand abgezogene Flugblätter: Kommunistische Partei Österreichs – Bildet Räte – Kämpft für die Diktatur des Proletariats. Eine Frau mit einem kleinen Kind auf dem Arm – das Kind lutschte und schlief – zupfte ihren Mann mit irgendeiner fruchtlosen Bitte. Ihre starke, hohe Brust, ihr dickes, kornfarbiges Haar, ihr bräunliches, ausnehmend schönes Gesicht, das fruchtete gar nichts. Der Mann stand und las. Doch Kroytner bemerkte an seiner Statt ihr Zupfen, ihr bittendes Gesicht. Er dachte an seine Frau. Sie war auch schön und kräftig. Er sagte: »Diese Leute haben keinen Verstand. Jetzt zur Diktatur aufzurufen, wo es gegen die Diktatur kämpfen geht.« Matthias erwiderte nichts, er zog die Brauen hoch. Das Sonntagsgeläute der nahen Kirche, über die Menschenmenge weg, hatte etwas Drohendes, wie Feuergeläute. Dann leerte sich die Straße plötzlich in die Haustüren. Eine Bubenschulklasse kam auf einmal vorbei mit Gesangbüchern. Es hörte zu läuten auf.

Kroytner sagte: »Was soll besonders Nützliches daran sein: Räte!«

Sie bogen in eine Gasse ab, sie standen wieder vor Wasser, trübem, öläugigem. Das Gelände zwischen Donau und Flußarm war mit Bootshütten und umgekippten Booten bedeckt. »Ich übertrag mir immer alles auf meinen Fall. Was es nützt? Wir könnten in einer Stunde ganz Floridsdorf bewaffnet haben.« – »Wir haben ja einen Rat.« – »Wir? Was denn für einen?« – »Wir haben doch unsern Arbeiterrat, die Vertretung der Großbetriebe.« Matthias blieb stehen. Sie überblickten den Uferwinkel, die Brücke, die den Himmel überschnitt, einen Teil der Stadt mit den Domspitzen. Zwischen den Brückenpfeilern lag eine doppelte Dampferreihe. Matthias sagte: »Da ist sie.« Beim Klang seiner Stimme sah ihm Kroytner ins Gesicht. Das Gesicht eines Mannes, der das Beste erblickt, was er kennt. Er folgt seiner Blickrichtung, ein Schiff, mit rotgrünen Streifen.

»Also hör, heut nacht wird ausgeladen. Dann kann ein Transport zu einer Zwischenstelle an dich abgehen. Wir müssen allerdings, weil es nicht durch deine Bezirksleitung geht, die Genehmigung bei den verantwortlichen Genossen einholen.« – »Kann das nicht gleich geschehen?«

Kroytner wartete einige Straßen weiter in einer Kaffeestube. Sonntag, Unruhe und Regen hatten die Wirtshäuser frühzeitig überfüllt.

Kroytner wartete ungeduldig, nicht bloß auf den Bescheid. Irgendwie fehlte ihm etwas, seit Matthias fort war. Das letzte Jahr hatte er für den Schutzbund viele schwierige Dinge hinter sich gebracht. Seine Verschwiegenheit über solche Dinge war zu krampfhafter Verschlossenheit geworden. Seit dem Explosionsunglück, nachdem er Bildt in der Wohnung seines toten Genossen getroffen hatte, pflegte er höchstens dann und wann sich bei seinem Leiter Franz auszusprechen, dessen Ersatzmann er werden sollte. Mit Matthias hätte er den ganzen Tag und die ganze Nacht durch sprechen mögen.

Er sah ihn durchs Fenster kommen, bezahlte schnell und nahm seine Mütze. Sie gingen zum Brückenkopf hinauf, sie stellten sich zu den Menschen an die Haltestelle. Es war inzwischen, unter dem unbestimmten Regengefussel, doch ganz bestimmt Mittag geworden. Beide spürten den Bruch, der allen Wintertagen um diese Stunde eigen ist. Matthias sagte: »Er will nicht. Es sei kein Fall für eine Ausnahmegenehmigung. Er sagt, nur über die Bezirksleitung.« Kroytner sagte: »Was sollen wir jetzt anfangen?« – Matthias sagte: »Laß mich mal einen Augenblick ruhig nachdenken.« Kroytner ließ ihn. Er betrachtete die in Halbkreise gezogene Stirn. Er spürte plötzlich den Abfall des Tages, die Dämmerung selbst, wie geronnene, plötzlich sichtbare Zeit. Sein Herz zog sich vor Wut zusammen. Er trat von einem Fuß auf den andern. Matthias sagte: »Jetzt will ich dir etwas sagen, Kroytner. An deiner Stelle würde ich die Sache durchführen ohne unsern Mann.«

»Was heißt das?« – »Nun, ohne Genehmigung, du und ich. Ich führ den Transport zur Zwischenstelle durch, du ab Zwischenstelle.« – »Das ist doch nicht dein Ernst.« – »Was?« – »Was du sagst, alles.« – »Das ist doch kein Spaß. Man muß es so machen. Anders kann man nicht handeln.« Matthias' Gesicht war plötzlich ganz sein eigenes, nicht mehr Fischmund, nicht mehr Halbkreise, nicht mehr aus Gummi, sondern nur Blick und Knochen. Kroytner erschrak, seine Wut verwandelte sich in Angst, aber er fragte: »Aber das ist doch unmöglich. Aber das kannst du doch nicht meinen, Matthias. Nein, rede nicht weiter, ich will diese Zwischenstelle nicht wissen, keinen Namen. Das ist doch eben die Disziplin, das ist doch Treubruch.« – »Treubruch? Gegen wen?« – Sie redeten leise, da sich die Menschen an der Haltestelle stauten. Vom rechten Donauufer her, an dem unter ihren Augen die ersten frühen Lichter aufgingen, wehte wie geladene Luft die Erregung, die sich jeder großen Stadt bei Dämmerung bemächtigt. »Ich will dich zu nichts zwingen. Ich behalte den Namen in meinem Mund und schluck ihn. Wenn du keinen Mut dazu hast –« – »Mut! Das sagst du mir, hinter dem man her ist. Wenn man mich fängt, kostet es mich meine acht Jahre Zuchthaus mindestens. Du kannst nicht behaupten, daß es mir an Mut fehlt.«

»Doch, das sage ich.« Kroytner wollte auffahren, sagte aber dann ruhig, nur müde: »Übrigens wird es auf diese Nacht auch nicht ankommen. Morgen kann ich meine Leute treffen. Es wird auf diese paar Stunden nicht ankommen. Es wird nicht grad auf diese Nacht ankommen.« Matthias sagte: »Diesen Gefallen wird es dir nun doch nicht tun, Kroytner, daß es sich aufschiebt, nur damit dein Gewissen ruhig bleiben kann. Ich glaube an diese Nacht.«

Mindestens drei Elektrische waren an ihnen vorübergefahren, aber auf diese, die jetzt abfuhr, sprang Matthias plötzlich auf, ohne sich zu verabschieden. Kroytner machte zu spät eine Bewegung des Nachspringens, er stand mit hängenden Schultern. Noch war es ihm unverständlich, dieses kleine Gesicht nicht mehr vor sich zu sehen, als hätte die Luft selbst plötzlich ein Loch bekommen. Er konnte nichts tun, als über die Brücke weg dem leeren Schienenstrang nachstarren, das einzige, was ihn jetzt noch mit Matthias verband.

Drittes Kapitel

I

Aigner öffnete das Küchenfenster, um den Qualm herauszulassen. Das Fenster ging zu ebener Erde in den Hof. Es war noch Nacht. In der Backstube über dem Hof war flackriges Licht und Betriebsamkeit. Er bekam einen Schuß kalten Regen ins Gesicht, der ihn erst völlig wach machte. Sofort fiel ihm alles ein, was von dem neuen Tag erwartet wurde. Er starrte in den dunklen Hof. Vielleicht war jenseits von Linz, über der Donau, ein Tagesschimmer sichtbar. Er spürte unter der Hand etwas Warmes, sein kleines Mädchen. Sie war unbemerkt aus dem Bett geschlüpft, in dem sie mit ihrer Stiefmutter und ihrer Zwillingsschwester schlief. Sie klebte an ihrem Vater wie ein kleiner Schatten. Nicht eigentlich mißgestaltet, war sie, wie Zwillinge oft, über die Maßen dünngliedrig. Er legte das Kind auf die Ofenbank. Die Fliesen waren noch warm. Er schürte schnell die Glut. Das Kind, das trotz seiner fünf Jahre noch kaum redete, betrachtete ihn mit dunklen, aber fröhlichen Augen. Auf dem Küchentisch lagen, von ein paar Tellern beschwert, damit sie kein Luftzug wegfegen konnte, etwa zwanzig Päckchen dreifach gefalteter Flugblätter. Sie waren bis in die Nacht hinein abgezogen und zum Abholen bereitet worden. Auf dem Boden neben der Tür lag ein großes, noch verschnürtes Paket. Drei leere Packpapierhüllen mit zerschnittenen Bindfäden lagen noch steif daneben wie Kleider, die eben etwas Lebendes umgeben hatten. Aigner schnitt auch das vierte Paket auf. Er verteilte die »Roten Fahnen« mit dem Generalstreik-Aufruf zu den Flugblättern auf den Küchentisch. Er spürte bei allem, was er tat, die Blicke des Kindes auf seinen Händen.

Zwei seiner besten Leute kamen an, Pfleiderer und Postl. Postl war ihm der liebste. Pfleiderer verstand es trotz seiner Dicke, unglaublich schnell zu verteilen. Beide kamen schon aus Urfahr zurück und verlangten neues Material, um auf dem Land vor den Zuckerfabriken zu verteilen. Wenn seine Frau so wäre wie sie sollte, eine Genossin wie ihre tote Schwester, dann hätte sie längst diesen Menschen etwas Gutes angetan, Kaffee gekocht. Doch sofort gab es ihm einen Stich, seine Frau könnte sich hier in ihrem Nachtzeug zeigen, frisch und schlafwarm, mit offener Brust.

»Was Neues?« – »Nichts. Ein Alpenjägerregiment aus Wels, motorisierte Gebirgsbatterie.« – »In der Stadt ist alles ruhig, auch auf der Landstraße ist alles ruhig. Sie sollen noch zwei Maschinengewehre in der Nacht ins Hotel ›Schiff‹ geschafft haben. Es sind jetzt nur wenige drin. Die meisten sind um Mitternacht noch mal heim. Sie werden bald zurückkommen. Man rechnet gewiß mit heut.« – »Damit hat man oft gerechnet, mit heut.« – »Eins ist sicher. Wie's auch ausgeht, die im ›Schiff‹ sind futsch.« Aigner sagte: »Aber keineswegs. Das kommt auf das ganze Land an, auf die Stadt. Sie müssen sich so lange halten können, bis der Aufstand ausbricht.«

Die zwei Männer verstauten ihre Sachen. Aigner las die Packpapiere zusammen und stopfte alles in den Herd. Das Kind richtete sich ein wenig auf und betrachtete die Flamme, die über die Herdplatte hochschoß. Aigner drehte sich kaum um, wenn die Tür aufging. Jetzt kamen nacheinander alle, um das Material abzuholen. Sie hatten sich erst vor drei Stunden getrennt. Keiner wußte etwas anderes, als daß die Nacht noch ruhig war. Das Gesicht über dem Herdloch, die Knie auf der Ofenbank, dachte Aigner an die Männer im »Schiff«, bewaffnet und entschlossen, sich als erste dem Lauf der Dinge entgegenzuwerfen. So groß war die Kraft, die von diesen Männern ausging, zwanzig Minuten weit weg von hier hinter den Gassen, eingeschlossen in einem Haus unter Häusern, daß sie ihn quälte und peinigte, weil er hier war und nicht dort. Er wußte, daß dieser Gedanke unsinnig war, aber der mußte verhundertfacht jeden Menschen quälen, der schwächer war als er selbst.

Er hatte es sich schwer gemacht, Kommunist zu werden, er machte es sich schwer, Kommunist zu sein. Er hatte im voraus gewußt, daß er alles verlieren würde, seinen Arbeitsplatz, sein altes Leben, vielleicht die Liebe seiner Frau. Er hatte damals Tag und Nacht nach Einwänden gegrübelt, um den Schritt hinauszuziehen. Er hatte ein ganzes Jahr lang immer einen neuen Grund gefunden, um seiner alten, mächtigen, bewaffneten Partei die Treue zu halten. Ein Rest dieser Treue war auch jetzt noch seine brennende Eifersucht, nicht dort zu sein. Weil er aber ein Mensch war, der seiner Einsicht folgte wie einem furchtbaren, unumgänglichen äußeren Zwang, hatte er damals im Herbst seine alte Partei verlassen müssen. Seitdem versuchte er Tag und Nacht, alles zu tun, um die kleine kommunistische Ortsgruppe zu erweitern. Sie hatte ihre Grenzen, an denen er sich den Kopf wundscheuerte. Er dachte auch mit Bitterkeit an die Flugblätter, die er oft hatte verteilen müssen, in denen das Richtige zwar gesagt war, aber in einer Sprache, die einen Mann wie seinen Schwager etwa traf wie Holz auf Eisen. Er dachte auch an seine Enttäuschung, als man Mittelexer statt seiner zur Schulung geschickt hatte. Er drehte im Herdloch seinen Schürhaken, um den sich wie ein glühender Wurm ein Bindfaden wand, verkohlte und zerfiel. Alles Material war abgeholt. Das Kind rollte sich auf der Bank zusammen. Es war etwa sieben Uhr morgens. Er hoffte von ganzem Herzen, seine Frau und seine andere Tochter möchten noch lange nicht aufwachen.

Er öffnete zum zweiten Male das Fenster. In einem lautlosen Satz war das Kind von der Bank bei ihm; es rieb sich an seinem Knie. Der Hof war noch immer hartnäckig dunkel bis auf das Licht der Backstube. Ein dichter Regen verschüttete den Tagesanbruch. Er wartete, er horchte. Er scheuchte das Kind auf die Ofenbank zurück; denn er, er würde das Fenster nicht eher schließen, als bis die Entscheidung gefallen war. Er wollte zuvor von diesem Fleck nicht Weggehen, er wollte zuvor sein Gesicht dem Zimmer nicht zuwenden. Dann dachte er, daß der Tag auch anlaufen und zerlaufen könnte, wie viele andere, er dachte auch an Deutschland. Er wußte, daß Hunderttausende dort umsonst gewartet hatten. Er schnickte das Kind mit dem Knie weg, er versuchte, hinter dem Gestampfe und Gerüttel der Backstube die Geräusche der schließlich aufgewachten Stadt zu unterscheiden. Jedes Geräusch konnte alles und gar nichts bedeuten. Vielleicht hatte die Wiener Parteizentrale im letzten Augenblick das Mittel gefunden, um ihnen die Gewehre aus der Hand zu drehen, sie wieder zu ihren Frauen zurückzuschicken, nach einem sinnlosen Abschied.

Das gegenüberliegende Hoftor wurde geöffnet. Von der anstoßenden Gasse her, in der die Laterne noch brannte, floß das Licht bis unter sein Fenster. Er mußte sein Kind wie ein Kätzchen vom Fensterbrett auf die Ofenbank tragen, er mußte also doch sein Gesicht dem Zimmer wieder zuwenden. Er trat an seinen alten Platz. Das Rollen der Wagen hinter den Häusern war gewiß nur ein gewöhnliches Rollen, ein eben nicht lautes Knallen in einer entfernteren Gasse, ein gewöhnliches Reifenplatzen. Sein Herz schlug an wie ein Hund, der schneller wittert, als sein Herr begreift. Vielleicht war dieser Augenblick der Augenblick. Er war es.

Gewehrgeknatter. Bei keinem anderen Klang zog sich sein Blut zum Herzen – sein Mund wurde trocken, seine

Haut veränderte sich, ein Fell, das sich sträubt. Er sprang aus dem Fenster in den Hof, er rannte durch das Tor in die Gasse. Er prallte mit Pfleiderer zusammen. Der schrie: »Vier Lastwagen voll!« – »Soldaten?« – »Nein, Polizei. Die Landstraße ist voll Menschen, sie sperren ab. Der Bernasek ist verhaftet. Sie haben ihn über und über blutig geschlagen. Der Schutzbund rückt an die Sammelstellen, es geht ans Waffenverteilen.« Aigner rief: »Geh rein, paß die anderen ab. Zum Schulhof!«

Er rannte weiter. Das Gewehrgeknatter hatte aufgehört. Postl rannte auf ihn zu, machte kehrt, rannte neben ihm weiter. Aus einem Fenster rief eine Frau, deren Gesicht ihm entging, mit junger, schallender, seinem Gedächtnis für immer verhafteter Stimme: »Aigner, der Franz ist im ›Schiff‹!« Er spürte plötzlich etwas Schweres an seiner Hand, er sah hinunter. Sein kleines Mädchen war ihm unbegreiflicherweise nachgerannt. Er stampfte mit dem Fuß auf; er bedeckte mit der Hand die saugenden Augen des Kindes, er jagte es heim. Postl drehte ihm atemlos sein junges Gesicht zu, dessen Mund zuckte. Über ihre Köpfe weg schrien die Frauen von Fenster zu Fenster, die Gassen füllten sich.

Im Schulhof stellten sich die Schutzbündler dieser Sammelstelle auf. Aus den Heizkellern wurden Waffen zum Verteilen in den Hof getragen. Postl und Aigner stellten sich an. Aigner erkannte etliche, die sicher ebenfalls keine Schutzbündler waren. Alle traten schweigend an, als könnte ein Wort die Geschwindigkeit der Verteilung beeinträchtigen. Zwei Schutzbündler mit Listen standen auf der Treppe. Ein kleiner, alter, haariger Schutzbündler stand mit verschränkten Armen Kontrolle. Ein unerschütterlicher Regen fiel auf alles. Aigner erschrak, weil etwas an seinem Knie sich rieb. Er schüttelte das Kind, daß sein Kopf auf und ab flog. Im Schulhoftor standen viele Frauen mit weißen Gesichtern, die nahmen das Kind an sich. Aigner bekam sein Gewehr, seine Patronen, hundert Schuß wie jeder Schutzbündler, etliche Handgranaten. Der kleine Alte hatte gestutzt, er zog die Brauen hoch. Aigner kannte ihn von längst her. Sie hatten sich damals verfeindet. Er sah ihn ruhig an. Die weißen Brauen fielen hinunter wie die Gatter einer Festung. Zum erstenmal öffnete sich ihm wieder dieses Gesicht in Frieden, beide lächelten. Im selben Augenblick setzte neues Maschinengewehrfeuer ein, drüben beim »Schiff« auf der Landstraße. Sie traten an. Aigners Abteilung rückte sofort aus, er war von Postl getrennt; auch die nachgekommenen Genossen gehörten zur anderen Abteilung. Rechts und links schoben sich die Frauen auseinander, als ob sie zum Hoftor gehörten. Vor der Schwelle im Schulhofsand lag eine Glasmurmel.

Aigner merkte, daß nicht das Hotel »Schiff« ihr Ziel war, was er aus irgendeinem Grunde gewünscht hatte, sondern der Bahnhof. Das Pflaster knallte unter den Tritten, die Schüsse schienen zu schweigen. Aigner spürte etwas Schweres an seiner Hand, sein Herz wurde schwer. Er fluchte. Er reichte das Kind einfach in das nächstliegende Fenster, wo auch zwei Arme herauskamen. Er ließ dann in seinem Rücken, was in seinem Rücken war. Er ließ den Dingen ihren Lauf; denn da, wo die dreifach gewundene Vincenzgasse in den Platz stieß, wurde plötzlich geschossen, hart am eigenen Fleisch. Der wilde, dabei wie erstaunte Schrei eines Getroffenen setzte sich durch die Gasse in einem schweren Stöhnen fort. Aus einem Fenster in Aigners Schulterhöhe streckte ein alter Mann den Kopf, sein Bart streifte Aigners Schläfe. Er hatte sogar eine Pfeife im Mund, er hatte sogar Vorhänge an den Fenstern. Seine Augen glühten nach den Schüssen. Aigner spürte die unvergleichliche Nähe der Wohnstätten, die Wärme der Gasse wie eine Höhle. Aus einem Fenster wurde in das Geknall der Schüsse »Freiheit« gerufen, aber heiser, nur die zwei hellen Ei, gar nicht wie Menschenrufe. Aigner spürte wieder das Schwere, diesmal am Gürtel. Er erschrak; er konnte nichts dagegen tun. Jetzt lag der Platz schon vor ihnen. Die Soldaten – nicht Polizei – waren nicht vor der Gassenmündung aufgestellt, sondern im Halbkreis auf der hinteren Platzseite. Die vordere Abteilung war schon durchgebrochen. Auf dem triefendnassen Platz lagen und hockten zwei Soldaten und drei Schutzbündler, wie ausgeschieden, wie müßig. Alle spürten schon im Ansatz, daß der Durchbruch gelang. Noch hatten die Dinge nicht ihr Maß erreicht, noch war ein Zögern auf beiden Seiten, eine Art von Staunen, sogar im Abschießen, sogar im Aufschreien. Aigner spürte an seinem Gürtel das Gewicht schwerer werden, schleifen. Sein Herz wurde bleischwer; der Augenblick genügte, um ihn von seinen Genossen abzusondern. Er stürzte ihnen allein nach, er nahm das Kind vor sich an die Brust. Er lief an den Soldatengesichtern vorbei, an den unschlüssigen Gewehren. Vielleicht war es ein Betrug, weil sie nicht wußten, daß das, was er an seiner Brust hielt, nur tot war. Er begriff zwei, drei Minuten lang nichts von dem Gerede seiner Genossen, die ihm das Kind abnehmen wollten. Sie verstanden den Ausdruck seines Gesichts nicht, Erleichterung, daß er nach furchtbarer Trennung wieder bei ihnen war. Er schleppte das Kind, aber er hatte Angst, es anzusehen und sah es auch nicht an. Er wollte es wieder in ein Fenster hineinreichen, aber jetzt hatte die Stadt ihre Fenster und Türen verschlossen. Sie rückten unbehelligt gegen die Bahnhofstraße. Sie hörten Sirenen in der Luft. Aigner hörte die Männer neben sich sagen, das seien die Bundeswerkstätten, das sei der Generalstreik. Aigner trat aus der Reihe, legte das Kind auf eine der Bänke in der triefenden Bahnhofsanlage, er dachte, daß jetzt alles für ihn davon abhing, vielleicht sein Leben, wenn er sich bezwang und das Kind nicht ansah. Er bezwang sich. Er dachte mit Verzweiflung und Genugtuung, daß sich die Dinge zuallererst auf ihn gestürzt hatten, als sei er ihr gefährlichster Feind, mit ihrer ganzen Wucht, die er ihnen immer im voraus angesehen hatte. Der Bahnhof war vom Schutzbund besetzt. Sie besetzten auch den Güterbahnhof. Als sie sich in einer der Hallen niederließen, betrachteten ihn viele scheu, abgerückt, als mache ihn sein Unglück aussätzig. Er fragte stolz: »Weiß man was aus Wien?« – »Das Elektrizitätswerk streikt, wir haben den Streik durchgegeben.« – »Wer, wir? Die Parteileitung?« – »Wir. Genossen von uns sind ans Telefon und haben den Streik durchgegeben.« Einer sagte: »So hat's der Bernasek doch geschafft.«

Aigner erblickte plötzlich seinen Schwager, der über etliche Schutzbündler weg nach ihm hinkletterte. Der Schwager wußte nichts von dem, was Aigner betroffen hatte. Aus einem anderen Grund, als die Männer glaubten, setzte er sich dicht neben Aigner und gab ihm die Hand.

II

Johst hatte Martha bei seiner nächtlichen Rückkehr versprochen, sie am Morgen zu wecken, bevor er wieder fortging. Er war die dritte Nacht auf, sein Kopf klirrte. Dabei waren alle Verhandlungen der letzten Nacht überflüssig, alle Berichte nach Wien sinnlos. Wie auch die Beschlüsse der Wiener Zentrale ausfielen, wie sich auch die Ortsleitung bemühte, solche Beschlüsse auszuführen, wenn der Strick in Linz riß, folgten die Steyrer den Linzern – Beschlüsse für die Katz. Nichts mehr zu verlieren.

Nichts mehr zu verlieren. Er wußte wohl, die leise Bewegung seiner Hand über Hals und Schulter der Frau genügte nicht, um sie aufzuwecken. Ihre Brust war etwas kräftiger geworden, doch so, unter der Decke, die mageren Schultern, der Kopf zutiefst, das helle Haar, das alles war genau wie am ersten Morgen. Am allerersten Morgen, als er mit irgendeiner Nachricht zu ihrem Vater gekommen war, da hatte sie in einem mit Wäsche, Geschirr, Menschen vollgestopften Zimmer – Steyrwerksausschuß – auf einem der Betten krank gelegen, mit wach geschlossenen Augen, weil das die einzige Möglichkeit für sie war, sich eine Art Raum für sich selbst zu schaffen. Auch jetzt verriet ihr blasses, schlafendes Gesicht nichts von der Last der Mutterschaft, nicht einmal der Liebe. Sie hatte als erwachsener Mensch nur fünf Monate Arbeitszeit erlebt, die ersten fünf ihrer Ehe. Er vergaß nicht die erschreckte und tief erstaunte Gebärde, mit der sie zögernd nach dem gegriffen hatte, was er vor sie auf den Tisch tat, eine neue Jacke, ein paar Apfelsinen, ein Glas Wein. Er vergaß nicht ihr Gesicht, mit dem sie zum ersten Male die Schwelle zwischen Küche und Kammer überschritten hatte, der Glanz war darauf gewesen von zwei unermeßlich stillen und weiten Räumen. Er hätte aber nicht fest behaupten können, ob sie wirklich verstand, was sein Leben und Denken ausmachte, den Sinn dieser Tage. Sie redete wenig, fragte gar nichts, er wußte nicht einmal, ob sie sich freute, wenn er nachts daheim war. Zwar glänzte ihr Gesicht auf, wenn er kam, aber er hatte oft bemerkt, daß es leicht aufglänzte, wenn jemand überhaupt eintrat.

Er weckte sie, indem er mit dem Zeigefinger fest ihre Brauen nachfuhr. Sie bewegte schläfrig den Mund, bis sie sagte: »Bist wieder daheim?« Sie reckte ihre Arme. Er, der in Jacke und Mütze dastand, erwiderte: »Ich hab das Feuer schon angemacht. Ich hab dir den Kaffee warm gestellt. Ich muß jetzt Weggehen.« Die Frau fragte ruhig: »Wann kommst heim?« – »Da sag ich schon besser: Ich weiß nicht.« Er zog die Finger durch ihr Haar.

Er merkte, daß sie den Kopf zurückgelegt und die Augen geschlossen hatte, noch bevor er draußen war. Als sie keine Schritte mehr auf der Treppe hörte, stand sie auf.

Sie spürte sofort das Gewicht des Kindes, das sie noch immer gänzlich vergaß, sobald sie still lag. Sie trat ans Fenster. Johst ging mit zwei Genossen den Abkürzungsweg zur Straße. Sie wartete, ob er nicht mehr hinaufsah. Dann dachte sie, daß man von unten das Fenster gar nicht sehen könnte. Manchmal kam es ihr vor, als erwarte dieser Mann von ihr, sie möchte den Mund auftun und zu sprechen anfangen. Zuweilen war ihr ihre Stummheit selbst schwer. Der durchdringende Lärm zu Hause hatte ihr wohl die Sprache verschlagen. Außerdem gab es nichts mehr zu fragen. Restlos war alles schon erklärt worden daheim durch ihren Vater und ihre Brüder. Was sie an Neuem nicht verstand, das hatten Johst und seine Genossen selbst in diesem Zimmer durchgesprochen. Daß er damals überhaupt in jene Stube geraten war, wo sie am End ihrer jungen Kraft auf dem Bett lag, darüber konnte sie sich bis zum Tod erstaunen. Aber wozu jetzt das Fenster nochmals öffnen, rufen und winken, da sie die Macht nicht hatte, ihn zurückzuhalten; denn dies war die Grenze seiner Liebe.

Sie begann die Betten herauszulegen, Ordnung zu machen. Nicht allzuviel Ordnung, weil, an daheim gemessen, jedes Ding hier oben schon sowieso ungeheuer viel Platz hatte. Johst hatte eine gute Mutter gehabt. Er erklärte Martha immer geduldig alle Handgriffe. Er brachte auch etwas Zeug für das Kind an. Sie hätte vielleicht jetzt nähen können. Sie dachte aber, das sei keine Zeit zum Nähen. Irgendwie würde das Kind schon von irgendwoher bedacht werden.

Sie faßte den leeren Kohleneimer, sie trat auf die Treppe. Alle Frauen klebten am Treppengeländer. Drunten auf der Gasse war Unruhe. Sie stieg die Treppe hinunter. Alles drängte sich jetzt vor der Haustür um einen Jungen. Sie hörte ein Wort, zog die Brauen zusammen, stellte den Eimer ab und trat dazu. Einige riefen: »Sprich doch!« Andere riefen: »Schnauf erst.« Aber der Junge wollte offenbar seine Nachricht dem Haus oder sogar der ganzen Gasse als allererster bringen: »Sie schießen in Linz. Generalstreik!« Da ging ein Ruck durch die schmale Stirn der Frau bis in ihre Füße, durch den Boden unter ihren Füßen, ein Ruck ging durch die Welt, und ein Ruck ging durch das Kind, das zur Welt noch nicht gekommen war.

»Daß es den Herbst, den Direktor, zuallererst erwischen wird, das hat jeder geglaubt. Bloß der Direktor Herbst allein, der hat's nicht geglaubt. Der hat freilich geglaubt, er könnte immer weiter schön am Leben bleiben. Wie der Generalstreik erklärt war, sind aus dem Steyrwerk alle rausgeströmt. Da ist der Herbst als letzter in seinem Auto bis an die Werksgrenze gefahren, da hat er beim Pförtnerhaus gehalten, den Motor hat er angelassen, er hat den Kopf rausgestreckt, er hat sich nämlich eingebildet, er hätte was Wichtiges zu sagen. Da haben ihn schon drei hinter dem Pförtnerhaus abgepaßt, weil nämlich beschlossen war, daß er das Werk nicht lebend verlassen sollte. Wie's auch mit uns allen ausgehen wird, habens beschlossen, der Herbst soll nicht mehr länger leben. Es ist unnötig. Da sind die drei vorgesprungen und haben ihn totgeschossen. Weil's aber so schnell ging, daß sein Herz gleich aus war, hat der Direktor Herbst den Motor nimmer abstellen können, da ist auch die Artillerie aufgefahren und hat geschossen. Kein Aas hat sich mehr um den Direktor Herbst gekümmert, das Auto steht auch jetzt noch immer an der Werksgrenze, und der Motor läuft noch immer, bis zum jetzigen Augenblick.«

Nuß fragte: »Wie lange läuft ein Motor, genau?« Der Heimwehrler bückte sich vor, um seinen Schnürriemen mit der Zunge anzufeuchten; dem dumpfen Doppelschlag einer Kanone folgte das dürre, knattrige Nachäffen von Maschinengewehren. Der Heimwehrler war vornüber auf die Hände geplumpst, er drückte sich wieder ab, zog die Schultern zusammen und schüttelte sich vor Lachen. Nuß drehte die Zunge im Mund. Der links neben ihm auf dem unteren Bettgestell saß, zitterte und seufzte. Jemand auf dem obersten Bettgestell begann mit klarer, beinah lustiger Stimme, die Worte den Schußpausen anpassend: »Heilige Maria« – Doppelschlag – »Bitte für uns arme Sünder« – Doppelschlag – »Jetzt und in der Stunde unseres Absterbens – Amen« – Doppelschlag. Alle drei auf dem unteren Bett bekreuzigten sich, der neben Nuß saß, mit verbissenem Lachen. Man hörte jetzt nur das trockene, wütende Gekläffe der Maschinengewehre und Gewehre.

Nuß fragte: »Wie lange, genau?« – »Was denn? Ach so, na, zwölf Stunden, wenn er grad zu fressen gekriegt hat. Genau wie du.« Der links von Nuß sagte: »Gibt's denn heut nichts zu fressen?« – »Was willst denn zu fressen haben? Scheißt doch alles raus, bist grün im Gesicht.« – »Warum sind wir hier in der Gestanksluft eingesperrt? Warum machen wir nicht mit?« – »Hast die Hosen voll und willst auch noch mitmachen. Weil man solche wie dich nicht brauchen kann gegen die Schutzbündler da droben, solche Hosenscheißer wie dich, weil das Bundesheer dafür da ist.« – »Müssen denn die im Bundesheer vielleicht nicht scheißen?« – »Nicht so viel wie du. Die haben nicht Schiß, die haben Wut im Bauch. Das sind lauter Feineleutssöhne mit höherer Bildung bei den Alpenjägern. Denen ist der Direktor Herbst vielleicht ihr Bruderskind gewesen, oder ihr Onkel, oder ihr Pate. Denen ist vielleicht ein Stück Steyrwerk ihr Erbteil.« Nuß betrachtete immer den, der sprach. Er drehte die Zunge gegen den Gaumen. Plötzlich sprangen alle von den Oberbetten, alle traten an und richteten sich. Von der Tür wurde gerufen: »Freiwillige – –« Alle drückten sich in die Gänge zwischen den Betten, weil Nuß eilig vortrat. Jemand stieß ihn an. »Frag doch mal erst, was freiwillig!« Einer murmelte: »Schlieferl.« Ein anderer sagte laut, da sich die Tür schon wieder geschlossen hatte: »Doch bloß zum Essenfassen.«

Frau Fischer ließ die Läden in der Werkstatt herunter, sie drehte das Licht an. Die ganze Familie saß dicht beisammen um den großen eisernen Ofen. Der Schwiegersohn war mit Frau und Kind angelaufen gekommen, als die Schießerei begonnen hatte. Merkwürdigerweise war die kleine, dicke Frau Fischer am allerruhigsten. Sie drehte sich nur erstaunt nach ihrem ältesten Sohn um, der gerade an die Hobelbank getreten war und sägte. Etwas an seinem dicken, roten Gesicht mißfiel ihr, an seinem langsam gezogenen Sägen, das jetzt erst bei geschlossenem Fenster wahrnehmbar war. Der Schwager rief: »Hör auf!« Kasper sagte: »Bist doch sonst nicht so wild drauf. Hör auf.« Zwischen den Beinen der Erwachsenen, dicht beim Ofen, spielte das Enkelkind. Nach dem ersten Artillerieschlag wickelte die Mutter das laut jammernde Kind in ihre Rökke. Von Schreck überwältigt, stierte der alte Fischer auf das fadenscheinige Unterzeug der Tochter. Niemals würde er ihr mehr helfen können, niemals würden die Bretter, die halbfertig herumstanden, zu einem Chorgestühl zusammengefügt werden, die Lehnen mit geschnitzten Kränzen aus Blumen und Früchten um die Tiere der Evangelisten. Niemals würde das Stift Hohenbuch ein Jubiläum feiern. Das Ende war zuvorgekommen.

Das Artilleriefeuer brach ab. Joseph Fischer stand mit dem Rücken zu den Seinen und sägte wieder. Aloys Fischer rief: »Hör auf!« Alle waren erstaunt, daß der Sohn seinem Vater gehorchte. Er trat sogleich an den Ofen, setzte sich aber, da kein Stuhl frei war, zu seiner Nichte auf den Fußboden. Sein Gesicht war mit Schweiß bedeckt. Kasper Fischer fragte grob: »Angst?« Der Ältere schüttelte den Kopf. Der Schwiegersohn sagte: »Adolf Hitler hat keinen Schuß gebraucht. Er hat mit dem Finger geschnalzt. Das war der ganze Lärm, und alles war fertig.« Aloys Fischer sah ihn schnell an. Die Tochter blickte ängstlich von einem zum andern, ohne den Kopf des Kindes loszulassen.

Joseph Fischer sprang plötzlich auf. Seine Mutter fragte: »Wohin denn?« – »Raus.« – »Bist denn narrisch? Da und dort schlägt's ein.« Joseph Fischer sagte: »Ich kann's hier bei euch nimmer aushalten.« Der Jüngere sagte: »Laß ihn doch, Mutter. Er will auf den Abtritt.« Joseph Fischer drehte sich um. Er schlug dem Jüngeren ins Gesicht. Der Schwager packte ihn am Handgelenk, sie rangen zwischen den Stühlen der Familie. Der alte Fischer rief: »Laßt ihn beide sofort los.« Er war selbst überrascht, daß ihn beide sofort losließen.

Joseph Fischer trat aus der Werkstatt in den Hof. Er trat auf die Straße. Die schmale, holperige Gasse, die niedrigen Häuser, alles war ausgestorben. Vielleicht hatte er geglaubt, die ganze Stadt sei in Flammen, er brauchte nur vor die Tür zu treten, um sofort von den Ereignissen gepackt zu werden. Ihn aber traf gar nichts als der Regen. Sogar die hohe, mit weißen Häusern gesäumte Kante der Ennsleiten zwischen zwei Giebeldächern schien unversehrt von hier aus. Es war, als wüte ein unsichtbarer Feind gegen eine tote Stadt. Warum war er nicht dort oben geboren, warum stand sein Vaterhaus gerade hier, warum nicht in einer der Gassen am anderen Flußufer, wo die Kugeln einschlugen? Er wollte nicht in die Werkstatt zurückkehren, er wollte auch nicht auf nichts hin diese Gasse hinuntergehen. Er blieb einfach stehen und wartete.

Aus den dem Artilleriefeuer zugekehrten Häuserzeilen flüchteten noch immer Menschen in die rückläufigen Gassen. Ein Mann und ein Knabe schleppten eine Nähmaschine, die Frau lief nebenher, den Arm in ihrer von Blut durchtränkten Schürze. Eine Frau schob mit starrem Blick einen Kinderwagen, in dem ganz zusammengekrümmt ein alter Mann saß. Ein zwölfjähriger Kinderfreund-Funktionär mit rundem, ernstem Gesicht trieb ein Rudel kleiner Buben mit sich.

Die Frauen hatten Martha aus ihrer Wohnung heruntergeholt. Sie saßen alle beieinander, die Kinder in der Mitte. Ein kleiner, dürrklappriger Junge steckte alle an mit seiner Lustigkeit. Das Geschützfeuer machte seine splittrigen Arme und Beine zappeln. Auch das Heulen und Pfeifen der Granaten und Minenwerfer etliche Häuserzeilen im Rücken konnte den zähen Faden der Weiberreden nicht abreißen, nun, da die erste Bestürzung vorbei war. Obwohl diese Frauen seit dem Streikausbruch ihr Haus nicht verlassen hatten, wußten sie doch, was drunten geschah, als reichten ihre Wurzeln durch den Berg durch in die Stadt. Ein neuer Einschlag kam ganz dicht, keine zwei Häuserzeilen weiter. Die Frauen rückten enger zusammen um ihr Häuflein Kinder. Die ganze Pause bis zum nächsten Einschlag war ausgefüllt von einem durchdringenden Ohohohoh, widerwärtig nah. Eins der Kinder schrie: »Wir wollen raus!« Die Frauen sagten: »Wo willst noch hin? Weiter kannst nicht. Kannst den Berg nicht runterfliegen.« Eins der Kinder schrie: »Muß ich sterben, Mutter?« Die Frauen sagten: »Du? Ach wo denn, du wirst groß werden, du wirst heiraten.«

Martha saß auf einem Kohlenkistchen zwischen den Frauen eingeklemmt. Sie stand plötzlich auf. Sie lief die Treppe hinauf zwischen zwei Schlägen. Sie lehnte sich an die Wand neben die Küchentür. Über ihrem Kopf im Dachgebälk fiel fortwährend der Mörtel wie ein Regenschutt. Niemals war das Zimmer so still gewesen, als könnte sie, wenn sie wollte, wegfliegen mit dem Ofen, mit dem Tisch, über die ganze Stadt. Sie verstand auf einmal, daß das Feuer seit Minuten verstummt war. Sie dachte flüchtig daran, Johst könnte vielleicht nicht zurückkehren; aber dieser Gedanke hatte jetzt kein Gewicht, verflog. Sie wußte, daß Johst ein Gewehr hatte, sie wußte nicht, daß er in der Schutzbund-Leitung war. Vielleicht war er ganz nah, auf der Ennsleiten, in der Verschanzung der Schutzbündler. Vielleicht war er drunten in der Stadt. Sie konnte von ihrem Platz aus über den Tisch, auf dem noch in einem Topf kaltgewordenen Wassers die Kaffeekanne stand, durch das Fenster hinuntersehen. Zum ersten Male, seit die Stadt an dieser Flußkrümmung gewachsen war, hatte sie ihren Herrn gewechselt. Doch dem Gesicht der Stadt war nichts anzumerken. Die trotz der Regenluft krausen Rauchwölkchen hier und dort in den Gassen, das Aufblitzen gelber Flämmchen, winzig wie Gasflammen, reichten nicht im geringsten aus, um ihre beharrlichen Züge zu verändern. Unzerstörbare Stadt, jahrtausendealtes, unauflösliches Sakrament zwischen Menschen und Roheisen.

Das Feuer setzte von neuem an. Martha fuhr heftig zusammen, sie zitterte ohne Angst, weil der ganze Berg zitterte. Das Kind, an das sie stundenlang gar nicht gedacht hatte, regte sich mit einer schwachen, unfaßbaren, aber durchdringenden Bewegung.

III

Streckenarbeiter, hieß es in Riedls vollgestopftem Vorortzug, hätten den Aufenthalt selbst verschuldet. Drei Züge nacheinander fuhren auf der Heiligenstädter Strecke auf. Jedenfalls kam Riedl Montag vormittag etliche Minuten zu spät im Betrieb an. Er stutzte vor dem Kontrolleingang, starrte auf die Werksuhr, dann auf seine eigene Uhr. Dann sah er auf den schmalen, dunkelgrauen Himmel, als sei er gleichwohl noch Himmel, endgültiges Maß der Tageszeit. »Machens schnell, Riedl«, sagte der Kontrollwächter. »Sie werden da drin erwartet wie die Braut am Hochzeitstag.«

Riedl trat langsam in den Hof, übertrieben aufrecht. Man fing sofort an, auf seinen Eintritt aufmerksam zu werden.

Der große Hof bestand eigentlich aus zwei durch einen breiten, torlosen Durchgang miteinander verbundenen Höfen. Die Eingänge für die Belegschaft befanden sich in dem linken, größeren Hof. Der war jetzt leer. Die Arbeiter von zwei Schichten stauten sich durcheinandergemischt in dem rechten Hof, der dadurch verkleinert war, daß ein hohes, verschiebbares Lattengitter einen fünfzehn Meter breiten Saum abtrennte. Sowohl das Lattengitter war jetzt geschlossen wie das Tor des rechten Fabrikflügels. Riedl lief jetzt zwischen den Leuten durch, die ihn festhalten und ansprechen wollten. Er stellte sich gegen das Lattengitter und starrte alles an. Zwischen Gitter und Tor standen die großen, gerillten Türme der fertigen Kabelrollen. Die Holzschienen, auf denen sie ausgerollt wurden, liefen unter dem geschlossenen Tor in den Hof ein.

Zawodsky, Betriebsratsmitglied, schlug Riedl auf die Schulter, ein knochiger älterer Mann mit vorgebauter Stirn und struppigem, schwarz und weiß gemischtem Schnurrbart. Sie redeten beide, mit den Rücken zum Hof, mit den Gesichtern ins Gitter. »Du, Riedl, sie weigern sich, die Arbeit aufzunehmen. Du, Riedl, sie weigern sich, den Betrieb zu verlassen. Das ist eine ganz brenzlige Geschichte. Ich habe mir die Zunge fusselig geredet bei dem Alten, daß wir alles ordnen. Du, Riedl, ich sag's dir aber geradeaus – was mich angeht –« – »Grund?« – »Grund – na, die Verhaftungen.« – »In Floridsdorf wird schon gestreikt.« – »Hast zur Zentrale geschickt?« – »Noch nicht.« – »Schick, daß wir auf jeden Fall den Beschluß haben.« Riedl sah ihn schnell von der Seite an. Er konnte die heftige Spannung in Zawodskys Gesicht nicht verstehen. Zawodsky war seit fünfzehn Jahren so, wie er jetzt war, ein ruhiger, besonnener, ziemlich geschulter Genosse, nie jung, nie alt. Riedl drehte sein Gesicht gegen den Hof. Sofort drehten sich alle Gesichter gegen das seine, alle drängten gegen das Gitter. Er spürte, daß alle Blicke seine Augen suchten, die Puppillen seiner Augen. Als sei sein Gesicht zu eng geworden, spannte ihm plötzlich die Haut über den Backenknochen. Er wunderte sich wieder über den unerklärlichen Ausdruck aller Gesichter, Mißtrauen und Erwartung. Es wurde still, weil man glaubte, daß er sprechen wollte, aber zu aller, auch zu seinem eigenen Erstaunen, sprach jetzt gar nicht er, sondern irgendeiner ganz hinten, mit leiser, aber drohender Stimme: »Genosse Riedl, du hast uns im Juli siebenundzwanzig von diesem Hof auf die Straße geführt. Du bist nie von uns weggegangen. Du hast dich geweigert, Genosse Riedl, bezahlter Funktionär zu werden. Du hast immer bei uns bleiben wollen, Genosse Riedl – –« Aber warum, dachte Riedl, sagt er das alles drohend? Er fühlte, wie dieser Mensch, dessen Gesicht er selbst noch nicht herausfinden konnte, jedes Zucken seines eigenen Gesichtes beobachte. Er sagte: »Habt doch Vertrauen, Genossen. Geduldet euch jetzt. Der Betriebsrat tritt zusammen.«

Nie, niemals hätte Riedl gedacht, daß eben dieser Zawodsky seine Schultern eisern umklammern könnte, daß er versuchen könnte, ihn, Riedl, zu schütteln; niemals hätte er geglaubt, daß Zawodskys etwas trübe Augen unter trägen Lidern brennen könnten, daß unter seinem seit zehn Jahren gleichmäßig schwarz und weiß gemischten Schnurrbart solche Worte tönen könnten: »Geht denn bei dir das da drinnen alles so glatt ab, so am Schnürchen, Riedl, oder stellst du dich nur so? Machst du dir denn kein Gewissen draus, Riedl, hörst du mich überhaupt an? Weißt, was der Alte vorhin gesagt hat über dich zum Direktor Janasch: Wenn nur der Riedl endlich käm, der bringt uns wieder Zucht in die Leute. Hast verstanden, was das bedeutet für dich, Riedl? Nein, ich will das nicht, ich mach das nicht mehr mit, ich trag nicht mehr die Verantwortung. Hörst denn, Riedl?«

Riedl sagte: »Zerbrich meine Schultern nicht, Zawodsky. Mich gehen unsere Gewissen und unsere schweren Herzen einen Dreck an. Das einzige, was mich jetzt angeht: Nützt das, ein solcher Teilstreik im Angesicht des Generalstreiks? Wart ab, was die Zentrale sagt. Für die Enthaftung der Betriebsräte, wird sie sagen, ist jetzt keine Parole, um in Wien Streik zu machen.«

»Riedl! Wir sind keine Nazis. Unsere Leitung ist nicht vom Herrgott bestellt, sie ist von uns bestellt, sie ist durch uns da, sie muß tun, was wir brauchen. Aber sie nimmt uns doch nicht unser Gewissen weg, sie nimmt uns nicht unsere Verantwortung weg.«

»Aber setzt ihr zwei euch doch an den Tisch, das ist doch keine Besprechung. Herrgottsakrament, dreihundert Leute warten da unten.« – »Wer sagt dir denn, Riedl, daß es ein Teilstreik bleiben muß? Wie heißt das doch mit dem Tropfen im Glas, oder wie heißt das doch, Herrgott, mit dem Steinchen zu der Lawine? Warum können wir das nicht grad so gut sein –«

»Setzt euch doch endlich. Wer klopft denn da. Hier wird nicht gestört. Was willst denn du?«

»Kreisch nicht. Ich bin nicht taub. Ich bin von unten raufgeschickt –« Riedl beugte sich vor. Denn das war doch die leise, drohende Stimme, zu der dann also das blasse, langhalsige Gesicht gehörte, das nie zuvor seinen Mund aufgemacht hatte.

»– um euch zu sagen, daß nach der Abstimmung fünfundneunzig Prozent für den Streik sind.« Er drehte sich sofort um und ging. Alle sahen Riedl an. Der sagte: »Das haben wir doch alle gewußt, nicht wahr? Grad weil der Klassenfeind übermächtig ist an Machtmitteln, ist unsere Pflicht – schau nach, wer da wieder klopft –«

»Der Kurier von der Zentrale ist zurück. Unter allen Umständen Teilstreik verhindern.«

»Also. Dazu hättest keinen Kurier schicken brauchen. Das haben wir auch vorher gewußt.«

»Genossen! Ihr habt den Beschluß unserer verantwortlichen Parteileitung gehört. Wir können's hier kurz machen.«

»Riedl, Riedl! Mach's nicht kurz. Du entfernst dich.« – »Selbst wenn sie mich niederschlagen täten drunten im Hof, ich wär dann immer noch ruhig, weil's meine Genossen sind – verstehst, Zawodsky? So hab ich mich entfernt, nicht wahr? So sieht's in mir aus, verstehst?« Zawodsky setzte sich still. Er stützte den Kopf in die Hände.

Wider alles Erwarten geschah gar nichts. Nicht einmal Widerreden wurden laut, geschweige denn Drohungen. Der kleine, freche Wexner wurde sofort zurechtgekniffen, als er »Packler« krähte. Stille lag auf dem Hof. Diesmal hatte sich etwas in Riedls Gesicht, in seiner Stimme, sofort den Menschen aufgezwungen. Ihre Gesichter waren weder mißtrauisch noch erwartend, nur finster. Sie brauchten all ihre Kraft, um durchzudenken, was Riedl rief: »Wir dürfen unsere Kraft nicht zersplittern, vor dem großen Kampf verbrauchen. Jetzt geht es nicht um Teilstreiks, nicht um Teilforderungen, nicht mehr um die Abwehr einzelner, wenn auch noch so unerträglicher Übergriffe und Rechtsbrüche der Bourgeoisie. Es geht um den großen Entscheidungskampf der Arbeiterschaft für die Verfassung, für die Freiheit, für die Demokratie.«

Kurz darauf wurde die Arbeit wieder aufgenommen, ohne Zwischenfall. Nur der kleine Wexner hängte sich frech an das große Lattengitter, als es aufgezogen wurde. Das ging schneller, als er absprang; sein Arm wurde ausgerenkt, er fiel mit einem Schrei aufs Pflaster.

Später, auf seinem Arbeitsplatz, als alle Spannung mit einem Ruck nachließ, fiel Riedl sofort in sich zurück mit der ganzen Schwerkraft seines gewöhnlichen Lebens. Er hatte jetzt nur den Wunsch, man möge ihn nicht nach der Abteilung fünf hinüberrufen. Die Wände dröhnten und zitterten, aber die Abteilung vier war eine stille Insel. Die gesenkten Profile, die weißen Kittel Janaschs und seiner zwei Werkstudenten – alles zitterte fortwährend ein wenig in den Umrissen. Die fünf elektrischen Birnen brannten im Tagesgrau mit ihren gelben Lichtkreisen, greifbare, nur in den Umrissen etwas zitternde Scheiben. Riedls Gedanken liefen ohne sein Zutun dieselbe Strecke wie jeden Morgen. Seine Frau, mit der er nicht mehr zusammen gewesen war seit der Geburt des zweiten Kindes – unlustig aneinander –, seine beiden Kinder, die er aus einem ihm unbekannten Grund wenig liebte, Fritz, den er aus einem ihm ebensowenig bekannten Grund liebte. In jeder Menschenmenge, in jeder Versammlung, sogar vorhin auf dem Hof, war Fritzens vor Aufmerksamkeit gequältes Gesicht verborgen.

Freilich, merkwürdig genug für Riedl, kannte Fritz keinen Betrieb. Unglaublich, daß er die Arbeit nicht kannte, daß ihm diese Erfahrung versagt war, eine von den ganz großen, furchtbaren Erfahrungen, wie Geburt, Tod, Liebe. Das mußte ja eine Lücke in ihm sein. Er würde freilich so bald keinen Betrieb kennenlernen, wenn nicht –

Riedl zögerte. Ganz bestimmt hatte sich etwas in der Abteilung verändert, war dazugekommen oder weggegangen, er wußte nur nicht, was. Die Werkstudenten schraubten an den Kontakten, Riedl wurde sich bewußt, daß die fünf elektrischen Lampen ausgegangen waren. Merkwürdigerweise weigerte sich sein Gehirn, jeden weiteren Gedanken einzulassen. Alles stockte, die Wände zitterten nicht mehr, die weißen Kittel waren versteinert. Dann brach alles aus, Wände und Decke dröhnten, aber von Stimmen und Schritten; ein Rausch von Gedanken: Generalstreik.

»Bis jetzt wissen wir nur, daß das Elektrizitätswerk streikt – nicht einmal genau, warum. Ihr wißt ja auch ganz genau, daß ich für meine Person mich nie und nimmer dazu hergeben werde, den Generalstreik durchzugeben, ohne Bestätigung durch die Leitung.«

Wahrscheinlich, dachte Riedl, war er ebenso bleich wie Zawodsky, wie alle anderen. Zawodsky saß genau in derselben Haltung am Tisch wie vordem, den Kopf in den Händen. Riedl stand auf. »Ihr versteht, daß wir ein unermeßliches Unglück verhüten müssen. Durch eine falsche Bewegung kann die ganze Staatsmacht vorzeitig gegen uns losgehen.«

Riedl öffnete das Fenster. Die Fenster gingen in den kleineren Hof. Drüben war das Tor wieder geschlossen, das Gitter wieder zugezogen. Der große Hof war voll, jemand trat in den Durchgang zwischen den Höfen und schrie gegen die Fenster: »Auf was wird denn noch gewartet? Wir wollen auf die Straße, wir wollen auf die Sammelstellen!« Riedl schrie zurück: »Setzt welche an die Ausgänge, laßt niemand raus, niemand rein.«

»Riedl!« Er drehte sich gegen das Zimmer. Der Kurier war zurückgekommen. Er war ein kleiner, dünner Mensch, fast wie ein Knabe anmutend. Er lächelte erst, dann sagte er: »Ich wiederhole euch also ganz genau wörtlich. Mir ist folgendes gesagt worden: Die Leitung kann den Ausbruch des Generalstreiks nicht mehr zurückhalten. Die Belegschaft soll aber zur Stelle bleiben. Die Leitung wird spätestens im Laufe einer Stunde, vielleicht schon in einer Viertelstunde, Bescheid geben, wie lange der Streik dauern wird.« Das alles hatte er lächelnd mitgeteilt. Plötzlich wurde das Lächeln aus seinem Gesicht fortgezogen, er schlug in die Hände. »So. Das Elektrizitätswerk übrigens ist nicht von der Leitung aufgefordert worden, sondern von Linz. In Linz wird nämlich seit acht Uhr geschossen. In Linz, desgleichen in Steyr.«

Alle Gesichter richteten sich blitzschnell auf sein blasses, spöttisches Gesicht. »Halt, wart, bleib doch –« – »Auf was soll ich denn warten? Meine Genossen da unten, wenn ihr vielleicht das fürchtet, wissen es längst.« – »Woher?« – »Nun, zum Beispiel durch mich.« Er zuckte die Achseln.

Als Riedl herunterkam, war zu seiner Bestürzung das große, immer verrammelte Haupttor nach der Straße geöffnet. Ein Müllwagen war eingefahren, auf dem fünf Männer saßen. Eine Zeltbahn war über den Wagen gespannt. Riedl hatte Mühe, durch das Gedränge an den Wagen heranzukommen. Er verstand den Ausdruck der Gesichter nicht. Der kleine, struppige Chauffeur stand auf dem Sitz, er schlug die abgespreizten Arme wie Flügel. Es hatte gerade angefangen, ziemlich heftig zu regnen. Zwei der Männer sprangen ab und drängten alle zurück. Bis jetzt waren alle Gedanken Träume gewesen. Die Mauern, das Pflaster, der Regen, sogar die Gesichter, alle Dinge waren bloß Gespinste gewesen. Die Zeltbahn über dem Müllwagen aber war der Vorhang vor der Wirklichkeit. Der wurde jetzt schnell zurückgezogen; was jetzt alle dachten und sahen, war allein das Wirkliche: Gewehrläufe.

Einen Augenblick waren alle starr und atmeten. Dann drängten sich alle auf einmal gegen den Wagen, jemand schrie: »Anstellen!« Der Chauffeur stemmte sich über den Bock zum Ausladen. Riedl drängte sich durch.

»Halt!« Der Chauffeur ließ die abgespreizten Arme fallen. Riedl sagte: »Von wem sind die Gewehre, für wen?«

»Was? Von wem, für wen? Vom Genossen Deutsch für dich, für alle, die keine Gewehre haben.«

»Bis jetzt ist unsere Waffe der Generalstreik. Erst muß man den Generalstreik sich auswirken lassen.« Er drehte sich gegen den Halbkreis aus Gesichtern. »Die Bewaffnung der Schutzbündler geschieht an den Sammelstellen.«

»Jetzt genug, Riedl. Scher dich. In Linz schießt man, in Steyr. Man wird uns in Wien über den Haufen schießen.«

»Ich selbst, Genossen, bin Schutzbündler in meinem Bezirk. Ich selbst begebe mich an meine Sammelstelle.«

»Wie willst du denn hin, wenn nichts fährt? Die Innenstadt ist abgesperrt.«

Der Chauffeur schrie: »Weiter! Zurück ihr!« Die Männer auf dem Lastauto schrien: »Bedankt euch bei eurem Betriebsrat. Wir fahren jetzt weiter. Es gibt viel weniger Gewehre als Proleten. Wir haben dafür keine Zeit.« Jetzt wollten die Arbeiter das Lastauto mit Gewalt zurückhalten. Aber nur drei, vier konnten sich noch anklammern. Auch die wurden heruntergeschoben von den Schutzbündlern auf dem Auto, die in Wut geraten waren.

Wenige Minuten später leerte sich der Hof durch das Haupttor in die Gassen.

»Was wirst du denn jetzt tun, Riedl? Wieder alle zurückholen? Nämlich, ein telefonischer Anruf ist von der Zentrale durchgegeben, daß die Arbeit um zwei wieder aufgenommen wird.«

Riedl betrachtete erstaunt Zawodskys Gesicht. Es war voll Haß. Er sagte ruhig: »Nein, das ist unmöglich.« – »Was tust du selbst jetzt?« – »Du hast ja gehört, was ich tun werde.«

Aber dann, als Riedl in die Jacobygasse trat, vergaß er selbst, was er hatte tun wollen. Die Jacobygasse war ratzekahl bis auf zwei Posten am letzten Eck. Riedl hatte Angst, er könnte den Posten in die Arme laufen, er könnte verhaftet werden, aus dem Verlauf der Ereignisse herausgenommen. Er dachte nicht mehr nach, er hatte nur Angst. Er lief ein paar Gassen zurück. In der Antonitergasse, die schon im achten Bezirk lag, waren manche Läden geschlossen, aber es waren viele Menschen unterwegs, besonders Frauen und Mädchen. Manche hatten das Warten auf die elektrische Bahn noch gar nicht aufgegeben. Es gab nichts Auffälliges außer dem starken Autolärm.

Riedl lief und lief. Er wollte den Damm überqueren, da erblickte er neben sich einen Radfahrer, der gerade vor der Straßenkreuzung abgesprungen war. Er erkannte ihn und rief ihn an. Er hatte mit diesem Menschen in den Jahren neunundzwanzig–dreißig viel gearbeitet, aber seither selten gesprochen. Er erbot sich jetzt, Riedl auf seinem Fahrrad zu einer Sammelstelle mitzunehmen.

IV

Als Matthias langsam seine noch immer steifgefrorenen, verschlafenen Gliedmaßen die Stufen zum Brückenkopf hinaufzog – er dachte dabei an seine Mutter, die im Siechenhaus glücklich geworden war, weil sie mit ihren knolligen Kniegelenken dort keine Stufen zu steigen hatte – und von oben die Gegend überblickte, da wußte er sofort, daß seine Erwartungen eingetroffen waren. Bevor ihm noch klar war, woher er das wußte, stieg er wieder die Treppe hinunter und ging dem Schienenstrang nach, nach Floridsdorf hinein. Er erkannte jetzt die kleine Verschiebung in dem gewohnten Bild. Die elektrischen Bahnen standen in verschiedenen Abständen, die vorderste zehn Meter vor der Haltestelle.

Noch glaubten die Passanten und Mitfahrenden an eine gewöhnliche Verkehrsstörung.

Matthias fragte sich selbst noch einmal, ob es kein Zufall sein könnte. Er setzte einen Fuß vor den anderen nach dem für den Generalstreik vorgeschriebenen Treffpunkt. Gespräche und Mutmaßungen, die er im Vorbeigehen auffing, entschieden gar nichts. Doch jetzt schien es Matthias schon, jeder Zufall sei ausgeschaltet, die Dinge seien endgültig entschieden, weil er sich an den vorgeschriebenen Ort begab.

Er betrat eine kleine Leihbibliothek in der Floridsdorfer Straße. Die alte jüdische Ladenbesitzerin verkaufte außer Tabak und Zeitungen noch allerlei Schreibzeug und

Krimskrams. Die Gebühren waren niedrig, die Bücher waren beliebt. Es waren fünf, sechs Leute im Laden, vor den Regalen blätternd und wählend, außer einem Burschen vor der Theke, der Zigaretten kaufte. Matthias stellte sich dazu und kaufte gleichfalls. Das Gerede der kleinen, gelbhäutigen, schwarzgefärbten Ladenbesitzerin erging sich in gewöhnlichen Klagen, alt und leberleidend zu sein in solchen schwierigen und drückenden Zeitläufen. Matthias zündete sich eine Zigarette an. Der erste Käufer zahlte und schickte sich an, wegzugehen. Der zweite trat an seinen Platz, legte ein Leihbuch vor und ließ es eintragen. »Wart auf mich. Kommst mit?« – »Wohin?« – »So. Ein bißchen überallhin. Es scheint doch allerlei los zu sein.« – »Von mir aus kann los sein, was will. Es ist jedenfalls ohne mich los. Mich bringt keiner mehr wo rein. Ich hab's mir zugeschworen. Bei uns wird ja doch aus nichts was.« Matthias hätte gern diesen Burschen ausgefragt. Es war aber besser, sich in keine Gespräche mehr einzulassen, nur zu warten.

Er wußte nicht, wer der Vertrauensmann war, den man bestimmt hatte, um von ihm die Depotliste in Empfang zu nehmen. Er starrte über die Zeitung auf die Glastür. Aber alle gingen vorüber. Der alten Frau selbst fiel es auf, daß niemand mehr hereinkam. Sie wurde unruhig. Jetzt verließ auch der zweite Kunde ihren Laden, ohne von einem Neuankömmling ersetzt zu werden. Matthias sah sich um, ob es in diesem verruchten Laden keinen Lichtschalter gab, um den Gang der Ereignisse mit einer Handbewegung nachzuprüfen. Oben an der Decke steckte ein Ring ohne Birne, abgeschnittene Drahtenden. Eine Petroleumlampe in einer Ecke hinter der Theke, das war das Licht dieses Weibes, das seufzend in den Laden aus dem Hinterraum herauskam, die Glastür ein wenig öffnete und nach Kunden schnupperte. Sie mußte wieder hinter die Theke zurück, um dem Dritten und Vierten zu quittieren, die beide gleichzeitig fortgingen. Matthias überlegte sich, ob er nicht auf die Straße hinauskönnte. Aber dieser Ort und kein anderer war vorgeschrieben. Er sah auf die Uhr. In Wirklichkeit waren noch keine zwei Minuten vergangen. Er sah durch die Glastür auf dem gegenüberliegenden Trottoir die beiden Menschen, die eben den Laden verlassen hatten, zu drei anderen treten, die dort miteinander redeten. Eine Bewegung der Hand, ein Schimmer eines Gesichtes, er wußte, was sie redeten. Die alte Frau war wieder hinter der Theke hervorgetreten. Sie redete auf die letzte Kundin ein, eine barhäuptige, junge, schwammige Frau in einem Stricktuch. Sie nahm zwei Bücher vom Regal, zeigte auf Bilder und erklärte. Sie fürchtete wahrscheinlich, auch dieser letzte Kunde könnte ihren Laden verlassen, als sei der eine Insel, von der sich außer ihr alle einschifften. Die junge Frau selbst verweilte gern in diesem Laden in einem Korbsessel unter aufgeschlagenen Büchern. Dann erinnerte sie sich mit einem leisen Aufschrei, daß sie Sülze auf dem Herd hatte. Weil ihr keine Zeit mehr blieb zu wählen, entschloß sie sich überhaupt nicht, sondern lief ohne Buch mit Entschuldigungen aus dem Laden. Sie kam aber sofort noch einmal zurückgerannt, sie hatte ihr Täschchen liegenlassen. Die alte Frau setzte sich hinter die Theke. Sie hatte keine Strickarbeit, sie zupfte und schnupperte an ihren Fingern. Sie seufzte laut. Matthias sah auf die Uhr. Er war seit fünf Minuten hier. An irgendwelchen ihm selbst nur halb bewußten Zeichen merkte er, daß sich der Straße Erregung bemächtigt hatte. Der Vertrauensmann mußte jeden Augenblick kommen. Wie aber, wenn er nicht kam? Es konnte ein Hindernis eingetreten sein, er konnte verhaftet worden sein, die Verbindung konnte gerissen sein. Dann müßte er, Matthias, sofort zur Leitung gehen. Wie aber, wenn der Vertrauensmann, durch irgendeinen Umstand verspätet, inzwischen doch ankam? Er setzte sich selbst eine bestimmte Frist. Jede Verzögerung war eine Verzögerung der Waffenverteilung. Schon füllten sich die

Höfe der Fabriken, schon strömten die Männer zu den Sammelstellen. Schon traten sie in der nassen Kälte von einem Fuß auf den andern. Schon war Appell in den Kasernenhöfen. Schon schallten die letzten Ansprachen der Offiziere vor den Mannschaften. Die eisernen Torflügel wurden den Panzerwagen geöffnet. Jeder Augenblick verwandelte sich in ein Jahr, in ein Jahrzehnt Gewinn oder Verlust. Die alte Frau erhob sich hinter ihrer Theke. Sie konnte mit Klagen nicht länger an sich halten, weil ihr das an einem Montagmorgen noch nie geschehen war. Matthias tröstete sie mit denselben Worten, mit denen er seine Mutter bei ihren Rheumatismusanfällen getröstet hatte: es sei nicht zu ändern. Seine Mutter hatte das eingesehen. Diese alte Frau aber wollte sich nicht dreinfügen. Jeden Augenblick konnte die Flut, die gewiß schon alle Straßen Wiens überschwemmte, auch diese Straße hinter der Glastür erreicht haben, in den Laden selbst einbrechen, die alte Frau, ihre Bücher und Zigaretten wegschwemmen. Er hatte auf Befehl seiner Führer seit Jahren das Seine zu diesem Tag beigetragen. Er hatte Waffen gesammelt, ausprobiert und versteckt. Dieser Befehl seiner Führer hatte sein Leben ausgefüllt. Er konnte sich an keinen Kummer, an keine Freude mehr erinnern, die nichts mit diesem Befehl zu tun hatte. Vielleicht hatte es einmal so etwas früher gegeben, kurz nach seiner Schulentlassung, aber es war aus seinem Gedächtnis ausgetilgt. Trotzdem überkam ihn an diesem Morgen eine Ahnung von allem, worauf auf Erden gewartet wird. Die alte Frau hatte sich über der Theke aufgerichtet. Sie streckte den Hals vor und spähte verzweifelt durch die Glastür. Matthias sah von seinem Korbstuhl aus, daß auf der gegenüberliegenden Straßenseite die Läden einer nach dem andern geschlossen wurden. Er kaufte Briefmarken, um die Frau hinter der Theke festzuhalten. Was sollte er tun, wenn der Laden geschlossen wurde? Auf der Straße weiterwarten? Viele Menschen gingen mit wachsender Eile vorüber. Keiner hatte eine Veranlassung, dieser alten, gelben Frau den Generalstreik mitzuteilen. Ihr Laden war vergessen. Sie merkte auch, daß ihr Laden aus irgendeinem Grunde vollkommen vergessen war, und rang die Hände, daß es knackte. Matthias rechnete aus, ob sein Vater jetzt in Leopoldau im Gaswerk war. Er hatte Schicht. Dieser Umstand beruhigte ihn ein wenig, als seien dadurch die Dinge dort in guten Händen. Auf einmal zerrte die alte Frau ein Strickjäckchen aus ihrer Schublade, zog es über der Brust zusammen, trat hinter der Theke heraus und aus dem Laden auf die Straße. Matthias stand auf. Er stellte sich hinter die Glastür, öffnete sie aber nicht. Es waren noch keine zehn Minuten vergangen. Jetzt wurden die Männer an den Sammelstellen unruhig, einzelne vielleicht verzweifelt. Jetzt waren die Kasernen, die Polizeistationen bis zum äußersten gerüstet. Vielleicht ging es schon los an einem Punkt der Stadt, und am anderen Punkt warteten die Männer an den Sammelstellen. Der Schutzbund mußte sich sofort mit aller Kraft auf die Kasernen werfen. Er mußte die Wachstuben stürmen, er mußte die Schienen aufreißen, er mußte die Brücken sprengen, er mußte den Flugplatz besetzen und das Radio und alle großen Druckereien. Das alles mußte sofort geschehen. Motorradfahrer mußten mit Windeseile nach Niederösterreich abfahren. Die alte Frau kam zurück, die Brust über dem Herzen mit beiden Händen zusammendrückend. Er sah ihr an, daß sie alles erfahren hatte. Sie schrie: »Gott, o Gott!« Matthias fragte, um sie aufzuhalten, was es denn gebe. Die Frau kippte zuerst ihre Korbstühle um wie bei Ladenschluß. Sie suchte spuckend nach Worten, um etwas zu erzählen, was sie nicht verstanden hatte. Sie beklagte ihr Leben ohne Kinder und ohne Enkel in diesem leeren Laden, das Alter und die Ungerechtigkeit. Sie schloß alle Schubladen ab. Auf einmal fuhr sie herum. Ihre Augen glänzten. Die Glastür ging auf.

Der Vertrauensmann war ebenso klein wie Matthias, aber frisch und pausbäckig. Er trat an Matthias heran, ohne ihm die Hand zu geben. Er sagte beiläufig das Erkennungswort mit ernstem Gesicht, lächelte aber hinterher. Sie traten auf die Straße. Sie hörten in ihrem Rücken etwas verzweifelt zischen. Matthias händigte dem Vertrauensmann die Liste aus, sie trennten sich. Matthias begab sich zur Leitung.

V

Kroytner war noch einmal heimgelaufen. Er küßte seine Frau. Die Frau war gewöhnt, daß er viel weg war und mit heiklen Parteisachen zu tun hatte. Sie wußte, um was es ging. Sie setzte ihren Stolz drein, gelassen auszusehen.

Kroytner fuhr mit dem Fahrrad zu seiner Sammelstelle, dem Hof einer Turnhalle. Es waren schon etliche da. Er wollte sein Fahrrad einstellen. Ein Freund trat auf ihn zu. »Daß Franz verhaftet ist, weißt du.« Kroytner erschrak. »Was? Nein.« – »Was nein – du bist doch der Ersatzmann, du solltest doch den Ersatzmann abgeben.« – »Sollte. Aber das war noch nicht beschlossen.« Er hing über der Lenkstange, sein Freund zog das Rad von ihm weg. Kroytners Bestürzung hatte ihn angesteckt, er kam mit dem Einstellen nicht zurecht. »Aber du kennst doch die Depots, du.« Er stieß ihn an. Kroytner wußte nicht, was er ohne Rad mit seinen Beinen und Armen machen sollte. Seine Fäuste pendelten wie Gewichte. »Nein, wieso denn, Franz, sonst keiner.« – »Aber das neue Depot.« – »Was für ein Depot? Es gibt kein neues.« Sie sahen einander mit Haß an. Der Freund stieß ihn nochmals an. »Du.« – »Was denn, du?« Sie traten in den Hof, im Hof standen zwei Barren. Weil es zum Warten zu kalt war, machten welche Schwünge. Die anderen sahen zu. Plötzlich drängten sich alle um Kroytner. Sie waren bleich vor Erregung. Sie sahen in sein Gesicht und warteten. Aber die Bestürzung in Kroytners Gesicht steckte langsam, ganz langsam an, bevor er noch den Mund auftat. Alle erwarteten zitternd vor Ungeduld etwas Böses. Kroytner sagte: »Franz ist verhaftet. Niemand kennt jetzt die Verstecke. Ihr habt gemeint, ich –« Er wischte sich die Stirn. Er blickte von ihren weißen Gesichtern weg durch das große, kahle Fenster der Turnhalle, Ringe und Strickleitern. Das war der furchtbare Vorhof zu etwas noch Furchtbarerem. Alle waren erstarrt, als hätten sie nichts begriffen. Kroytner hatte selbst einen Augenblick das Gefühl, er hätte noch gar nichts gesagt, er stände ganz einfach hier wie die anderen, um auf Franz zu warten. Sein Freund trat dicht an ihn und stieß ihn zum drittenmal. »Du.« Einer sagte für ihn: »Was, du, der kann doch nichts dafür?« – »Wer denn?« – »Ich weiß nicht. Er nicht.« Einer rief: »Niemand.« – »Ja, was sollen wir jetzt tun?« – »Was schon – abwarten.« Sie blieben also um Kroytner stehen und warteten. Kroytner wischte sein Gesicht. Einer lachte laut. Kroytners Freund sagte: »Auf was warten wir eigentlich? Gewehre kommen nicht angeflogen. Ich such mir eins.« Er ging und zuckte die Achseln. Durch sein Achselzucken wurde die ganze Gruppe locker. Sie gingen nach und nach. Kroytner blieb eine Minute allein. Er sah das kleine Gesicht des Matthias, einen Fischmund ziehend, koboldartig, rumpflos, oben hinter dem Turnhallenfenster. Kroytner sagte laut: »Ach laß.« So viel war im Lauf des Jahres durch seine Hände gegangen, Gewehre, Maschinengewehrteile, Schmierbüchsen. Einmal war er beinah selbst in die Luft geflogen. Er holte sein Fahrrad und fuhr heim.

Seine Frau war ganz wirr vor Schreck und Freude. Sie sagte: »Ja, bleibst du jetzt ganz da?« Er starrte sie an, daß ihr Gesicht nicht nur erlosch, sondern alt wurde. Er nahm seine Mütze und ging.

Die Frau hatte sich vor einer Stunde gut gehalten, auch als sie allein geblieben war. Jetzt weinte sie.

VI

Willaschek richtete sich auf und sah sich verstört um. Holzers Küche glänzte weiß. Wie aufgesetzte Lichtchen blinkten Punkte von Messing am Fenster umd am Herd. Ein Wasserkessel surrte. Der Geruch einer unbekannten Speise wehte aus dem Backofen. Auf dem Tisch stand eine Tasse in einer Untertasse mit zwei Stücken Zucker. Auf einem Teller lag eine aufgeschnittene, mit Zwetschgenmus bestrichene Semmel. Über dem Stuhl hing seine alte Jacke, auf irgendeine Weise verändert. Nie in seinem Leben war Willaschek in einem solchen Raum aufgewacht. Er setzte die Füße auf den Boden. Er suchte seine Schuhe. Er verstand nicht sofort, daß es seine waren, sie waren vernäht, sie hatten Senkel statt Bindfäden, sie waren glänzend gewichst. Auf dem Stuhl bei der Jacke lag ein zusammengefaltetes Handtuch, in das ein rotes H gestickt war. Willaschek ließ das Hemd über die Hüften. Er drehte den Kran auf, glänzend in seiner trüben Hand. Er wog das Stückchen Seife. Er rieb bedachtsam seine Haut mit dem Handtuch. Warum hatte er nicht gestern auch sein Hemd zur Jacke gelegt? Jetzt war es verschwitzt und steif zwischen der frischen Haut und der gebürsteten Jacke. Willaschek hängte das nasse Handtuch über die Herdstange. Auf einmal zog sich sein Herz zusammen. So mußte sich auch seines Vaters Herz von ungefähr zusammengezogen haben. Zum erstenmal in seinem Leben sehnte er sich danach, den Mann zu sehen, der Schuld an seinem Leben trug. Auf einem Nebengeleise liefen seine Gedanken dahin, ob er sich den Kaffee aufgießen dürfte und in die Semmel beißen, und er dachte: Wenn er noch nicht krepiert ist, kommt mein Vater vielleicht noch immer jedes Jahr in dieses Landes Ernte, mit dem Zug der slowenischen Landarbeiter, um den Tarif zu brechen. Hinter der angelehnten Tür hörte er zwei Frauenstimmen. »Sie sollten doch Ihrem Mann besser Zureden, Frau Holzer. Hat er Ihnen das Blatt von der Direktion gezeigt, Frau Holzer?« – »Was denn für ein Blatt?« – »Schauns, das hat er Ihnen vielleicht gar nicht gezeigt. Darin hat nämlich gestanden, daß sich jeder Eisenbahner arg vorsehen sollt, und auf Milde von seiten der Direktion nicht zu rechnen hätt, die unnachsichtig jeden entlassen tät, der sich auf Händel einläßt. Ihr Mann, Frau Holzer, nehmens mir ja nicht übel, macht unsre Männer ganz wirr im Verband. Wirkens doch ein bißchen auf den Mann ein.« Man hörte das Aufschütteln von Kissen. Willaschek entschloß sich, die Kaffeekanne aus dem Wassertopf zu heben. Auf einmal hatte er Heimweh nach Gruschnicks Küche. Vielleicht sogar wartete Gruschnick, es wartete auf ihn, Willaschek, ein Mensch drei Gassen weiter. Hell klang die Stimme: »Ich misch mich in nichts drein, das ist mein Grundsatz in der Ehe.«

»Gebens acht, Frau Holzer. Ihr Mann ist schon mal pensioniert worden. Er kann aber auch noch die Pension entzogen kriegen.«

Frau Holzer sagte: »So ein gewaltiger Unterschied ist das gar nicht zwischen Pension und Unterstützung. Wo doch unser Bub eh keine bekommt, weil sein Vater Pension bezieht. Ich werd doch meinem Mann zu nichts Zureden, was ihm gegen den Strich geht, wegen drei Schilling die Woche.«

»Ach, Frau Holzer, drei Schilling haben und nicht haben, das macht sechs Schilling, und grad an denen hängt's. Die machen manchmal den ganzen Unterschied zwischen den Lebensumständ aus.«

Beide Frauen traten in die Küche. Willaschek erkannte Steffis Mutter. Sie war klein und dick, mit Amselaugen und Ohrringen. Willaschek hatte die ganze Zeit nicht mehr an Steffi gedacht. Die Frauen erblickten ihn, Steffis Mutter offenbar, ohne ihn zu erkennen.

Frau Holzer sagte freundlich: »Du hast so gut geschlafen, daß ich dich nicht hab aufwecken mögen.« Steffis Mutter sagte im Weggehen: »Bei Ihnen, Frau Holzer, riecht's nach Strudel.«

Willaschek hörte auf dem Flur: »Gestern hat uns die Steffi einen Blätterteig gemacht, so dünn, durch den hättens die Annoncen aus der Volksstimme lesen können. Sie gibt immer einen Löffel Buttermilch zum Treiben dazu.«

Frau Holzer kam zurück. »Iß doch deine Semmel auf, Willaschek. Freilich, jetzt gibt's schon Mittag. Bloß, wo sind die beiden?« Ihre Augen waren jung in Kränzchen winziger Falten. Trotz ihres weißen Haares trug sie auch heute wieder ein buntes Kleid. Willaschek klappte die Semmel zusammen und biß hinein. Aber was nützte ihm das alles? Was nützte es seinem jahrzehntelangen Hunger, wenn er auf einen Augenblick gesättigt wurde? Was nützte es seinem Herzen, daß er für eine Nacht als Gast anerkannt war? Er drehte sich zum Fenster. Schon zog er die Schultern zusammen, da er spürte, daß der Regen auf sie zielte. Er rief: »Sie kommen.«

Frau Holzer hatte den Tisch gedeckt, bevor Mann und Sohn oben waren. Der junge Holzer riß die Tür auf. »Generalstreik!« Der alte Holzer sagte: »So ist's, Mutter.« Vater und Sohn erzählten von rechts und links in Frau Holzer hinein, deren Backen jung und rot wurden. Sie umarmten einander. Willaschek war bleich geworden. Er wollte etwas fragen, sein Mund zuckte. Der junge Holzer sagte: »Der Wallisch ist nach Bruck abgefahren. Er hat's den Bruckern versprochen gehabt, als er nach Graz fuhr, daß er nach Bruck zurückfährt, wenn's ernst wird.« Frau Holzer fragte: »Fährt denn die Bahn?« – »Aber der Wallisch fährt doch mit dem Auto, Mutter – nein, Mutter, jetzt kann man nicht essen, schneid den Strudel auf, schmier Brote, mach uns Pakete.«

»Ja, warum denn?« – »Ja, wir müssen doch fort, Mutter – Bub, faß mal an.« Sie schoben den gedeckten Tisch von der Bank weg, die Bank von der Wand. Der alte Holzer nahm einen Hammer, er klopfte den Mörtel da, wo die Bank ihren Platz hatte. Das lange, mörtelbestaubte, in Lumpen gewickelte Paket – nie hätte Frau Holzer geglaubt, daß ihr irgend etwas in dieser Küche entgehen könnt. Ihr war es, als hätte sie all ihr glückliches Leben zu dritt heimlich mit einem vierten Lebewesen geteilt. Der alte Holzer sagte: »Du aber, Bub, kommst jetzt mit und wirst das Gewehr haben an meiner Stelle, das mir für dieses zusteht, das ich mitbringe.«

Niemand gab auf Willaschek acht. Seine Zähne lagen ganz bloß, als wollte er das, was gekommen war, beißen. Frau Holzer sagte: »Geht der Bub denn auch mit?« Sie weinte nicht, ihre Backen waren abgezirkelt rot. Sie hatte sofort begonnen, mit flinken Händen Eßpakete zu machen, zwei Eßpakete. Vater und Sohn küßten sie auf den Mund. Willaschek folgte den beiden Holzers. Die Möglichkeit, zu einem Gewehr zu kommen, erfüllte alle seine Gedanken.

Ins Konsumgebäude hineinzukommen, immer dicht bei den beiden Holzers, das gelang dem Willaschek. Aber ein Gewehr bekam er doch nicht. Der alte Holzer verschaffte seinem Sohn mit drei Worten ein Gewehr. Willaschek aber wurde einfach mit dem Blick übergangen, als stünde er gar nicht in der Reihe. Gleich kam der dran, der hinter ihm stand. Willaschek zog die Lippen noch mehr zurück, seine Zähne waren wie zum Beißen offen. Er vergaß auf Minuten seinen Gram, der doch der größte war, seit er lebte, als Franz Postl die Schutzbündler anredete.

Die Arbeiterregierung habe jetzt die Macht im Staat ergriffen, jetzt sei der Zeitpunkt gekommen, jeder habe zu kämpfen, den Befehlen der Führer unbedingt zu gehorchen, jedes Organ der Exekutive, das sich ergebe, sei gefangenzunehmen, wer sich aber widersetze, sei niederzumachen. Dieser Postl war derselbe, der mal auf der Treppe des Volkshauses gestanden hatte und ihn, Willaschek, verspottet. Aber auch das hatte Willaschek vergessen. Er vergaß sogar, daß er gar kein Gewehr bekommen hatte, er vergaß, daß er gar nicht zu Holzers Abteilung gehörte. Holzer, sein Sohn und ein alter Mann namens Weber bekamen zu dritt den Befehl, die Burgmayerstraße abzugehen. Willaschek lief hinter ihnen her, als sei er mitbefohlen.

Die drei Männer liefen schnell und schweigend. Der alte Weber bemühte sich, Schritt zu halten. Willaschek hatte die Zähne geschlossen. Er war ruhiger geworden, da er an gar nichts anderes dachte, als daß er mit mußte. Deshalb hatte er auch jetzt seinen Gram vergessen. Hinter den flachen, rostigen Dächern der geschlossenen Eisenbahnwerkstätten schauten die Fenster der Schorrestraße hervor, winzig, mit Gardinen. Diese Straße des Befehls war rechts und links aufgeweicht, in der Mitte asphaltiert. Der alte und der junge Holzer, der alte Weber, alle drei sahen die grünen Zäune, die triefenden, kahlen Sträucher, die Blechdächer, die Fenster der Schorrestraße mit erschrokkenen Augen an: wie auf dem ersten Schulweg waren alle Dinge von einer neuen, bedrohlichen Wirklichkeit. Bedrohend wirklich waren sogar die Fußstapfen vor ihnen auf der aufgeweichten rechten Straßenseite längs der Zäune; als sei es erstaunlich, daß schon einmal vor ihnen jemand diesen Weg gegangen war. Willaschek hatte die Lippen wieder von den Zähnen zurückgezogen. Er war es, der zuerst Halt sagte. Die drei Männer stockten. Sie waren gleichermaßen zusammengefahren, weil sie gar nicht gemerkt hatten, daß Willaschek hinter ihnen herging. Sie hatten wahrscheinlich alle drei jeder für sich den Mann im Torbogen der Unterführung erblickt, bevor Willaschek Halt gesagt hatte. Jetzt aber im Stehen wurde es ihnen erst klar, was Willaschek offenbar meinte. Der Mann war nicht nur ein Mann, er war ein Posten, Uniform, Gewehr. Der junge Holzer sah seinen Vater an. Er sah das Gesicht seines Vaters ratlos werden. Der alte Holzer sah den alten Weber an, der zuckte mit dem Bart. Willaschek sagte: »Man muß den Posten jetzt anrufen.« Alle drei sahen jetzt in sein Gesicht. Nichts war so klar auf Erden wie Willascheks Augen. Sie erinnerten sich jetzt seiner von früher nicht mehr. Er war offenbar der Mensch, der sich auskannte in dieser Wildnis von Wirklichkeit. Der junge Holzer sagte: »Ja, man muß ihn anrufen.«

Sie gingen fünf Meter weiter in einer Viererreihe. Der Posten, der vielleicht den ganzen Vormittag in die gegenüberliegende Mauer der Unterführung gedöst hatte, war mit einem Ruck auf sie aufmerksam, sein Gewehr im Anschlag. Er schrie: »Halt!« Obwohl die Männer nichts taten als stehenbleiben, rührte sich der Posten nicht mehr. Auch er war offenbar noch nicht ganz vertraut, auch er zögerte vielleicht noch, das Gesetz dieser Straße zu befolgen. Er ließ den vieren Zeit, sich zu beraten. Der alte Weber sagte: »Was muß man jetzt tun?« Willaschek sagte: »Man muß tun, was Postl gesagt hat. Er ist ein Organ der Exekutive, ist er nicht?« Der alte Holzer sagte: »Er ist's. Ruf du.« – »Ruf du.« Willaschek sagte: »Ruf du.« Der junge Holzer rief: »Ergebt Euch!« Sie faßten die Gewehre. Der Gendarm schoß, aber an Webers rechtem Bein vorbei in den Zaun. Willaschek sagte: »Schießt! Man muß doch.« Sie schossen alle drei. Der Gendarm trat aus der Unterführung heraus ins Helle an den Straßenrand. Gar nicht plötzlich, sondern sacht ließ sich der Gendarm auf sein linkes Knie nieder. Er legte dabei den linken Arm um die Zaunlatten. Er war leicht getroffen, vielleicht gestreift. Die viere kamen unschlüssig näher. Sie erkannten den Mann nicht nur, sie kannten ihn. Der alte Holzer rief: »Ergebt Euch!« Der Mann zog seinen Arm vom Zaun. Er machte eine Bewegung, sein Gewehr aufzunehmen. Willaschek sagte: »Schießt!« Er riß das Gewehr dem alten Weber weg, er schoß. Der Gendarm rutschte auf den Bauch. Willaschek trat etwas näher. Er schoß noch zweimal. Sie liefen jetzt alle vier auf diesem aufgeweichten Straßenrand vor den Mann hin, der am Zaun lag in einer sonderbaren, halb hockenden Stellung. Der alte Holzer sagte: »Er ist tot, Willaschek.« Willaschek sagte ruhig und ernst: »Gewiß, er ist tot.« Er fügte hinzu: »Jetzt muß man ihm Gewehr und Patronen abnehmen.« Sie nahmen ihm Gewehr und Patronen ab. Der alte Weber trug das Gewehr des Toten, Willaschek trug Webers Gewehr. Sie gingen jetzt durch die Unterführung bis zur Straßenkreuzung, da ihnen befohlen war, die Straße abzugehen. Sie trafen niemand und nichts mehr. Es fing jetzt auf einmal zu schießen an, nicht allzu weit weg, hinter den Häusern der Schorrestraße. Sie gingen viel schneller, wie erleichtert. Willaschek ging einen Schritt voran. Er hörte den alten Holzer hinter sich sagen: »Jetzt geht's auf den Gendarmerieposten.«

Sie kehrten, immer zu viert, die völlig stille Straße durch die Unterführung an dem Toten vorbei den Zaun entlang zu ihrem Ausgangspunkt zurück.

VII

Als eine Batterie des Bundesheeres gegen Sandleiten anrückte, betraten drei Schutzbündler die Wohnung einer Familie Kamptschik, stießen die bestürzte Frau beiseite und durchmaßen mit wenigen Schritten, ohne sich um ihre wütenden Fragen zu kümmern, Küche, Wohnzimmer und Schlafzimmer. Sie rissen alle Fenster auf, beugten sich durch jedes, sagten beim Küchenfenster: »Hier!« und kehrten ins Treppenhaus zurück, wo ihre Genossen gerade ein Maschinengewehr heraufschleppten.

Der Mann der Frau Kamptschik war nach dem Generalstreikausbruch, als die Werkstatt geschlossen wurde, in der er das Glück hatte, seit dem Kriege ununterbrochen als Autoschlosser zu arbeiten, nicht nach Hause, sondern zu seinen Eltern gegangen. Er hatte seiner Frau oftmals befohlen, in einem solchen Fall dann gleichfalls sofort mit dem Kind dorthin nachzukommen. Sie konnte die Wohnung ihrer Schwiegereltern mit dem Kinderwagen in einer halben Stunde bequem zu Fuß erreichen. Die junge Frau Kamptschik aber, sei es, weil sie ihre Schwiegereltern nicht leiden konnte, sei es, weil sie außerordentlich an ihrer Wohnung hing, hatte die Zeit verpaßt, in der es ihr noch möglich gewesen wäre, mit dem Kind aus dem Wohnhof wegzugehen. Nun saß dieses gesunde anderthalbjährige, etwas zu dicke Kind in seinem hohen lackierten Stühlchen, in der einen Hand eine zerquetschte Semmel, in der andern Hand einen Gummihund. Als die Schutzbündler plötzlich eintraten, hatte das Kind das Gesicht zum Schreien verzogen, die Mutter hatte es schnell beruhigt, indem sie es mit zwei Handgriffen lehrte, den Gummihund mit Semmelbrocken zu füttern. Das gutartige, fette Kind setzte dann auch dieses Spiel fort und schaute gleichzeitig vergnügt zu, wie die Schutzbündler die Türen aushängten, Munitionskisten, Kannen und Gewehre und zuletzt das Maschinengewehr selbst aus dem Treppenhaus in die Küche brachten.

Seit Frau Kamptschik diese Wohnung bezogen hatte, war fast kein Tag vergangen, an dem sie ihrer Küche und ihren zwei kleinen Zimmern nicht etwas Gutes antat. Die Fliesen waren gerieben, das gestickte Überhandtuch war glattgezogen, auch in der Küche waren die weißen Vorhänge gerafft. Das letzte, was sie für die Wohnung getan hatte, war das Lackieren zweier Bretter, eins für die Wohnstube, eins für die Küche, um darauf die Blumentöpfe zu stellen, die im Sommer vor dem Fenster standen.

Als die Kamptschiks in den Neubau einzogen, dessen Wohnungen zum größten Teil an alte Parteigenossen vergeben wurden, hatten manche geschimpft, die den Autoschlosser Kamptschik kannten. Kamptschik zeigte sich selten bei Parteiveranstaltungen, dagegen pflegte er seine Beiträge regelmäßig zu zahlen und oft etwas auf besondere Listen zu setzen. Seine Genossen urteilten, dies sei für die Kamptschiks die vorteilhafteste Art der Mitgliedschaft, die ihnen dafür wiederum eine nette, billige Wohnung einbrachte. Die Nachbarinnen ärgerten sich manchmal unter sich über Frau Kamptschik, weil sie ein klein bißchen zu gefällig und zu geputzt war. Die Männer begegneten ihr ganz gerne auf der Treppe und freuten sich, wenn sie sie durch einen Witz zum Lachen brachten, wodurch ihr frisches, regelmäßiges Gesicht noch hübscher wurde.

Einer der Schutzbündler stieß Frau Kamptschik mit dem Ellenbogen gegen die Wand. Sie setzte laut an zu jammern, aber der Schutzbündler drehte sich blitzschnell nach ihr um mit einer Gebärde, als wollte er sie auf den Mund schlagen. Sie rang nach Luft. Sie starrte entsetzt auf den Boden, auf die Fliesen, die sie nach jeder Mahlzeit auf den Knien zu schrubben pflegte. »Man muß vom Küchenboden essen können«, hatte ihr vor zwei Jahren die Schwiegermutter beim ersten Besuch gesagt. Sie hatte dabei die etwas schlampige Kleidung der Sohnesbraut gemustert. Sie hatte längst aus ihrem Sohn herausgequetscht, daß Therese seit ihrem vierzehnten Jahr in verschiedenen Lokalen als Geschirrspülerin tätig war, wenn sie Glück hatte, als Hilfskellnerin, leider mit einem ebenmäßigen, den Gästen gefällig zugewandten Gesicht. Dieses Halbjahr, das sie jungverheiratet bei den Schwiegereltern wohnen mußten, hatte Theresens überschwengliche Freude genug heruntergeschraubt, als einzige von vier Schwestern einen ordentlichen Mann gefunden zu haben, der die Ehe mit ihr eingegangen war. Dort hatte sie gelernt, was es hieß, bei rechtschaffenen Leuten einzuheiraten. Ihre Freude, verheiratet zu sein, hatte ihr altes Maß erst wieder erreicht, als die Schwiegereltern sie zum ersten Male hier oben in Sandleiten besuchten. Da hatte sie all das Ihre, Bettläufer, Teppich, Geschirr, Kindermöbel, Küchenmöbel, Tüllvorhänge, Sofakissen winzig und haarscharf in den runden, vor Schrecken glänzenden Augen der Schwiegermutter von neuem zusammengelesen. Sie hatte all die Jahre durch an die hunderttausend Tassen, gold- und blaugeränderte, aus fettigem Sodawasser herausgespült. Diese zwölf Zwiebelmustertassen waren ihr Eigentum.

Der Schutzbündler stieß mit der Kiste, die er mit zusammengebissenen Zähnen in die Küche schleppte, gegen den weißlackierten Küchenschrank. Die Frau starrte auf die Narbe im Lack. Dann fiel ihr Blick wieder auf die Fliesen. Sie waren nicht nur schmutzig, sie waren mit Sprüngen durchzogen. Jemand stürzte aus dem Treppenhaus herein. Er schrie: »Sie kommen. Eilt euch!« Ein Schutzbündler, der ins Wohnzimmer gegangen war, sagte etwas zu seinen Genossen, was die Frau nicht verstand. Sie gingen zweimal vom Wohnzimmer in die Küche, von der Küche ins Wohnzimmer, und entschlossen sich: das Maschinengewehr muß ins Wohnzimmer. Die Frau riß ihr Kind aus dem Kinderstuhl. Sie hatte plötzlich den Gedanken, fortzulaufen, ihren Mann zu suchen. Da fiel ihr Blick durch die Wohnzimmertür. Der Plüsch des Sofas war geschlitzt, als sei ein Messer durchgefahren. Dieses tolle, gefräßige Tier, das diese Männer ausgerechnet in ihre Wohnung treiben mußten, hatte die Kante des Büfetts abgebissen. Ein Stuhl war umgeflogen. Einer der Männer hatte das große, grüne, gestickte Kissen zwischen den

Händen geballt. Die große Blechkanne stand auf dem Teppich in einem großen Fleck. Eben schickte sich einer der Männer von neuem an, eine Kiste aus der Küche über die Schwelle zu schaffen. Frau Kamptschik konnte die Wohnung nicht im Stich lassen. Sie setzte das Kind in den Kinderstuhl zurück. Sie trat auf die Schwelle ihres Wohnzimmers. Sie rief: »Jetzt aber genug.« Einer der Schutzbündler drehte sich um und sagte: »Raus mit Ihnen, Frau Kamptschik.« Frau Kamptschik rief: »Raus mit euch!« Sie erblickte den Einriß im Teppich. Sie stampfte plötzlich mit dem Fuß auf, wie in alten Tagen. Sie schrie: »Nein! Nein! Nein!« Auf einmal heulte auch das Kind. Ein Schutzbündler war aus dem Treppenhaus in die Küche gekommen, er hatte den Kinderstuhl aus dem Weg gestellt, der Gummihund war heruntergesprungen. Frau Kamptschik lief nach dem Kind. Die ganze Küche war voll Kisten und unverständlichen Sachen. Das alles aber – vom Augenblick, da der erste Schutzbündler eingetreten war, bis zum Augenblick, da das Kind losheulte, weil sein Gummihund hinfiel – war wenig Zeit genug, keine fünf Minuten. Dieselbe Stimme schrie sich von neuem in äußerster Wildheit das Herz aus dem Leibe. »Sie kommen! Sie kommen!« Die ruhige, tiefe Stimme aus dem Wohnzimmer rief über Frau Kamptschik hinweg, die sich nach dem Gummihund bückte: »Fertig!« Frau Kamptschik stampfte von neuem auf. Sie schrie: »Raus! Raus!« Sie konnte in ihren Gedanken nicht mehr mit, weil alles über- und durcheinander war, wie im Traum, ohne sinnvolle Zeitfolge: die Stimme: »Fertig«, die Stimme: »Sie kommen«, ihre eigene Stimme: »Raus«, das blitzende, wahnsinnige Biest, das ihre Möbel fraß und ihre Teppiche, der kleine Gummihund zwischen den Stuhlbeinen. Sie wollte weiterstampfen, ihr Fuß war schwer geworden, sie wollte losweinen, doch dies war augenscheinlich nicht die Gelegenheit, bei der in Träumen Tränen aus den Augen fließen. Sie rannte aber in ihrem

Traum ins Wohnzimmer. Sie rief: »Raus! Raus!« Ihr fiel es auch mitten im Traum ein, daß ihr Mann gesagt hatte: »Man muß sich mit diesen Menschen im Haus halten«, und daß er von diesem und jenem gesagt hatte: »Dem ist alles zuzutrauen.« Sie fürchtete plötzlich, sie hätte sich nicht genug mit diesen Männern gehalten, denen alles zuzutrauen war. Da drehte der Schutzbündler, der auf dem Teppich vor der Munitionskiste kniete, sein junges Gesicht verächtlich nach ihr um, so langsam, als hätte er alle Zeit der Welt vor sich. Er sagte so deutlich, als hätte er alle Deutlichkeit der Welt vor sich: »Schafft sie weg.« Der Schutzbündler, der seine zweite Munitionskiste gerade über die Schwelle stemmte – mehr Augenblicke waren nämlich gar nicht vergangen –, sagte: »Die ist wie ihr Mann.« Der auf dem Teppich kniete, sagte: »Das Kind wird geradeso.« Frau Kamptschik stellte den Gummihund auf den Kinderstuhl. Sie gab dem Kind einen Klaps. Das Kind heulte. Sie hielt dem Kind den Mund zu. Sie trat auf die Wohnzimmerschwelle zurück, jetzt gerade, denn dies war die Schwelle zwischen ihrer Küche und ihrem Wohnzimmer. Der Schutzbündler hatte die zweite Kiste auf den Teppich gestellt, er drehte sich um, um die dritte zu holen. Er schob die Frau fort. Er sagte: »Jetzt gehens doch endlich, Frau Kamptschik. Jetzt wird geschossen.« Frau Kamptschik verstand nicht, was er sagte: Sie dachte nach, daß ihr der Kopf brannte. Sie dachte plötzlich wieder an ihren Mann, der ihr befohlen hatte, mit dem Kind nachzukommen. Sie grübelte, was die Männer gemeint hatten, aber sie grübelte rasend schnell, als hinge ihr Leben davon ab, sofort auf den Grund zu bohren. Sie stand schon wieder auf der Schwelle. Mit irgendeinem Ölzeug beschmiert waren die Dielen und der Teppich. Die Tischdecke war heruntergerissen, der Kübel mit der Zimmerlinde war umgestürzt. Der Mann am Maschinengewehr wischte sich seine öligen Hände am Vorhang. Frau Kamptschik reichte ihm ihre Schürze hin, wobei sie sich weit vorbeugte, um die Schwelle nicht zu verlassen. Ihr Mann hatte ihr gesagt, sie sollte sofort mit dem Kind nachkommen. Er war überhaupt nicht heimgekommen, ihr Mann war ihr Mann, sie war sie. Der Schutzbündler hatte gesagt, sie sei wie ihr Mann, und das Kind sei wie sie. Sie aber war sie, der Mann war der Mann, das Kind war das Kind. Schon wieder war alles durcheinander wie im Traum, Gedanken und Sachen, Töne und Farben, alles hinter dem Gitterwerk ihrer blauen Schürzenstreifen. Der Schutzbündler knäulte die Schürze zusammen und warf sie weg, er hatte sich auf den Boden gekauert. Er rief: »Das paßt noch nicht. Schnell was dahinter. Schnell, schnell!« Die Männer schubsten mit den Stiefeln den Teppich zu einem Knäuel zwischen Büfett und Maschinengewehr. Sie schubsten das Kissen dazu. Sie sahen sich um nach noch was. Die Frau warf ihnen das lederne Kissen zu, das auf der Küchenbank lag. Der Schutzbündler schrie: »Mehr!« Aus dem Treppenhaus schallte die Stimme: »Sie kommen!« Man hörte Schritte eilig die Treppe hinunterlaufen. Noch waren die fünf Minuten nicht um. Man hörte Schritte die Treppe hinauflaufen. Alle Gesichter drehten sich zu der Flurtür, auch das Gesicht der Frau. Ein Schutzbündler meldete, der Parlamentär sei zurückgekommen, man hätte mit Nein geantwortet, das Bombardement stünde bevor. Der Schutzbündler, der inzwischen die dritte Kiste ins Wohnzimmer geschleppt hatte, öffnete mit dem ausgestreckten Arm das Küchenfenster, wobei er seinen Kopf in den Vorhang einrollte. Frau Kamptschik sah auch hinunter. Sie erblickte die Macht des Staates. Sie hatte bis jetzt geglaubt, das Ihrige sollte von innen heraus zerwühlt werden. Es war aber von draußen bedroht. Im Wohnzimmer schrien die Schutzbündler: »Mehr!« Frau Kamptschik war über die Schwelle gelaufen. Die Männer griffen nach allem möglichen. Frau Kamptschik warf ihnen unsinnige Dinge zu, Stöße gebündelter

Wäsche. Auf einmal war sie über die zweite Schwelle in ihr Schlafzimmer gerannt. Sie schleppte Matratzen herbei. Die waren richtig. Die Tüllbettdecke verhedderte sich um ihre Schuhe. Sie rannte in die Küche zurück, sie riß ihr Kind aus dem Kinderstuhl. Der Schutzbündler in der Tür sagte: »Die Frauen mit den Kindern sind alle raus, gehens in den Keller, Frau Kamptschik.« Frau Kamptschik sagte: »Gibt's keine Frauen mehr oben?« Der Schutzbündler in der Tür rief: »Doch. Hier.« Das Fräulein Kempa, Gemeindeschullehrerin, führte Schritt für Schritt, zuredend mit heißem Gesicht, ihre alte Mutter die Treppe hinunter. Frau Kamptschik streckte das Kind mit beiden Armen von sich. In weiße Wolle war es gekleidet, die sie selbst gestrickt hatte, viele zehntausend Maschen. Sehr ähnlich war es ihrem Mann. Seine Ohren waren die gleichen, seine Augen, sein Haar. Sie hatte das Kind nie eine Minute von sich weggegeben, die Schwiegermutter hatte es manchmal haben wollen, sie hatte es um keinen Preis hergegeben. Sie hatte es neben sich im hohen Stuhl gehabt oder drunten auf einem der Spielplätze im Wagen. Wenn ihr irgendeine Pause im Tag geblieben war, hatte sie für dieses Kind gestrickt oder genäht, viele Dutzend kleine Sachen, weiße und blaue, für seinen dicken, kleinen Körper. Damals in der Wohnung ihrer Schwiegereltern war sie schwanger geworden. Sie hatte die Tage abgezählt und war schwanger gewesen. Acht Tage vorher hatte sie davonlaufen mögen, die Wohnung hatte sie bedrückt, das ewige Geschimpfe der Schwiegermutter, das gutmütige Achselzucken ihres Mannes. Sie hatte ihm ins Gesicht gesagt, sie könnte jederzeit eine Stelle finden mit ihren Händen, sie könnte mit ihrer Brust und ihrem Gesicht jederzeit einen Mann finden. Dann war sie ruhiger geworden, sie hatte gleichfalls die Achseln gezuckt, sie hatte angefangen, dieses weiße Wollzeug zu stricken. Sie reichte das Kind dem Fräulein Kempa in den Arm. Das Kind heulte, das machte ihr nichts aus. Jetzt waren die

Männer im Zimmer ruhig geworden, jeder hatte seinen Platz, jeder war erstarrt in der Bewegung, die der nächste Augenblick von ihm erforderte. Schon waren die Narben im Büfett und im Küchenschrank von alters her, der Riß gehörte in den Teppich, der Pflanzenbottich gehörte umgekippt, das Maschinengewehr gehörte ins Wohnzimmer. Alles sprach dagegen, daß dies alles ein Traum war, und alles dafür, daß es Wirklichkeit war. Klar und wach dachte Frau Kamptschik, daß ihr Mann immer gesagt hatte, die Partei sei etwas, was für sie und das Kind nützlich sei. Er hatte ihr auch zugeredet, ihren drei Schwestern zu verbieten, hier heraufzukommen. Die jüngste dieser Schwestern war schlecht geworden, die zweitjüngste half daheim, die dritte war Modistin und hatte ein Verhältnis mit einem Chauffeur. Alle drei waren ein bißchen schlampig, ein bißchen laut und fahrig. Das war aber kein Grund, um ihre ganze Familie all die Jahre hindurch mit dem Handrücken beiseite zu schieben. Ihr Vater war früher Ablader bei Kramer & Wenzel gewesen. Er war ein zusammengeschrumpftes Männchen geworden, das nicht viel redete. Ihre Mutter war noch dick und geschwätzig. Ihr Mann hatte keine richtige Hochzeit gemacht – und was war schon eine Ehe ohne Hochzeit –, weil er ihre Eltern den Seinen nicht hatte zeigen wollen. Ihr lag nichts an der Hochzeit, ihr lag auch nichts mehr an dem Kummer, der ihr widerfahren war. Vielleicht war es besser, wenn diese Ehe gar nicht zustande kam. Vielleicht war es besser, wenn dieses Kind gar nicht geboren wurde. Ihr lag nichts an einer eigenen Wohnung, auch wenn sie zwei Zimmer hatte und eine Küche mit Fliesen. Der Sack war das Bändel nicht wert. Mochte der Teppich zerreißen, mochte die Abzahlung hinsein, mochte der Mann bei seinen Eltern sitzen und warten. Sollte er sich selbst sein Zeug aus den Trümmern des Hauses herausfischen.

Der Schutzbündler am Fenster, der seinen Kopf in den Vorhang eingewickelt hatte, machte eine schlichte und feierliche Bewegung mit dem freien Arm, wie ein Stationsvorsteher, der den Zug abfahren heißt. Für die Schutzbündler in Frau Kamptschiks Wohnzimmer sah es aus, als hätte er das Kommando zu den Kanonenschüssen gegeben, die im nächsten Augenblick Sandleiten erzittern machten. Frau Kamptschik aber erschrak viel mehr über das trockene, unaufhörliche Knattern in ihrem Wohnzimmer, als sei es die eigene, wütende Antwort des rohen Mauerwerks, durch die der Putz abfiel und die Gläser und Blumentöpfe vor Schrecken tanzten.

Sie duckte sich zuerst überwältigt in einen Winkel des Wohnzimmers. Im Laufe der nächsten halben Stunde aber gewöhnte sie sich daran, die Tränen liefen ihr nicht mehr von selbst über die Backen, sondern blieben im Halse, sie horchte auf die Worte der Schutzbündler, verstand allmählich ihre Handreichungen und half hier und dort selbst mit. Als die Zeit vorrückte, als nicht nur Sandleiten, als ganz Ottakring dröhnte und zitterte, da hatte sie den Schutzbündlern in ihrer Wohnung schon längst alles zu essen gegeben, was sie fand, sie hatte Kaffee gekocht und trug ihn kannenweis in alle Wohnungen, in denen Schutzbündler postiert waren.

VIII

Auf einmal flammten rings um den Karl-Marx-Hof die elektrischen Lampen wieder auf. Auch auf den Häuserflächen zeigten sich helle Vierecke, auch in den verlassenen Zimmern, deren Bewohner am Nachmittag zehnmal am Schalter probiert hatten. Scharfe Lichtpünktchen glühten in den Gucklöchern eines großen hölzernen Tores – die

Augen des Schutzbündlers, dessen Abteilung in dieser Torfahrt postiert war: »Durch technische Nothilfe, die gottverfluchte, durch Überlandleitung.«

Sie lagen in einer Gasse zwischen Heiligenstädter Bahnhof und Karl-Marx-Hof in der Torfahrt eines Eckhauses. Rudolf hatte den Arm um Fritz gelegt. Sie verschoben unwillkürlich ihre Gesichter, daß Schläfe auf Schläfe kam. Rudolf hatte Fritz ohne weiteres mitgenommen, als er ihm am Vormittag im Hof begegnet war. Er hatte ihn in seine Abteilung eingestellt und bewaffnet. Vorher hatte sich Rudolf nie um Fritz bekümmert, heute aber, vom ersten Augenblick ihres Zusammentreffens an, hatten beide das Bedürfnis, möglichst nah zusammenzubleiben.

Auf einmal schoß es, ungefähr achtmal hintereinander. Man hörte viel Glas klirren. Der Schutzbündler am Guckloch sagte, ohne sich umzudrehen: »Unsere schießen auf die Lampen. Wart mal; die Polizei schießt aus der Wachstube. So wart doch ab, unsre gehen vor gegen die Wachstube. Still, sag ich.« Der Schutzbündler am Guckloch trat hinter sich wie ein Pferd. Alle drängten sich gegen seinen Rücken. Er wurde platt gegen das Tor gequetscht. Er drängte sie mit dem Hintern ab. Man hörte weiter Gewehrschüsse. Jemand in der Torfahrt bettelte: »Laß uns raus!« Rudolf sagte hart: »Nein!« Der Schutzbündler am Guckloch sagte: »Sie haben alle Lichter zerschossen. Jetzt ist's dunkel. Sie verpulvern übrigens viel zuviel. So, wart mal, sie stürmen.«

»Laß uns raus.« – »Still, die schaffen's allein. Wir sind hier postiert, kommst noch dran.« – »Da, ach, liegt einer, zwei, drei.« – »Mach's Tor auf.« – »Das Tor bleibt zu.« – »Da schießt's doch noch wo?« – »Aus der Heiligenstädter Straße.« Der Schutzbündler am Guckloch rief: »Sie sind drin, sie sind drin! Sie rücken der Polizei nach hinter den Bahnhof.«

Es klopfte gegen das hintere Tor, die Torfahrt hatte einen zweiten Ausgang nach den Höfen, man schob den Riegel zurück, es kam keine Helligkeit aus der Nacht draußen, nur die Stimme eines Mannes: »Drei Heimwehrautos durch die Heiligenstädter Straße. Sind beschossen worden. Wir haben eine Patrouille ausgeschickt. Die ist nicht zurückgekommen. Jetzt müßt ihr Patrouille stellen.«

Rudolf suchte seine Gesichter ab in der vollständigen Finsternis der Torfahrt. Alle spürten seinen Blick. Doch dann folgte er nur dem leichten Druck auf seinem Arm. »Fritz.«

Der Kurier blieb, das Tor wurde hinter Fritz verrammelt. Die Luft schlug sein Gesicht klitsch, klatsch wie ein nasses Tuch. Der Himmel war sternenlos. Wie groß war die Helligkeit, die der Nacht trotzdem innewohnte! Ein Hund schlug an, brach sofort ab. Gewiß hielt ihm jemand das Maul zu. Dieser unbekannte Helfer erfüllte Fritz das Herz mit Dankbarkeit. Ihm war so leicht, als würde er wie ein Ball über die drei Hofmauern geworfen. Er war vollständig glücklich. Er dachte nicht, daß er sterben könnte, aus demselben Grund, aus dem er sich nicht davor fürchtete: Es fehlte ihm nichts mehr am Leben. Er duckte sich bei der Straßenkreuzung, das war überflüssig. Die Heiligenstädter Straße war leer rechts und links. Auf dem Boden glänzte etwas aus Metall. Fritz kroch hin, obwohl es vielleicht unsinnig war. Er faßte es an. Es war ein Metallteilchen, vielleicht von der Autolampe des beschossenen Heimwehrautos. Er hörte plötzlich ein Geräusch, immer näher und stärker, auf dem Heiligenstädter Bahndamm. Seine Kehle wurde ihm eng. Er wurde ganz starr. Das Geräusch ging ihm durch und durch, als müßte er selbst von dem herannahenden Zug zermalmt werden. Auf dem Rückweg waren seine Bewegungen schwer, ungeschickt, er hatte sogar Angst.

»Ich habe das ganze Jahr alles darüber gelesen, was ich konnte«, erzählte Rudolf in der Torfahrt, um seine Leute in dem notwendigen Zustand aufmerksamer Wachheit zu halten. »Alles, was geschrieben war, wie die Arbeiterklasse gekämpft hat, wenn sie gekämpft hat.« Er redete zuerst zur Erleichterung der anderen, dann auch zu seiner eigenen. »Immer sind die Machtmittel des Staates gewaltig erschienen, denen, gegen die sie gerichtet waren. Die erste Kanone genau so gewaltig wie der erste Tank, das erste Maschinengewehr so gewaltig wie die erste Flinte.« Alle Blicke in der Torfahrt suchten die Augenpünktchen zu Rudolfs Stimme – als hätten seine Augen sogar hier noch einen Rest von Licht gefunden, um sich vollzusaugen. »Deshalb, meine Genossen, laßt euch durch nichts irremachen. Denkt immer bei jeder Maschine, es sitzt ein Mensch darin, dem aber zielt auf den Kopf. Wenn ihr ihm nicht auf den Kopf zielt, wird er euch später auf den Kopf treten. Der Mann muß das Gefühl haben, daß es sein sicherer Tod ist, die Maschine zu bedienen – den sicheren Tod für Dollfuß, das ist doch eine andere Sache als der Tod für die Arbeiterklasse, versteht ihr mich? Sagt doch etwas –« Rudolf war plötzlich selbst unruhig durch die undurchdringlich stockfinstere Torfahrt.

»Seid still«, sagte der Schutzbündler am Guckloch. »Du auch, Rudolf.« Sie horchten. Auf einmal war die Dunkelheit ein Sack um ihre Köpfe. Es war ihnen kalt. Und Rudolfs Stimme, seine junge, unerschütterliche Stimme war auch verstummt. Nichts war zu hören, als die näher kommende, gegen ihre Stirnen anrollende Eisenbahn, drüben auf dem Bahndamm. Jemand sagte leise: »Rudolf.« Rudolf sagte nichts. Der andere sagte: »Ist das überall?« Jemand sagte: »Saupack.« Alle würgten. Rudolfs Stimme wurde im Dunkeln gierig aufgesaugt. »Die Schienen sind eben nicht aufgerissen; die Überführung ist nicht gesprengt worden.«

Niemand wehrte sich mehr mit Worten. Enger zusammengerückt, schien es einem vom andern, er stemme erbittert gegen einen und denselben Stein, der an der plötzlich furchtbaren, drückenden Dunkelheit schuld war. Noch hatte keiner Luft, um warum zu fragen.

Es klopfte an die Hoftür. Rudolf atmete ein wenig auf. Fritz sagte: »Nichts. Die Straße ist leer – bloß die Eisenbahn fährt.« Der Schutzbündler am Gucklochrief: »Sie halten. Sie laden aus.« Rudolf stieß ihn weg. Einer in ihm war entschlossen, überrannte den, der noch grübeln wollte. »Jetzt laß mich dran. – – Macht euch fertig.«

Diesmal sagte Rudolf: »Nein, Fritz, du nicht. Nur die besten Schützen.« Er suchte sich seine drei Leute aus. Sie hatten alle vier nur Pistolen.

Es war gegen Mitternacht. Sie lagen in ihrer alten Gasse in Deckung hinter einer steinernen Treppe. Es wurde in einem fort nah und hastig geschossen. Sie konnten aber ihre Genossen nicht sehen, die irgendwo um sie herum in Deckung lagen. Die Polizeimannschaften waren ausgestiegen. Sie brachten zwei Maschinengewehre hart an die Bahnhofsrampe. Die Dunkelheit hatte allem das Körperhafte genommen. Die breiten, geschwinden Schatten auf der Rampe schienen, von Schüssen unberührt, dort oben in der Nacht zu hantieren. Rudolf drehte sich schnell nach seinen Leuten um, ob sie weiterkrochen. Er sah ihre Gesichter auf dem Pflaster, weiß und ganz fremd, mit aufgestemmtem Kinn, funkelnden Augen, die Ohren hochgestellt. Sein Herz klopfte, als wollte es die Erde unter sich aufscharren. Er war jetzt über die Grenze weggekrochen, nach der die Schatten auf der Rampe körperlich wurden, nah und drohend. Er konnte Wut, Schrecken und Hast in den Gesichtern sehen. Obwohl sie andauernd darauf gewartet hatten, setzte das Maschinengewehrfeuer auf der Rampe überraschend ein. Es bestrich die zwei Straßenmündungen. Sie drückten sich gegen den Boden, als müßten sie Spuren durch den Stein ziehen. Rudolf hatte beständig das Gefühl, als ob ihm etwas Scharfes, Kantiges die Wirbelsäule hinauf und hinunter strich; er wendete sein Gesicht ein zweites Mal mit größter Anstrengung. Sie lagen jetzt unterhalb der Rampe. Sie konnten sogar die Stimmen hören. Rudolf richtete sich etwas hoch und schoß. Sie wurden sofort bemerkt und beschossen. Rudolf schoß ein zweites Mal, die drei anderen schossen fast gleichzeitig. Sie wurden weiter beschossen, hörten aber alle vier nur, daß das Maschinengewehr verstummt war. Rudolf dachte flüchtig, er hätte vielleicht doch etwas abbekommen. Dann dachte er nicht mehr daran. Er achtete bei der Rückkehr nur auf das Lächeln der Genossen, mehr Zähnezeigen als Lächeln in den vor Frost gespannten Gesichtern. Sie waren alle vier stolz auf dieses von ihnen erbeutete Stück Zeit, auf jede Wendung und Drehung in jeder ausgenutzten Sekunde. Sie teilten sich in zwei Gruppen. Rudolf bezog mit einem Teil seiner Leute die alte Torfahrt, aber bei offenem Tor. Er merkte, er hatte doch etwas abbekommen bei der rechten Achselhöhle. Aber er konnte jetzt weder Weggehen, noch konnte man seinethalben den Standort wechseln. Er setzte sich auf den Boden, den Rücken gegen die Wand. Er sagte: »Wo ist der Fritz?« – »Nebenan. Soll er her?« – »Ja, wechselt ihn aus.« Fritz wischte herein. Er sah sich um. »Hier«, sagte Rudolf auf dem Boden. Fritz berührte Rudolfs Kopf. Er wollte etwas Gutes sagen.

Gerade in dieser Sekunde war das Maschinengewehr neu besetzt worden. Fritz sagte nichts mehr. Ihre Gesichter verfinsterten sich. Rudolf sagte: »Riedl, wo steckt der denn?« Fritz hatte einen Befehl erwartet, da man ihn zu Rudolf holte. Er sagte erstaunt: »Ich weiß doch nicht.« – »Ihr steckt doch immer zusammen.« – »Wir? Ach wo. Das war früher, als ich noch klein war –«

Auf einmal schrie Rudolf: »Fritz!« – »Ja.« Rudolf schrie lauter, ängstlich: »Fritz, Fritz!« – »Ja, was denn, Rudolf?« Rudolf schrie aus voller Herzensangst: »Fritz! Fritz!« – »Ja, was denn, Rudolf?« sagte Fritz erschrocken. Er kauerte sich zu ihm auf den Boden. Auch die anderen wurden aufmerksam. Rudolf schrie, als suche er einen unauffindbaren Menschen in einem undurchdringlichen Gewölbe: »Fritz! Fritz!« – »Rudolf! Rudolf!« schrie Fritz, jetzt gleichfalls mit voller Stimme, gleichfalls voll Angst, als hätte er sich in demselben Gewölbe verlaufen. Es war dunkel in der Torfahrt. Fritz hatte noch nie einen Menschen sterben sehen, auch damals seine Mutter nicht.

IX

Nicht das ununterbrochene, bald stärkere, bald schwächere Maschinengewehrfeuer aus dem Brucktal weckte die Bäuerin um Mitternacht, sondern das Zucken der Wiege, die das Kind mit seinen stoßweisen, noch schwachen Schreien erschütterte. Sie setzte sich aufs Bett. Sie war verwundert, daß die Lampe auf dem Tisch brannte, ganz klein gedreht. Sie horchte durch die Nacht, eine Meute toller Hunde. Sie drehte die Lampe größer und nahm das Kind aus der Wiege. Ihrer Brust nah, fing das Kind vor Gier wie rasend zu schreien an.

Der Bauer trat von draußen herein. »Jesus, Jesus!« Die Frau sagte: »Mich dauern bloß meine Brudersleut. Ihr Stephan wird wohl mittendrin sein. Der hat's im Sommer auch nicht anders getan als wie Gewehr und Hahnenschwänzel.« – »Dem wird's das Hahnenschwänzel heut nacht wegblasen.«

Sie horchten. Der Bauer sagte: »Das ist der Wallisch. Seit der von Graz nach Bruck gefahren gekommen ist gestern mittag – Wenn der Kugeln genug möcht haben, der tät ganz Steiermark zu einem Steinhaufen zusammenschießen.«

Die Bäuerin sagte: »Der Mann gehört gehenkt.« Sie wechselte das Kind von einer Brust an die andere. Sie wickelte ihr

Tuch um Brust und Kind. Doch war es in der Stube warm, fast heiß. Auf dem von der Geburt noch blassen Gesicht der Frau standen kleine Schweißtropfen. Sie horchten. Der Bauer lachte. »Rausgetrieben wird er, der Teufel, mit Ach und Krach. Aber er will nicht. Hält sich mit Zähnen und Klauen fest an seiner schönen Stadt Bruck, an ihrem fetten Gemeindeland, an ihren Gottesbergen. Das kann noch gut morgen fortdauern, das kann noch die nächste Nacht fortdauern, da braucht's noch viel Macht und Kanonen. Wenn's nach ihm gegangen wär in Steiermark: die Glocken herausgebrochen aus den Kirchstühlen wie in Rußland, der Bischof von Graz könnt betteln gehen.

Wenn du bei der Tür rein bist in das Zimmer, in dem der Wallisch gesessen hat, da hat er zuerst wie jeder Mensch ausgesehen. Wenn du aber dann vor ihm gestanden bist, dann hat dich etwas aus seinen Augen angesprungen.

Sogar in den Dörfern, sogar bei uns zu Hause in Frohnleiten, immer hat's welche gegeben, überall, wenn die nimmer weitergekonnt haben, durchaus nimmer weiter, die dann gesagt haben: ›Soll der Pfaff grün werden, jetzt frag ich doch mal den Wallisch.‹ Sogar aus meiner eigenen Verwandtschaft hat's einen geben, der zu ihm hin ist, sogar ich war ums Haar mal selbst zu ihm hin, aber dann ist er nach Graz verzogen.« – »Hat's ihm geholfen, dem aus deiner Verwandtschaft, daß er zum Wallisch gegangen ist?« – »Insofern als er den Paragraph im Kopf gehabt hat, der Wallisch, wonach dem Mann die Pacht nicht gekündigt werden konnt –.«

Die Frau hatte inzwischen das Kind zurückgelegt. Sie dehnte sich selbst im Bett aus, leer und schläfrig. Sie murmelte: »Jetzt hör dir doch das nur mal an. Wenn das nur nicht höher kommt.« Der Bauer sagte: »Ach was, so hoch wie zu uns kommt nichts.«

Viertes Kapitel

I

Riedl war noch zu einem Gewehr gekommen, gewiß. Er war an einer Sammelstelle in Ottakring abgesetzt worden. Seine Angst war überflüssig gewesen, er könnte durch irgendein Unglück vom Kampf ausgeschlossen bleiben. Er hatte dann sein Gewehr wieder abgeben müssen; er hatte mit seinen Genossen Blechröhren, Stangen, Heizkörper, Eisenteile von irgendeinem Abladeplatz hinter den Höfen anschleppen müssen. Die scharfen Kanten hatten ihm Hände, Gesicht und Kleider zerschnitten, das linke Augenlid war ihm eingerissen. Er hatte eine schwere, lange Zinkröhre über die Schulter gehakt, es hatte in Sandleiten zu schießen angefangen, der Hintermann hatte die Röhre losgelassen, der Haken hatte Riedl ins Schlüsselbein geschnitten. Eine bis auf die letzte Härte abgenutzte Stimme hatte fortwährend zur Eile angetrieben. Das Licht der Laternen war aufgeflammt. Die Barrikade war gewachsen, Blechröhren, Heizkörper, Zinkteile hatten sich in ihrem Wall abgehoben wie Stücke vergangenen Lebens in einer alten Erdschicht. Riedl hatte sein Gewehr zurückbekommen. Frauen waren mit ihren Kindern und ihrem Hausrat abgezogen, manche waren im letzten Augenblick doch zurückgeblieben, ein Mädchen hatte seinen Schreibmaschinenkasten aufs Pflaster gesetzt und war zurückgeblieben. Manche waren überhaupt nicht weggegangen, sie hatten Essen aus den Fenstern gereicht, jemand hatte einen Topf Kaffee an einem Strick heruntergelassen. Ein junger Schutzbündler war auf den Rücken eines anderen geklettert, um zu spähen. Er hatte den ersten Schuß abbekommen, einen Kopfschuß. Der andere hatte ihn unsinnigerweise an den Reinen festgehalten, ln dem verrückten Getobe aus Handgranaten und Minenwerfern und Maschinengewehren hatte Riedl eine neue, klare, unverbrauchte Stimme gehört, die ihn und alle beruhigt hatte. Er hatte erst später gemerkt, daß es seine eigene war. Er hatte sein linkes verklebtes Auge beim Schießen nicht zuzudrücken brauchen. Sein Gehirn und seine Muskeln hatten sofort die Gedanken und Bewegungen wieder aufgenommen, die sie im Oktober 1918 auf der Giovanetta-Höhe abgebrochen hatten, als seiner Abteilung der Abstieg befohlen worden war. Sie hatten damals im Dorf Lucchi die ersten Boten der Revolution gehört; sie waren mit ihren Gewehren heimmarschiert, den Sozialismus aufzubauen, den unbefleckten, sündlosen, demokratischen. Sie hatten ihre Gewehre verwahrt und geölt durch fünfzehn Jahre. Sie hatten die große Partei aufgebaut, sie hatten ihre Bürgermeister in die Städte gesetzt, ihre Gärten gepflanzt, ihre Schulen gegründet. Sie hatten ihre Verfassung, sie hatten ihre Gewehre. Riedl war stolz gewesen auf sein gut gepflegtes Gewehr. Er hatte immer im Grund seines Herzens geglaubt, man könnte seinem Gebrauch entgehen. Er hatte alles befolgt und alles geglaubt, was darauf ausging, diesem Augenblick zu entrinnen. Er hatte sich nicht darauf gerüstet, immer besser und schlauer, als auf etwas Unvermeidbares. Er hatte seine Gedanken und seine Parteiarbeit und seine Arbeit im Betrieb und seine Lebensverhältnisse und seine Freundschaften und sein Essen und Trinken und seine Kleider alle die Jahre hindurch so eingerichtet, als ob man ihm entrinnen könnte. Er hatte noch am Morgen geglaubt, man könnte ihm entrinnen. Er hatte im Grund seines Herzens gezweifelt, die Barrikade könnte den Handgranaten und Minenwerfern standhalten. Riedl hatte vergessen, woran er gezweifelt hatte. Er hatte völlig vergessen, daß es eine Zeit vor dem Augenblick gegeben hatte, unentrinnbar und endgültig für ihn und alle, wie Geburt und Tod. Die Wut der Soldaten vor der Barrikade war wild und echt geworden. Gezwungen oder freiwillig, gleichmütig oder hassend, unwissend oder gedankenlos – jetzt hatten sie endlich spüren wollen, was dahinter war, das Fleisch zum Beißen. Die Schutzbündler hatten standgehalten, es war still geworden. Die Schutzbündler hatten aufgeatmet, sie hatten ihre Verwundeten weggebracht. Aus einem Fenster waren noch ein paar Brotstücke, Äpfel und Zucker geworfen worden, ein Stück Brot war einem Toten auf die Brust gefallen, es war von dort weggegessen worden.

Die Schutzbündler sahen sich um, mehr beunruhigt als erleichtert durch die Stille. Die Dunkelheit war hereingebrochen, ehe noch jemand den Tag richtig verstanden hatte.

Riedl blickte um sich, in die verwilderten, wie versengten Gesichter. In einem der dunkeln, ganz fernen Fenster huschte wie im Berginnern ein winziges Lichtpünktchen. In der aufgerissenen Gasse zwischen den höhergerückten Dächern war ein kleines Stück Himmel das einzig Unversehrte. Ein kleiner, struppiger, neu dazugekommener Bursch, der auf einem umgekippten Laternenpfahl ritt, erzählte laut: »Sie haben sich nicht nach Sandleiten reingetraut, es war zu plötzlich still.« Die Schutzbündler drehten die Köpfe nach seiner lachenden Stimme. Er hatte helles, in einem Busch stracks hochstehendes Haar. »Sandleiten war nämlich schon leer. Die waren durch die Kanäle weg mit ihren Gewehren. – Die kämpfen jetzt woanders. – Aus Wiener Neustadt rückt Schutzbund an.«

Die Schutzbündler stopften die Lücken mit ihrem Eisenzeug, ein Ruck ging durch alle. »Der Schutzbund aus Wiener Neustadt kommt. – Jetzt werden die Kasernen gestürmt.« Sie schrieen dem auf dem Laternenpfahl zu: »Steig ab, du. Hilf!«

Auf einmal schrie es auf den Dächern: »Ein Tank!« Sie rissen sich alle zusammen, die Unterkiefer zitterten allen. Da horchten sie gierig auf die ruhige Stimme: »Es gibt gar keine Tanks!« Riedl horchte auf seine gute eigene Stimme: »Die sind im Vertrag verboten.« Der Erdboden zitterte in ihn hinein. Sein Herz wurde schon kalt, es witterte schon etwas. Er hörte sich selbst, stimmlos, inwendig: Verboten. Die alte, knarrige Stimme, die einmal vor Stunden zu rasender Eile angetrieben hatte, war plötzlich wieder da: »Handgranaten!« Schon war die Gasse eine Schlucht, die Menschenhäuser waren schon Felswände, das Tier war schon über ihnen, schon hörte man Schreie.

Der Polizeitank nahm die drei Barrikaden, wie ein Stier drei Zäune schlitzt. Viele Schutzbündler warfen sich in die Häuser. Ausgewalzt wurden die Gassen, flach die Toten, die man so schnell nicht wegziehen konnte. Da wurde vergessen, daß in dem Tier ein Herz war, hastig und zerbrechlich, drin im Stahl ein Gehirn, zart und verwirrbar.

Der kleine, struppige Bursch war bis zuletzt rittlings auf seinem Laternenpfahl gesessen. Er war nur rückwärts hinaufgerutscht. Seine Brust und sein Gesicht waren schon blutig, doch zwinkerte er listig. Er sprang erst im letzten Augenblick auf die Füße. Er zielte und warf. Eine Sekunde zwischen Tank und Hauswand war es ihm eng und finster. Gleich war es wieder hell und weit. Das wilde Funkeln seiner Augen erlosch nicht nach und nach, sondern plötzlich, von einem Windstoß ausgeblasen.

Später hockten Riedl und zwei andere auf einem Kohlenhaufen in einem Keller neben dem Arbeiterheim. Sie rissen die Drahtgitter von der Luke ab. Sie sahen keine Gesichter, nur Stücke von Menschen und Maschinengewehren und Beine. Sie schossen, solange sie Munition hatten. Es gab kein Oben und kein Unten mehr, Riedl begriff nicht, wieso aus dem Arbeiterheim noch geschossen wurde, es konnte kein Stück undurchlöchertes Fleisch darin sein. Schließlich schoß ja auch er noch, obwohl es über seinem Kopf rauchte und krachte. Ein toter Soldat lag dicht vor der Luke, seine gekrümmten Finger berührten den Drahtfetzen im Fensterwinkel. Sein dem Keller zugekehrtes Gesicht mit halboffenem Mund, in dem die Vorderzähne glänzten, war das denkbar gleichmütigste, während drei, vier Paar Stiefel über seinen Körper stampften. Die Rillen zwischen den Pflastersteinen waren mit wirklichem Blut ausgefüllt. Riedl wußte im Augenblick nicht, von wem die beiden gegenüberliegenden Häuser besetzt waren, von Exekutive oder Schutzbund. Aus einem Fenster wurde tief nach unten geschossen, ums Haar in die Kellerluke. Sie hörten den innigen Fluch, mit dem jemand ganz nah sein Leben beendete – einer der Ihren –, ihm gehörte wohl der Fuß im Segeltuch-Turnschuh, der still in den Winkel der Luke rutschte. Einer von den dreien warf sein Gewehr auf die Kohlen: fertig. Er machte eine krampfhafte Bewegung nach oben, die Kohlen rutschten. Riedl sagte: »Bleib.« Er hatte das Gesicht dieses Mannes überhaupt noch nicht gesehen. Er unterschied undeutlich einen Schnurrbart. Der Mann sagte hastig: »Ich bin fertig. Ich will raus. Überhaupt – –« »Was, überhaupt?« – »Überall Barrikaden? – – Wetten, unsre war die einzige.« – »Sei froh, wenn du auf der einzigen warst.« Der Tote schien mit seinem der Kellerluke zugewandten Gesicht das Gespräch anzuhören. Er hatte sogar einen ähnlichen Ausdruck wie der dritte, der auch schweigend mit halboffenem Mund zuhörte, wobei er freilich den Daumen auf dem Gewehr bewegte. »Jedenfalls will ich hier raus.« – »Unmöglich. Wir sind hier postiert.« – »Wer soll uns denn wohl abberufen?« Plötzlich ließ der dritte sein Gewehr los, er zog sich hoch, er hatte einen Einfall, er wollte dem Toten seinen Gürtel abnehmen. Er streckte die Hand aus – in einem Knall verschüttete Mauerwerk Brust und Beine des Toten. Sein Gesicht blieb frei liegen, gleichmütig. Obgleich die Luke fast verschüttet war, begriffen sie an dem Abbruch des Maschinengewehrfeuers und den unregelmäßigen Gewehr- und Pistolenschüssen, an den furchtbaren, gerissenen Stimmen selbst, daß das Nachbarhaus endlich genommen war. Der Schall von der Gasse her war gedämpft, aber Riedl hörte alles in sich selbst drin, als seien seine Gehirnschalen mit den Mauern des Hauses eins.

Plötzlich rief jemand durch die Kellertür: »Los! Uber die Dächer! Wir räumen.« Der mit dem Schnurrbart fuhr auf, daß er wieder mit den Kohlen abrutschte. Der Junge, ohne seine Hand vom Gewehr abzuziehen, suchte Riedls Gesicht. Der sagte: »Habt ihr Befehl von der Kampfleitung?«

»Kinder, wo ist denn die Leitung? Das hat doch alles keinen Zweck mehr, kommt.«

Riedl sagte: »Ohne Befehl von der Kampfleitung –« Sie versuchten, einander durch den Keller zu erkennen. Der in der Kellertür war merkwürdig massig: eine Art Brustwehr aus Ofenplatten, er kam aus einer Dachluke.

»Wart mal.«

Er stieg hinauf. Die anderen warteten auf dem Treppenabsatz. Sie wollten über die Dächer.

»Da drunten weigert sich ein Genosse, ohne Befehl der Leitung zu räumen – –«

Einer murmelte: »Wo gibt's denn die?« Sie sahen einander an. »Ruf ihn mal.«

Riedl trat gekrümmt heraus. Er konnte sich nicht aufrichten, die Treppe schlingerte wie ein Wellenband.

»Ohne Befehl der Leitung –«

Sie zuckten mit den Achseln. Sie sahen in Riedls Gesicht, bis ihre eigenen Gesichter sich veränderten. Einer sagte: »Also.« Einer rief: »Auf die Posten! Wir bleiben!«

Der Junge drehte sich nicht mehr nach Riedl um. Der Alte drückte sein Gesicht einmal auf die Kohlen. Er fluchte aber nicht mehr. Nebenan wurde abermals aus dem Haus heraus geschossen. Die Toten selbst mußten schießen, hatten die Lebenden hinausgeworfen.

Der Junge warf sein Gewehr weg: aus, fertig. Riedl hatte Atemnot, ein heftiges Verlangen, alles endlich einmal von außen zu sehen. Er versuchte plötzlich, sich durch die Luke zu zwängen, aber er war zu breit, nur sein Kopf ging durch. Er legte ihn mit der linken Backe aufs Pflaster. Der über dem Toten aufgehäufte Schutt sowie der Körper des Toten mit den Segeltuchschuhen nahmen ihm jede Sicht. Er spürte den Rauchgeschmack der Luft. Die Zeit wurde wieder zu einzelnen, zähen Sekunden. Sicher war die Gasse rechts und links abgesperrt, die Häuser wurden abgekämmt, er kam frei oder lebend von hier nicht mehr fort. Vielleicht drückte Fritz den Kopf jetzt gegen das Pflaster wie damals gegen die Treppenhauswand, das Gesicht zum Himmel, mit dem gleichen Ausdruck von Aufmerksamkeit. Das war ihm an diesem Gesicht teuer gewesen: unerbittliche Aufmerksamkeit. Sonst war ja nichts Besonderes daran, langer, magerer Hals, helles, kurzgeschorenes Haar. Drunten zogen sie Riedl an den Beinen, weil er ihnen die Luft wegnahm. Er griff noch etwas zwischen den Steinen, einen Apfel. Der hatte Apfelgeruch. Er grübelte, ob er hineinbeißen sollte, auf einmal war viel Zeit da. Er drehte noch schnell einmal den Kopf nach rechts, alles war versperrt, nur nach oben gab es eine handbreite, aber unendliche Sicht auf zwei Sterne, merkwürdig wie der Apfel.

II

»Hopp, Fritzl, du bist's doch, kein Soldatenspielen, ich bitt dich. Gib mal das ganze Zeugs auf der Stelle her. Joseph, nimm sein Gewehr an dich. Nein, Bub, nicht aufmucken, das ist jetzt ernst, sonst gar nichts.« Fritz erwiderte, zitternd vor Wut: »Das weiß ich allein.«

Der andere sagte, trotz allem lächelnd: »Also. Wenn du die Kisten da in den Turm raufschleppen hilfst, hast mehr geholfen als unnütz mit dem Gewehr rumzotteln.« Fritz' Gesicht veränderte sich von Wut zu Ergebenheit. Er neigte den Oberkörper, um das Tragband über die Schulter zu werfen. Unwillkürlich sahen ihm beide Männer nach. Für seinen schmalen, schlaksigen Rücken war die Kiste viel zu schwer.

Aus dem Keller wurden die letzten Munitionskisten vor die Treppe gesetzt. In einer flüchtigen Stille, als hätte jemand Ruhe geboten, um das Wichtigste herauszuhören, tönte ziemlich nah, aber gedämpft durch das mächtige Mauerwerk, das Sausen der Polizeiautos, Maschinengewehrfeuer.

Einer der beiden Männer sagte zum andern: »Ob man alles, was jetzt eintreten kann, durchgeben wird, die ganze Wahrheit?« Der andere sagte: »Alles, was denn sonst, die ganze Wahrheit.« – »Nur den Gruppen durchgeben, oder dem ganzen Hof?« – »Allen, dem ganzen Hof, die ganze Wahrheit.« Der andere wandte sich ab und schrie: »Schneller, schneller!«

Er sagte: »Frauen und Kinder sind ziemlich weggeschafft. Alle schafft man jetzt weg, die zu nichts nutz sind.«

Der andere hob die Hand, um etwas zu beteuern. Da kam ein Einschlag ins Treppenhaus, ein Schutt von Glas und Mörtel. Er behielt die Hand in der Luft. Beide riefen sofort gleichzeitig: »Fritz!« Von weit oben, wahrscheinlich schon vom Turmaufgang, tönte eine Stimme zurück: »Jaaa!« Unwahrscheinlich hoch, hell und jung.

»Nimm ihn zum Kurier. Der kann gut hin und her jagen. Schick ihn gleich in den oberen Hof zu Anton.« Joseph stampfte auf und rief: »Schneller!« Die Stufen knirschten. Vier Schutzbündler kamen aus dem Hof in einem Zug scharfer Morgenkälte. Sie brachten zwei Maschinengewehre. Sie wurden mit freudiger Überraschung empfangen. Sie fluchten, als sie den schmalen Aufgang verstellt fanden. Ihre Stimmen, die abgesetzten Schritte, selbst das Knirschen des Holzes, alles war der Ausdruck der gleichen drohenden Erwartung. Fritz sprang die Treppe hinunter. Sein Gesicht war naß und bleich. »Lauf in den oberen Hof, gib das dem Anton. Bring Bescheid. Saus!«

Er prallte aber mit dem vordersten von etwa zehn Männern zusammen, die schnell hintereinander eintraten. Es gab ein Gedränge, Joseph fluchte. Glücklicherweise wurden gerade die letzten Kisten geräumt. »Wo kommt denn ihr her?«

Sie seien von einer Kommunistenzelle. Sie stellten sich zur Verfügung. Ihr Genosse, der Doktor, hatte sie hergebracht. Joseph erblickte diesen Doktor, den Erlanger, einen Kleinen, mit einem Zwicker, in schwarzen, zerknitterten Kleidern. Er lachte. »Ich hab mir immer Bürgerkrieger anders vorgestellt.« Der Kleine erwiderte trocken: »In jedem Kopf sind immer eine Menge falscher Vorstellungen.« – »Also führ mal deine Leute zu Klockner hinüber, laß sie zuteilen.« Fritz hatte das alles noch aufgeschnappt in einer Haltung des Absprungs. Er rannte. Aber draußen hielt er im Laufen inne. Die Kälte stellte sich ihm unvermutet entgegen. Das splittrige Eis einer Pfütze zerkrachte unter seinem Schuh, es ging ihm durch den Kopf: Schlittschuhlaufen. Der Tag war klar, nach soviel Regenzeit. Die oberen Fensterreihen schimmerten in der Sonne, von rotem Glanz angelaufen. Die Hoffläche war schwach bereift. Nie war ein Frost so vollkommen Frost gewesen, nie ein Wintertag so vollkommen Wintertag. Der graublaue Himmel selbst schien von Anfang an in den Hof einbezogen. Eine Gewehrsalve auf der Uferseite, kalt und scharf, war dem Hof unlösbar verhaftet, wie Vogelschreie einem Mauerwerk. Fritz lief durch zwei Höfe. Nie hatten sich die Torbogen mit solchem Nachdruck über seinen Schultern gespannt. Der obere Hof lag vor ihm, zur Hälfte besonnt, zur Hälfte bereit. Über diese Fläche hatte er Sommer und Winter seinen Ball gejagt. Jetzt sahen alle Augen auf ihn, wie er jagte. Er schnaufte und erschrak. Plötzlich hatten diese Mauern ihre ursprüngliche Macht und Wucht. Der Augenblick war gekommen, von dem es heißt, daß die Steine reden. Und Fritz dachte gleichzeitig, dort drüben in der Rille muß der Ball liegengeblieben sein. Etwas kam ihm bekannt vor in dem Treppenhaus, in das man ihn geschickt hatte. Das Gesicht einer alten Frau beugte sich über das Treppengeländer. »Fritz, Fritz!« Er drehte sich kurz um. »Weißt was von meinem Bub?« – »Nein.« Aber sie hielt ihn am Gürtel fest, weil ihr etwas in seinem Gesicht mißfiel. »Aber ihr seid doch miteinander fort?« – »Ich weiß nichts.« Er hatte wirklich vor langer Zeit den Sohn dieser Frau unerwartet zum Freund gewonnen, er hatte ihn in der gleichen Nacht verloren. Die Nacht lag aber weit zurück. Jetzt war nicht der Augenblick, um die Frau zu trösten und ihr beizustehen. Frau Bäranger spürte etwas, sie blieb auf der Treppe stehen und wartete. Gleich darauf kam Fritz an ihr wieder vorbeigejagt, sein Gesicht war aber jetzt verändert, stolz und glücklich. Er hatte sie vergessen, und sie konnte ihn nicht zurückhalten. Er jagte durch seine zwei Höfe, er wollte mit seiner Nachricht der erste sein.

Das Treppenhaus war geräumt. Er stieß auf Joseph, der von oben herunterkam. »Die Regierungstruppen meutern. Der Schutzbund aus Wiener Neustadt zieht auf Wien.« Jemand rief von oben: »Was gibt's?« Joseph rief: »Die Truppen sollen meutern.« Er sagte: »Komm mit.«

Sie stiegen hinauf. Fritz sagte: »Anton hat Verbindung mit der Stadt. Wir stoßen vom Margaretengürtel aus gegen die Innenstadt vor. Die Regierungstruppen meutern.« Er beobachtete den Ausdruck auf den Gesichtern, als sei er sein Verdienst. Wenn eins der gespannten Gesichter bei der Nachricht umwechselte, wurde sein eigenes Gesicht noch etwas heller. Die Männer sagten untereinander, wenn diese Nachricht wahr sei, könnten sie alles übrige gern durchhalten. Fritz verstand, daß sie darunter auch den Tod meinten.

Joseph wollte ihn mit neuen Anweisungen in den Hof zurückschicken. Fritz runzelte die Stirn und blickte ihn aufmerksam an. Aber Joseph kam nicht dazu, seine Anweisungen auszusprechen. Das Artilleriefeuer setzte ein, plötzlich, mit ungeahnter Wildheit. Fritz starrte auf Josephs Mund, der sich noch bewegte, während die Worte schon im Lärm erstickten.

III

Die Führer zweier Schutzbund-Abteilungen trafen sich auf die Sekunde in der vereinbarten Unterführung beim Matzleinsdorfer Bahnhof. Der Kleinere hatte die Daumen eingeschlagen, die Stirn gerunzelt. Der andere schlenkerte mit langen Armen und Beinen. Sie begrüßten einander nicht, sondern nickten. Sie gingen tiefer in die Unterführung, wo es kalt und dunkel war. Die Eisenbahn donnerte fast sofort über sie weg. Sie suchten mit dem gleichen Gedanken einander ihre Augenpunkte. Der Kleinere sagte ruhig und leise, aber etwas zischend vor Erregung: »Seid ihr fertig? Der Kurier wird gleich da sein.«

»Alles fertig, alles bereit. Ich kann sie kaum mehr zurückhalten. Heut nacht ist überall im Block das Militär durch Heimwehr ersetzt worden. Die glauben wohl, die Sache sei schon geschafft. So heißt's auch im Radio. Die werden sich umsehen. Jetzt fängt's erst richtig an.« Er brach ab, sein Mund blieb aber offen. Auf die etwas ansteigende, im Winterlicht weiße Straße fiel ein Schatten.

Der Kurier trat schnell unter die Unterführung, dann trat er wieder einen Schritt zurück. Er sagte zuerst, als hätte er schon alles gesagt: »Na ja.« Dann sagte er: »Zurückgehen! Die Kampfleitung ist der Meinung und befiehlt: Abteilungen zurücknehmen.«

Der Kleinere preßte die Daumen ein, daß die Adern auf den Fäusten heraustraten. Sein Gesicht veränderte sich nicht. Der andere rief, ohne den Mund ganz zu schließen: »Was! Was! Was!« – »Ein Vorstoß in die Innenstadt sei zwecklos, weil er sich bloß auf ein paar Abteilungen stützt.« Der Kleinere sagte leise, fast ohne die Lippen zu bewegen: »Dafür bist du ja ausgeschickt worden, du, daß er sich nicht bloß auf ein paar Abteilungen zu stützen braucht. Wir, die wir als Vorhut bereit sind –« Plötzlich stürzte sich der andere auf den Kurier, packte ihn am Hals, würgte ihn. »Du machst uns wohl blauen Dunst vor?« Der Kurier sackte ihm zwischen den Händen zusammen, die beiden merkten jetzt erst: seine Jacke war auf der Schulter geplatzt, er blutete. »War ich das?« Der Kurier brach plötzlich selbst aus: »Nein. Du doch nicht. Ich hab doch unterwegs was abbekommen. Dafür mach ich Kurier. Dafür hab ich was abbekommen.« Die Eisenbahn donnerte wieder über sie weg, der Schatten der Eisenbahn sauste über das weiße Straßenstück. Der Kurier sagte: »Macht's doch allein. Versucht es.« – »Die hätten doch den Befehl durchgeben sollen! Steckt sie nur alle in einen Sack und schmeißt sie ins Wasser. Wir als Vorhut, ja. Wir allein, sinnlos.« Der Kleinere sagte: »Wir müssen sofort zu unseren Leuten.« Der andere schrie: »Nein, das kann ich nicht. Nein, das sag ich ihnen nicht.« Plötzlich trampelte er auf, als sei er in die Sohlen gestochen worden und trete etwas in Grund und Boden. Die beiden sahen schweigend zu. Der Kleine sagte: »Nützt nichts.« Er ging dann schnell zu seinen Leuten. Er fürchtete sich, in den Kreis gespannter Gesichter hineinzugehen, bezwang sich aber. Er ertrug mit geballten Fäusten die Schnitte ihrer Blicke. Er erzählte alles, den Blick auf dem Boden. Wilder und drohender als die Flüche, die er erwartet hatte, war die Stille auf seine Worte. Er konnte es selbst nicht ertragen, er fing wieder an: »Daß wir jetzt nicht vorstoßen werden, das bedeutet, daß die anderen vorstoßen. Das ist meine offene Meinung.« Plötzlich sprang einer auf, ein ganz junger, und packte ihn am Jackenknopf. »Wie ich gestern abend Handzettel verteilt hab, auf denen das geschrieben stand, was du jetzt sagst, da hast du mich aus deiner Abteilung rausjagen wollen.« Der Kleine sah ihm von unten nach oben in die Augen. Er sagte leise und deutlich: »Ich werd dich auch jetzt sofort rauswerfen, hol dich der Geier, wenn du nicht gleich dein Maul hältst, das Dreck fressen soll. Du gottverfluchter Rechtbehalter.« Der Junge lächelte, aber sein Lächeln verging sofort unter dem scharfen Blick des anderen. Er trat einfach zurück. Er wollte dann noch etwas sagen, biß sich aber auf die Lippe. Plötzlich war er wie ein Fremder unter ihnen, das würgte ihn. Dann verstand er, daß er ihnen auf Minuten fremd war, weil sie Schmerzen hatten, die er gar nicht teilte. Er wurde ganz still und schämte sich beinah, weil er kalt dasaß und recht hatte, sie aber von einer Enttäuschung gebrannt wurden, wo er schon gar nichts erwartet hatte.

IV

Ein weißes Taschentuch, an einen Stecken geknotet, zuckte durch das zersplitterte Oberfenster der Floridsdorfer Polizeiwachstube. Ein Atemzug ging durch alle. Man sah aber hinter dem halb zertrümmerten, schwärzlichen Fenster zwei Gestalten miteinander ringen. Der Stecken zuckte zurück. Das Feuer setzte wütend ein.

Die Nacht war zu Ende. Der Himmel verfärbte sich kräftig. Die Gasse stellte sich schlafend, als sei die Erstürmung der Wachstube in ihrer Mitte ein Traum, als krachten im Schlaf Handgranaten. Aber hinter den Ritzen der Läden glühten jetzt Hunderte von Augen. Ein Schutzbündler sprang mit einem großen Satz weit vor bis an die Treppe. Er warf eine Ladung Handgranaten gegen die Tür. Die ganze Gasse fuhr auf, die Läden der Häuser zuckten. Er machte einen eckigen Satz rückwärts, fiel in seine Genossen hinein, die über ihn wegstürmten. Jemand schwang dann seinen lockeren Körper über die Treppe, jemand lehnte ihn drunten gegen die Hauswand. In einem Erdgeschoß ging ein Laden hoch, zwei Arme griffen dem Körper unter die Achseln, er wurde nach innen geborgen.

Sie drangen durch Tür und Hauptfenster in die Wachstube. Sie überrannten den kleinen Kommissar, die Pistole wurde ihm aus der Hand gerungen. Vier standen mit erhobenen Händen vor der Rückwand, vor der großen, weißen, ganz durchlöcherten Landkarte; die übrigen steckten irgendwo im Haus. Der kleine Kommissar widersetzte sich. Er wälzte sich auf dem Boden in einem Knäuel von Möbelstücken, Armen und Beinen. Matthias hätte jetzt fortgehen können und Meldung erstatten: Wachstube genommen. Er hatte aber Lust, schnell einmal das Gesicht des Kommissars zu sehen, der bis zuletzt geschossen hatte. Er wartete einen Augenblick, bis das Menschenknäuel aufplatzte, bis das Gesicht herauskam, blutig und geschwollen. Man stellte den Mann auf die Füße, um ihn mit den vier anderen abzuführen. Er war klein wie Matthias, etwas dicklich, seine Uniform war zerfetzt, sein linkes Ohr und seine linke Backe bluteten. Einen Augenblick schnitten sich ihre Blicke. Plötzlich wurde auf der Gasse geschossen. Die Schutzbündler wurden zusammengepfiffen. Ein Polizeiauto war zum Entsatz angefahren. Die Gasse hatte den letzten Schein von Schlaf abgeworfen. Aus vielen Fenstern wurde geschossen. Das Auto konnte nicht ausladen. Da fragte der kleine Schutzbündler, der die Tür gesprengt hatte und jetzt mit zerrissenem Bauch in irgendeiner verdunkelten Stube auf einem Ledersofa lag: »Was gibt's? Wie steht's?« Die ihn durchs Fenster geborgen hatten, erwiderten: »Wir schießen aus der Wachstube. Das Polizeiauto ist umzingelt. Die ganze Gasse ist auf. Jetzt sind wir durch. Jetzt ist das Auto genommen.«

Matthias meldete sich ab und machte sich auf den Weg zur Leitung. Auf der Gasse ging er, alles genau ins Auge fassend, noch einmal um jede der drei Gruppen: die Gefangenen, die von Schutzbündlern bewacht, wie gefroren in einem Klumpen standen, das leere, zerschossene Auto mit seinem einzelnen Posten, zwei tote Polizisten nebeneinander auf dem Pflaster, gleichfalls mit einem Posten. Gewaltig schoß der neue Tag in die Gassen ein. Er füllte die Herzen mit Zuversicht, er beizte mit Frost die Gesichter. Die Schüsse in der Luft gingen nicht aus. Das Feuer am Straßenbahnhof riß ab, von Mund zu Mund hieß es: »Die Polizei flieht.« Die Fenster aller Häuser waren von hellem Morgen vollgesaugt. Aber der Wind war eisig. Derselbe Schutzbündler, den Matthias am Anfang der Nacht auf demselben Posten, an dieselbe Mauer gelehnt, getroffen hatte, war zusammengeschrumpft und gelb vor Kälte. Die Ablösung, sagte er, sei nicht eingetroffen, ob Matthias etwas zu essen hätte. Matthias schraubte von seiner Flasche den Becher ab, vor Kälte und Ungeduld zitternd. Er hatte noch einen Schluck Branntwein. Der Schutzbündler sagte, soeben sei ein Befehl durchgegangen, von allen Wachstuben müßten die Kräfte wieder abgezogen und gegen das Polizeikommissariat konzentriert werden. Er riet Matthias, zur Leitung einen anderen Weg zu wählen. Zu seinen Worten wurden die Schüsse bereits dichter. Matthias steckte die Flasche ein; sie sahen sich in die Augen und trennten sich. Die Gassen waren jetzt wie ausgefegt. Der gelbe, halb erfrorene Schutzbündler war der letzte Mensch gewesen, den Matthias in den plötzlich ausgestorbenen Gassen getroffen hatte. Doch hatte er in der Leere fortwährend das Gefühl stärkster Gefahr – im graublauen Himmel kreisten die Flieger des Bundesheeres wirklich über seinem Haupt. Er wollte so schnell wie möglich zur Leitung. Zwar war seine Meldung schon überholt, man brauchte aber sofort dort solche wie ihn, weil niemand so schnell wie er jede Verbindung knüpfte, die sie brauchten.

Er stieß ganz unvermutet auf einen Trupp Menschen, die offenbar frisch zusammengestellt, von ein paar Schutzbündlern zur Bewaffnung geführt wurden. Einer fuchtelte mit den Armen und rief: »Gestern hab ich mir noch geschworen, nie mehr mitzumachen.« Matthias sah ihn rasch an, er erkannte den aus der Buchhandlung von gestern vormittag. Die Frauen liefen, wie im Krieg beim Abmarsch, nebenher. Eine trug einen Rucksack. Die Männer sagten untereinander: »Das Kommissariat hält sich noch, das gottverfluchte. Das gibt nicht nach, wartet auf Ablösung.« Matthias lief mit den Frauen nebenher und horchte zwei, drei Minuten lang. Übrigens waren die Schutzbündler mit Gewehren, die den Trupp begleiteten, ebenso still wie Matthias. Sie horchten bloß.

»Hoffentlich kann es lang warten. Bloß, daß Brigittenau für uns ausfällt. Da können jetzt glatt Transporte durch.« Matthias drehte sich rasch um, er zog ein Fischmaul. »Wieso?« – »Konnten nicht bewaffnet werden, Verstecke unbekannt, Führer verhaftet. – Ob das stimmt, daß die Truppen meutern?« Ihre Schritte knallten übermäßig in den leeren Straßen. Trotz ihrer Schritte, trotz der fortwährenden Schüsse, war das Surren des Windes immerzu wahrnehmbar. Der aus der Buchhandlung rief: »Wir werden heute über die Reichsbrücke in die Innenstadt vorstoßen. Drüben im Karl-Marx-Hof haben sie Hilfe abgeschlagen, sagten: Zieht ihr alle Kraft zusammen für die Innenstadt.«

»Alles zusammengefaßt und hineingestoßen und mitgerissen – wenn man nur genau wüßte, was drüben los ist, daß man von drei verschiedenen Punkten aus auf dieselbe Minute vorstoßen könnt.«

Matthias beschloß, dem Schutzbündler nicht zu folgen, sondern bei der nächsten Straße abzubiegen. Er horchte einen richtigen Kranz von Schüssen heraus, genau um den Punkt, auf den er hinmußte. Er wollte schon irgendwie hingelangen, schlimmstenfalls über die Dächer. Auf einmal spürte er einen Riß durch alles, wie bei Dammbruch, das Fortrauschen der Zeit. Er hörte noch hinter sich: »Einundzwanzig sind wir hinüber und siebenundzwanzig. Heut wird Floridsdorf zum drittenmal nach Wien hineinmarschieren.«

V

Lange genug hatte das Telegramm, das ihn in der vergangenen Woche auf die Freyung gerufen hatte, auf dem Schreibtisch herumgelegen. Er knäulte es zusammen und warf es in den Papierkorb. Aber dann fischte er es doch wieder heraus und machte es glatt. Sein ältestes Kind, das Kinn auf der Tischplatte, sah ihm zu, ohne zu ahnen, daß sich Karlinger mit jeder Folge dieser Bewegung von neuem quälte.

Die Fensterläden waren geschlossen. Die Lampen und das Deckenlicht brannten. Das Furchtbarste in diesem Zimmer war der dünne Streifen Sonnenlicht auf dem Fensterbrett hinter dem Vorhang. Am Ecktisch saß seine Frau mit allen Kindern und dem kleinen, erst sechzehnjährigen Dienstmädchen. In gewöhnlichen Zeiten hatte ihn die Ähnlichkeit seiner Frau mit diesem Mädchen belustigt. Beide hatten runde Köpfe, denen das starke, blonde Haar flach anlag. Beide trugen auf dem Verschluß ihrer weißen Krägelchen Krukenkreuzbroschen. Seine Frau zeigte den

Kindern ein Zusammenlegspiel. Die Kinder hatten längst aufgehört, sich zu wundern, daß es im Winter blitzte und donnerte. Sie fragten auch nicht mehr, warum bei Tag die Läden geschlossen waren. Nur das älteste Kind, ein bis auf die grauen Augen ziemlich häßliches, derbknochiges Mädchen von sechs Jahren, lief bei jeder starken Explosion an Karlingers Schreibtisch mit einem Ausdruck von Mißtrauen und Unwillen über die Beschwichtigungen. Karlinger sah von seinem Schreibtisch aus dem Spiel auf dem Ecktisch zu, wobei sich sein Gesicht verfinsterte. Die Ruhe seiner Frau, die alle Kinder bezwang, erschien ihm plötzlich in einem anderen Licht als sonst, widerwärtig, fast tierisch. Er stand auf, kauerte sich auf den Teppich und drehte am Radio. Seine Hand zitterte so stark, daß es eine Weile dauerte, bis er fertig war. Sie zitterte gegen seinen Willen mit den Gewehrsalven. Endlich bekam er die Stimme, die ihm versicherte, daß in Wien und im Land die Ruhe wiederhergestellt sei. Er biß die Zähne zusammen. Er drehte am Knopf. Eine zarte und starke Frauenstimme war im Aufbruch über alle Stufen einer Verdischen Arie, entschlossen, mit Don Cesare unverzüglich zu brechen. Er senkte den Kopf und horchte. In ihrer unerklärlichen, sogar in diesem Zimmer gültigen, drei Minuten lang währenden Macht forderte diese Stimme unverzüglichen Bruch mit allem, worin das Herz befangen ist. Die Wände dieses Zimmers drückten sein Gehirn zusammen, daß sich kein einziger Gedanke Freiheit verschaffen konnte. Ihm waren wie im Traum die unsinnigsten Bruchstücke aufgezwungen, elektrische Lampen und Sonnenstreifen, Gewehrsalven und Engelsstimmen, die grauen, immer böser werdenden Augen seines Kindes und seine eigene zitternde Hand. Seine Frau horchte überhaupt nicht nach außen, obwohl die Kämpfe vielleicht sofort in ihre Gasse übersprangen.

Es schellte an der Flurtür. Nicht einmal die ersten Schüsse hatten ihn so erschreckt. Doch seine Hand hörte zu zittern auf, vielleicht, weil sein ganzer Körper erschüttert war. Seine Frau war nicht im geringsten erstaunt. Das kleine Dienstmädchen erhob sich träge. Karlinger starrte den Mann an, den es gleich darauf hereinführte. Er war so erleichtert, daß er hätte lachen mögen. Der Mann sagte: »Wenn's verstattet ist, Herr Doktor. Ich bin doch auf heut vormittag herbestellt worden. Ich hab mir gedacht in meiner Herzensnot, machst Gebrauch davon. Wenn mich der Herr Doktor wiedererkennen wollen: ich bin doch der Smetana.«

Karlinger rief: »Ach ja, freilich.« Er gab ihm einen Stuhl. Smetana setzte sich, die Knie nebeneinander. »Wie sind Sie denn überhaupt durch die Absperrung gekommen?«

»Ich hab dem Posten halt gesagt, daß ich durchaus durch muß. Da hat der Posten halt gesagt: ›Lieber Freund, das geht auf Ihr eigenes Risiko.‹«

Er wischte sich das Gesicht ab. Er behielt das Taschentuch in der Hand. Er fuhr fort: »Es hat mich nimmer zu Haus gehalten. Ich hab raus gemußt. Meine Frau hat's nicht zulassen wollen.«

»Sie hätten sie auch besser nicht allein gelassen, Smetana.«

»Der Mann, Herr Doktor, den sie bei uns in der Wachtelgasse fast vor der Haustür haben liegenlassen, der hat sich noch mal rumgewälzt, Herr Doktor, der hat heut früh ganz anders dagelegen als heut nacht. Der Mann, der von den Aufrührern einer war, bei dem ist ein Posten aufgestellt, daß ihn niemand wegschleppt und daß alle Angst bekommen. Sie haben auch Angst bekommen, und es hat ihn niemand weggeschleppt, wo doch ein Posten dabeigestanden hat Gewehr bei Fuß, und er hat sich noch mal rumgewälzt, und sie haben ihn glattweg verbluten lassen bei dem Posten, ohne Beistand –«

»Hätt auch keinen gewollt, der Mann, lieber Smetana.«

»Wenn's verstattet ist, zu fragen, Herr Doktor: Weiß es der Heilige Vater?«

»Was denn?«

»Alles.«

»Ja, gewiß.«

»Ist's denn sein Wunsch gewesen, sein Wunsch und sein Wille?«

»Aber, Smetana, wie kann's denn sein Wunsch und Wille gewesen sein? Unser aller Wunsch und Wille ist ein christlich Land. Darum geht der Kampf. Daß uns da manches quält, das ist eben unseres Lebens Luft, darum sind wir auf Erden, da sind wir hineinverstrickt, das gehört zum Menschendasein. Im Krieg waren Sie nicht?«

»Nein, Herr Doktor, ich hab ein Hüftgelenkleiden. Der Herr Doktor haben vielleicht nicht gemerkt, daß ich hinke.«

»Nein, das hab ich noch nicht gemerkt.«

»Ich nehm mich ja auch sehr zusammen. Ach, Herr Doktor, für unsereins ist's schwer.«

»Ja, für uns Christen ist alles doppelt schwer.«

»Der Herr Doktor mögen's mir nicht verübeln, ich hab jetzt nicht gemeint: uns, ich hab gemeint: unsereins.

Man wohnt halt arg aufeinander. Verbietens Ihrer Frau zehnmal, sie leiht sich halt doch das Salz, wenn's ausgeht. Hat's dann zurückgegeben, hat dann vielleicht grad der in der Küche dabeigesessen, der sich noch mal rumgewälzt hat.«

Er sah sich im Zimmer um. Sein Gesicht veränderte sich plötzlich. »Herzige Kinder habens, Herr Doktor.« Beide horchten.

Smetana sagte: »Jetzt trau ich mich gar nimmer raus. Herzu bin ich glatt durchgelaufen, heimzu ist mir bang davor.«

»Sie können ja vorerst bei uns bleiben.«

VI

Noch war Urfahr, der jenseitige Brückenkopf, vom Schutzbund besetzt. Über den vergangenen Tag und die Nacht und den Tagesanbruch war er gegen das Feuer der Exekutive vom Linzer Ufer gehalten worden. Der Bahnhofsabteilung wurde die Nachricht durchgegeben, daß starke Abteilungen Schutzbund nach Urfahr unterwegs seien, um mit der Brückenkopfbesatzung vorzustoßen. Jetzt kam es darauf an, den Bahnhof zu halten, bis diese Abteilungen Urfahr erreicht hatten. Eine ähnliche Nachricht war in den letzten Stunden an die zehnmal durchgegeben worden, an die zehnmal hatte Aigners Verstand angesetzt, um diese Nachricht zu glauben. Diesmal aber weigerte sich sein Verstand zum erstenmal, an Schutzbund-Abteilungen zu glauben, die nach Urfahr unterwegs waren. Er verhielt sich still, als könne er mit einem Atemzug die Hoffnung ausblasen, die die Gesichter seiner Gefährten von neuem veränderte. Es fiel ihm ein, daß er seinen Schwager nicht mehr gesehen hatte, seit sie am Morgen den letzten Vorstoß gegen den Bahnhofsplatz zurückgeschlagen hatten. Kein Tag war im letzten Jahr vergangen, der ihn nicht im guten oder schlechten mit seinem Schwager verknüpfte; selbst ihre Feindschaft hatte sie mehr miteinander verknüpft als andere Menschen Freundschaft. Er sprang auf und rief: »Karl!« Sofort wurde geantwortet: »Was denn?« Sein Schwager lag beinah neben ihm. Er hatte sich zusammengerollt und die Jacke über den Kopf gezogen. Aigner fragte: »Hast gehört?« – »Was denn?« – »Daß nach Urfahr Schutzbund unterwegs ist.« Der Schwager erwiderte: »Ja.« – »Glaubst dran?« – »Man müßt wissen, was in Wien los ist. So weiß ich's nicht. Ist auch für uns egal.« – »Egal?« – »Weil wir auf jeden Fall hier stehenbleiben. So als ob sie unterwegs wären.« Der Schutzbündler, der zwischen ihnen lag, stemmte sich auf die Ellenbogen und sagte: »Ja.«

Später zogen sie zu fünft mit einem Maschinengewehr über das Bahngelände: Aigner; sein Schwager Karl; der Schutzbündler Martin, der zwischen ihnen gelegen hatte; einer, der wie ein Herr aussah, ein Buchhändler, in einem Paletot mit Biberkragen; ein kleiner krummbeiniger Otto. Die Erde war vor Frost glasig. Hinter dem Bahnhofsgelände erhob sich, wie der Abschluß von allem, eine Häuserwand, in deren Fenster die Sonne funkelte. Man hörte jetzt nirgends schießen. Sie sollten das kleine Schalterhaus am Rand des Geländes besetzen, um den erwarteten Vorstoß gegen den Bahnhof aufzuhalten. Der Buchhändler wiederholte in einem fort, was ihnen gesagt worden war, als hätte es außer ihm keiner genau gehört: sie müßten durchhalten, bis die Schutzbund-Abteilungen den jenseitigen Brückenkopf erreicht hätten. Alle vier dachten, daß er sich im geheimen fürchtete, obwohl er beharrlich darauf bestanden hatte, mitzugehen.

Martin öffnete sein junges, braunes, bisher etwas träges Gesicht und übernahm den Befehl. Er ließ die Tür des Schalterhäuschens aufbrechen. Sie rissen alles unnötige Zeugs heraus, Pult und Ofen. Aus der Schublade fielen ein paar Scheine, Kleingeld, Zettel. Sie steckten die Scheine auf den Kalender. Vom Schalterhaus aus beherrschten sie das ganze Gelände, das von der Straße sachte gegen den Güterbahnhof anstieg. Die Außenseite eines großen, rostigen Güterschuppens bildete mit dem Geländeabfall eine steile Wand gegen die Zufahrtsstraße. Martin schickte Aigner und seinen Schwager in den Schuppen. Er vereinbarte mit Otto Pfeifsignale. Er legte Otto vor die niedere Steinbrüstung gegen die Straßenseite. Er behielt den Buchhändler bei sich. Der redete, die Exekutive könnte den Bahnhof mit Leichtigkeit stürmen, sie hoffe bloß, ohne Verluste zum Ziel zu kommen. Wenn Schutzbund-Abteilungen Urfahr erreichten, müßte die Exekutive auf dem Linzer Brückenkopf eingesetzt werden. Vielleicht käme es dann hier zu gar keinem Kampf. Wenn ihm selbst etwas zustieße – er schreibe seine Adresse auf den Kalender –, möchte Martin seine Familie benachrichtigen. Martin betrachtete ihn ruhig, ohne ihn zu unterbrechen.

Aigner und sein Schwager lagen mit ihren Gewehren auf den Kisten. Die kleinen Fenster saßen hoch in der Wand. Beiden fiel es ein, daß sie plötzlich allein zusammen waren, beide horchten auf die neuen Schüsse von Brückenkopf zu Brückenkopf. Aigner sagte: »Bist noch immer unverheiratet?« – »Ja.« – »Was wohl in den Kisten da drin ist? Vielleicht leicht Brennbares.« – »Schau doch nach.« Er riß auf: Schaumschläger, Reibeisen, Kaffeemühlen, Siebe, in Holzwolle versandfertig. Sie warfen einen Teil hinaus. Der Schwager zögerte, Aigner sagte: »Das Proletariat erlaubt es dir.« Der Schwager sagte von der Seite: »Wieso bist gestern mit einemmal wieder zu uns gestoßen?« Aigner sagte: »Eher seid ihr gestern mit einemmal zu mir gestoßen.« Der Schwager sagte: »Laß, laß. Was glaubst, wie's ausgeht?« – »Was glaubst denn du?« – »Zu spät, zu wenige. Du weißt doch, was ich glaube. Aber von gestern morgen bis gestern abend habe ich oft geglaubt: Vielleicht geht es trotzdem.« – »Ja, auch ich hab gestern zuerst geglaubt, vielleicht geht es trotzdem.« Der Schwager sagte noch mal: »Es hätte auch trotzdem noch gehen können.«

Sie schwiegen. Aigner dachte, er wollte ihn jetzt nicht quälen; der quälte sich schon von allein. Beide dachten an dasselbe, an alle, die stumm geblieben waren: Menschen an Weichenstellen und in Lokomotiven und an Rotationsmaschinen, Menschen hinter Nähmaschinen und Bügelbrettern und Kinderwagen, Menschen, die müßig aus den Fenstern sahen. Der Schwager dachte laut: »Verflucht, wer sich verläßt auf Menschen.« Aigner sagte: »Auf dich und mich kann man sich allezeit verlassen. Du irrst dich also.«

Sie schwiegen wieder. Aigner zögerte wieder, ihn auf etwas zu stoßen, woran er sich von selbst unaufhörlich wund rieb. Er fragte dann etwas ganz anderes: »Wieso bist noch unverheiratet?« – »Es hat sich so gemacht.« – »Hast die Rechte nicht gefunden?« – »Doch, doch, aber –«

Sie hörten draußen zwei Pfiffe. Sie zuckten in die Gewehre hinein. Sie rührten sich nicht mehr, sondern sahen sich aus den Augenwinkeln an. Bei diesen Pfiffen war alles Unwichtige von ihnen abgefallen und zerstäubt, die ganze Schwere des bisherigen Lebens. Sie spürten das Dröhnen der Straße im Körper. Von der Straße aus konnte man nicht wissen, ob im Schuppen viele waren oder zwei.

Gleich darauf hörte Martin im Schalterhaus die ersten Schüsse aus dem Schuppen fallen. Alle hörten einen Hagel Schüsse gegen die Schuppenwand. Der Buchhändler wollte etwas sagen. Martin sagte: »Schweig.« Von da an verhielt sich der Buchhändler stumm und richtig. Otto pfiff: Maschinengewehr.

Otto konnte bei der geringsten falschen Bewegung sowohl von der Straße wie von seinen Genossen etwas abbekommen. Er kroch unglaublich geschwind und flach auf dem Bauch vor und zurück.

Die Durchschläge gingen alle etwas zu tief, in die Kisten. Aigner und sein Schwager merkten mit Befriedigung, daß der andere kalt blieb. Sie sahen einander oft rasch aus den Augenwinkeln an. Aigner spürte den rauhen Ärmel seines Schwagers auf dem Handrücken. Sein Schwager sagte: »Wo bleibt die Verstärkung? Wozu läßt man uns hier in diesem gottverfluchten Schuppen?« Aigner sagte: »Kommst schon an die Luft.« – »Ja, aber wie?« – Er wünschte sich, wie sein Schwager herausfluchen zu können. Sogar Angst wäre leichter zu ertragen gewesen als diese vollständige Leere. Er spürte nur an dem rauhen Ärmelstoff, der seine Hand streifte, daß er selbst noch da war.

Der Schwager sagte: »Vielleicht kommen sie doch nach Urfahr.« Die Stimme füllte seine ganze Leere aus. Sein Verstand holte von neuem aus. Er glaubte eine Minute lang an diese auf Urfahr marschierenden Abteilungen. Plötzlich war es still. Der erste Angriff war abgeschlagen.

Alle hörten jetzt, daß vom Linzer Brückenkopf aus stärker geschossen wurde und aus Urfahr schwächer. Im Schalterhäuschen sah das spitzbärtige Gesicht des Buchhändlers Martin von unten an wie ein Sohn den Vater, von dem er glaubt, daß er alles ändern kann. Otto pfiff: Maschinengewehr. Er kroch, als hätte er sich nie auf Beinen fortbewegt. Der zweite Angriff begann mit Handgranaten. Martin hörte trotz seines Maschinengewehrs, daß das zweite Gewehr im Schuppen fast sofort ausfiel. Aigners Schwager warf sein Gewehr weg, er warf seine paar Handgranaten. Beide wußten, daß gleich das Ende kam, aber sie hatten keine Vorstellung vom Ende. Sie dachten jetzt auch nicht mehr, sie müßten durchhalten, bis der Schutzbund in Urfahr angelangt sei, sie dachten, wenn sie nur durchhielten, gelangte der Schutzbund nach Urfahr. Ein Fetzen war aus der Wand gerissen, wo Aigners Schwager gestanden hatte, er hockte jetzt links neben Aigner. Plötzlich wußte Aigner, daß er das einzige tat, was Sinn hatte. Wie mit unverwüstbarer Lebenskraft erfüllte ihn Stolz, daß er immer im Brennpunkt geblieben war, damals, als es leicht und herrlich war, später, als es schwierig wurde, jetzt, da es tödlich war. Plötzlich war es still. Der zweite Angriff war abgeschlagen.

Alle merkten, daß vom Brückenkopf aus nicht mehr geschossen wurde. Drunten blieb es auch weiter still, vielleicht wurde Verstärkung aus der Stadt angefordert. Martin holte sich seine Leute ins Schalterhaus. Er fragte: »Aufgeben?« Alle sagten nein, auch der Buchhändler. Martin schickte Otto nach dem Bahnhof. Der brachte dann die Nachricht: Urfahr hat auch aufgegeben, wir müssen zurück. Martin sagte ruhig: »Dann hat es keinen Sinn mehr.«

Am Mittag – der Bahnhof war von der Heimwehr besetzt worden – lagen sie zu fünft in einer Sandmulde am Ufer, wohin sie Otto geführt hatte. Sie waren alle fünf die ganze Zeit über dicht beisammen geblieben. Aigner dachte: Einmal muß ich Karl das mit dem Kind sagen. Er sagte aber nichts. Der Buchhändler dachte, wenn man sie jetzt nicht aufstöberte, könnte er morgen zu seiner Familie zurückfahren, wenn die Züge gingen. Er erschrak. Über der Donau und den Ufern war der Wintertag dunstig und in sich selbst genug. In dem schwach sonnigen, dunstigen Wintertag waren die fünf Menschen alle Eindringlinge.
Martin sagte: »Einer muß sich umsehen. Otto!« Otto kletterte hinauf. Gleich darauf erschien sein rundes Gesicht im Gestrüpp am Rand der Mulde. »Ich will nicht allein gehen.« – »Warum?« – »Ich weiß nicht, ich will nicht allein gehen.« Der Buchhändler kletterte hinauf. Die drei warteten, es kam aber niemand. Martin sagte: »Das beste ist, wir gehen. Vielleicht ihr beide, ich allein. Wir müssen uns trennen. Also Freundschaft.« Er kletterte hinaus.
Aigner und sein Schwager lagen noch eine Minute, vor Frost zitternd, aber unschlüssig nebeneinander. Der Schwager sagte: »Wo sollen wir jetzt hin?« Aigner sagte: »Und doch hat alles gut angefangen. Die wichtigsten Punkte wurden besetzt. Aber –« Der Schwager sagte schroff: »Still jetzt, ich bitt dich.«

VII

Vom frühen Morgen an war der junge Polizist vor seinem Befehl hergejagt. Mit ihm verkoppelt jagten seine Kameraden denselben Weg vor demselben Befehl. Sie waren auf dem Panzerauto durch die Gassen gesaust, sie waren im Feuer der Schutzbündler abgesprungen, sie waren mit Handgranaten durch Türen und Tore in den Karl-Marx-Hof eingedrungen. Sie waren im Kugelregen durch den Hof gestürzt, treppaufwärts durch Gas, Brand und Rauch. Die Wucht des Befehls trieb den jungen Polizisten noch weiter aufwärts, als die Treppe schon aufhörte, Treppe zu sein und eine Art brennender, zwischen Himmel und Erde pendelnder Leiter wurde. Die Luft war dick und gelbgrau. Er rang nach Atem. Er schoß blind nach oben. Im Aufplatzen einer Bombe, im Krach zusammenbrechender Mauern war ein Zusatz menschlicher Stimmen, dünn und belanglos. Ein Teil seiner Kameraden stürzte hinter ihm abwärts. In ihm aber hatte sein Befehl noch nicht nachgelassen. Er spürte in der linken Faust ein Stück Geländer, wie er in der rechten seinen Revolver spürte, als hätte er beides zugleich mitgebracht. Ein junges Gesicht tauchte im Rauch vor ihm auf, eine glatte Stirn, ein Paar Augen, die aufmerksam in die seinen blickten. Den Bruchteil einer Sekunde zögerte er, gerade auf diese Stirn zu schießen; er zögerte schon nicht, auf das bärtige Gesicht in derselben Rauchspalte zu schießen, hart über dem jungen. Auch Fritz schoß über die Schulter des jungen Polizisten abwärts auf den, der nachkam. Blitzschnell wurde ihrer beider Leben und Sterben entwirrt, statt unlösbar verbunden. In der Luft hing eine Tür in einem Stück Mauerwerk. Der junge Polizist riß die Tür auf, von seinem Befehl angetrieben. An der Tür hing eine Wohnung. In der durchschlagenen Wand hingen überraschend große Fetzen von Himmel, sogar von Land und Wasser. Ein Schutthaufen floß wie eine Moräne von der Mauer ab unter die Anrichte, auf der eine Reihe Gläser blinkten. Denn ungehemmt schien über alles die Wintersonne. Jemand lag in einem Bett, dessen Fußende verschüttet war. Unvermindert spürte der junge Polizist den Befehl: Besetzen. Das Gesicht der Frau unter dem seinen war voll Todesangst. Sie fürchtete aber nicht ihn, sondern nur, was er in der rechten Hand hielt. Doch während er, seinem Befehl gemäß, nach den männlichen Familienmitgliedern fragte, lief auch für die Frau die Zeit ab, da sie sich vor einem Dienstrevolver fürchtete. Sie antwortete nicht, sondern deutete mit einem Lächeln auf das Bett. Der junge Polizist bezwang sein Schwindelgefühl und machte auf dem schwankenden Boden zwei Schritte. Er zerrte ein Kind unter dem Tisch heraus, das ihm bekannt vorkam, verheulte Nasenlöcher, Zopfband. Bekannt kam ihm auch das Bild auf der heilen Wand vor, der Mann mit dem großen Bart, ein Verwandter. Widerwärtig bekannt kam ihm alles vor, die Gläser, das Bett, die Stücke Himmelblau in den Schußlöchern. Auf einmal fiel ihm zu seiner Bestürzung ein, daß er gleichfalls einmal in einem Bett geschlafen, aus Gläsern getrunken, unter dem blauen Himmel gelebt hatte.

Da erlosch in ihm der Befehl, vielleicht, weil er ihn erfüllt hatte. Er stand einen Augenblick ratlos. Dann krachte es um ihn zusammen, er packte das Haar der Frau und einen Türpfosten. Sie stürzten alle nach unten. Sie vermengten sich untereinander. Er schrie, seine Stimme war Blut zwischen seinen Zähnen. Er hatte keinen Körper mehr unter sich hängen, nur einen Riesenklumpen aus Stein, Fleisch und Holz. Er horchte, bis sich seine Ohren mit Blut füllten. Die Polizei war verjagt aus dem Treppenhaus, sie wurde aus dem Hof auf die Gassen zurückgeworfen. Vielleicht kam es später noch anders, für ihn aber war es fertig. Warum hatte er Schmerzen? Er hatte doch keinen Leib mehr. Warum hatte er Gedanken? Er hatte doch keine Zeit mehr. Er verendete jetzt in einem Wust aus Menschen und Möbeln. Warum gerade er, warum kein anderer? Warum gerade jetzt schon, warum nicht später? Warum gerade hier, warum nicht ganz woanders? Warum, wofür und für wen? Er suchte Gott zu erwischen, der aber verfloß behend mit seinem eigenen Blut. Dagegen waren zwei helle Augen durch eine Rauchspalte aufmerksam auf ihn gerichtet. Er wich ihnen aus. Er starrte, ohne sich regen zu können, die nackten Füße an unter dem umgekippten Bett. Jetzt fiel ihm auch ein, wer das Bild war im zerbrochenen Rahmen, auf eine Vorhangstange gespießt. Kein Verwandter, sondern dieser verfluchten Festung Schutzheiliger. Er wunderte sich, woher das Gesicht seiner eigenen kleinen Schwester zwischen zwei Stuhlbeinen hervorsah, schneeflockenweiß, verheulte Nasenlöcher, Zopfband.

Alle verstanden, daß der Hof einem zweiten Angriff nicht mehr standhalten konnte. Sie nutzten aber die Atempause für den Abzug. Das letzte, was Fritz in seinem von Ekrasitbomben durchschlagenen Treppenhaus sah, waren die schartigen, ausgezackten Durchblicke in menschliche Behausungen, Durcheinander von Körpern und Hausrat. Über dem Stück Geländer, das nebst zwei Stufen in der Unendlichkeit des leeren Treppenhauses zu schweben schien, hing merkwürdigerweise ein Mantel; aus dem Mantel hing ein viel zu langer Arm in die Untiefe. Fritz wurde von oben an einem Seil durch den Qualm heruntergelassen. Das Gefühl vollkommener Unversehrtheit, das ihn während des ganzen Kampftages nicht verlassen hatte, wurde womöglich noch stärker. Er mußte nur zum drittenmal seinen heftigen Wunsch bekämpfen, endlich zu schlafen. Aber das Hammerwerk in seinem Kopf setzte mit seinen kleinen, metallenen, hellklingenden Hämmerchen von selbst wieder ein.

Sie stiegen mit ihren Gewehren in die Kanäle hinunter. Sie hatten den Plan, sich droben in Wien in dem Bezirk, in dem sie aus der Ecke herauskamen, mit ihren Gewehren zur Verfügung zu stellen.

Als Fritz mit seinen Genossen aus den Kanälen herausstieg, da klebten dort im Bezirk die Plakate des Schutzbund-Kreisführers Korbel: »Ich erkläre die bedingungslose Übergabe meines Kreises – –«

Fritz verstand das erst richtig, als er in die Gesichter seiner Gefährten zurückblickte. Bis gestern hatte er nur die eine Angst gekannt, nicht dabeizusein. Über Nacht und Tag hatte er gelernt, was es hieß, dabeisein. Jetzt verfinsterten sich die Gesichter um ihn herum, sie boten nichts mehr, woran er sich halten konnte. Anton schluckte und würgte. Joseph, sein Joseph, wich ihm aus, als ob er sich vor ihm schämte. Einen Augenblick horchte Fritz nur gedankenlos auf das Hämmerchen in seinem Kopf. Er schüttelte den Kopf, daß es aufhörte. Die Flüche seiner Gefährten, ihr »Verkauft und verraten«, erklangen weit entfernt. Sein Gesicht war weich und hilflos. Auf einmal veränderte sich sein Gesicht, er runzelte die Stirn. Die strahlende, mächtige Sache, in deren Glanz er bis gestern dahingelebt hatte, sie hatte sich plötzlich in ihn hinein verzogen als ihre einzige Zuflucht.

VIII

»Es hat keinen Sinn mehr, wir müssen zurück. Warum weigerst du dich? Gib den Befehl weiter!«

Johst sagte: »Ich? Nein.«

»Aber es hat keinen Sinn mehr, Johst. Schau, die Verstärkung kommt nicht mehr. Sie ist längst gemeldet, sie ist längst überfällig.«

Johst sagte: »Sie haben Verstärkung versprochen. Man muß sich dran halten.«

Sie lagen an der Ennsleiten auf der eiskalten Erde. Johst legte sich plötzlich völlig zurück, um hinaufzusehen in den unversehrten, unversehrbaren Himmel. Einen Augenblick lang war er mit der Erde verwachsen, wie mit seinem Grab ein Toter; das Geheul der Minenwerfer fegte über ihn weg, ertragbar, bloß gewitterartig. Im nächsten Augenblick hob sich sein ganzer Körper mit all seinen Umrissen von der Erde ab als etwas, was litt. Er richtete sich auf. Seine zwei Genossen richteten sich auch auf. »Gib den Befehl weiter, Johst. Wir verbluten. Die Ennsleiten geht zum Teufel, unsere Frauen und Kinder –«

Johst sagte: »Es gibt auf der Welt Frauen und Kinder genug.« Sie starrten ihn an. Ihre Gesichter erinnerten ihn an etwas, woran er selbst völlig vergessen hatte. Man konnte auch nur völlig daran vergessen, es immer weiter in sich herumzutragen, war zu viel. Er sagte: »Wir hätten drunten bleiben sollen. Wir hätten alle Kraft auf die Kaserne werfen sollen. Jetzt wo wir oben sind, muß es aber ein Ende werden, daß auch die anderen –«

»Du glaubst also selbst nicht an Verstärkung?« Er drehte sich um. Es wurde nichts Endgültiges gesprochen. Sie kletterten hintereinander auf Händen und Füßen den Abhang aufwärts. Dann spürten sie plötzlich wieder die Todesnähe. Sie waren sofort daran gewöhnt. Sie atmeten tief. Sie kletterten durch ein aufgerissenes Erdgeschoß über plötzlich entblößte Dinge, nackt wie Körper. Johst hatte zu seiner Stellung eine Treppe hinauf gemußt, jetzt fand er seine Gruppe in einer Steinhöhle. Ihre Gesichter waren gealtert. Sie bewegten ihre Lippen, ohne daß er im Lärm ihre Fragen verstehen konnte. Er schüttelte den Kopf. Er merkte dann, daß einer ausgefallen war. Der lag auf dem Boden unter einer Jacke; man sah von ihm keine Beine, er mußte sich ganz zusammengekrümmt haben unter der kurzen

Jacke. Seine Augen waren geschlossen, doch sah man an dem Leid seines Gesichtes, daß er noch lebte.

Sie konnten von ihrem Stand aus nicht viel von der Bewegung des Feindes sehen. Sie sahen durch das Gerippe eines zusammengeschossenen Hauses – ihre verlassene alte Stellung – ein Stück gewelltes Land. Bräunliche Hügel, Wolken, ein Waldstreifen waren ihnen entgegengerichtet in unverständlicher Feindschaft. Plötzlich ließ das Feuer nach, alle sahen sich rasch an. Es wurde jetzt jenseits des Tales geschossen, hinter dem Waldstreifen. Bevor sie Johsts Worte verstanden, merkten sie an seinem Gesicht, daß die Verstärkung endlich gekommen war. Als der Befehl durchging, in die alte Stellung vorzugehen, sagte der zurückgelassene Schutzbündler unter seiner Jacke zum Abschied, sie möchten sich später um seine Frau kümmern. Johst hatte nur den einen Gedanken, in die alte Stellung vorzukommen. Er sperrte sich gegen jeden anderen Gedanken, als drohe ihm davon eine ebenso große Gefahr wie die, die ihn vorn erwartete. Er merkte aber bestürzt an den Worten, die zwischen dem Sterbenden und den Lebenden hin und her gingen, daß seine Genossen unaufhörlich gleichzeitig an alles denken konnten, was sie zurückließen und was sie erwarteten.

IX

Wenn Matthias seinen Kopf blitzschnell umdrehte und sein Fischmaul zog, glaubten die, die hinter ihm auf dem Dach der Remise lagen, es könnte noch alles gut werden. Sie sagten untereinander, bevor die Nacht da sei, müßte der große Vorstoß über die Reichsbrücke gegen die Innenstadt einsetzen. Der brächte dann ihnen hier Erleichterung. Matthias' Gesicht, niemandem zugewandt, geradeaus gerichtet, war ruhig und finster. Diese plötzliche Stille war schwerer zu ertragen als alles, was vorausgegangen war. Morgens war das ganze Gebiet in ihrer Hand gewesen. Sie hatten alle Polizeiwachstuben in der Nacht gestürmt gehabt. Sie hatten den Schlingerhof fest besetzt gehabt. Dann hatte es damit angefangen, daß sich das Polizeikommissariat nicht ergeben hatte, Weißel hatte die Feuerwehr bewaffnet, sie hatte aber dem Kommissariat nicht standgehalten. Dann waren die Panzerautos aus Wien herübergekommen. Ihnen hatte man aus Wien nicht nur keine Verstärkung geschickt, man hatte Polizei, Militär, Artillerie ungehindert durchgelassen. Sie hatten den Schlingerhof räumen müssen. – Schon war die Luft grau. Die Gasse schien tiefer zu werden. Das gelbe Licht auf den oberen Fensterscheiben konnte immerhin noch von der Sonne herrühren. Doch gingen gerade jetzt in verschiedenen Fenstern Lichter an: die zweite Nacht. Matthias drehte sich schnell um. Die Gesichter der Männer waren vor Kälte und Spannung verzerrt. Sie reckten die Hälse. Sie krochen an den Rand des Daches. Auf einmal ging durch alle der Ruck des endgültigen Vom-Lande-Abstoßens.

Aber vom Schlingerhof her wurden vor den Gewehren der Soldaten Frauen und Kinder gegen die Remise angetrieben. Sie sahen von oben nichts von den Gesichtern, die waren geradeaus gerichtet. Sie sahen nur auf die Köpfe. Matthias legte an und schoß. Er wurde von seinen Leuten sofort auf das Dach geworfen, sein Hinterkopf schlug auf. Sie wollten ihm das Gewehr aus den Händen ringen. Dann ließen sie ihn und ließen ihm auch das Gewehr. Sie rissen ihn nur mit sich fort.

Viel später, am Abend des folgenden Tages, auf der Flucht, sie hatten noch immer nicht geschlafen und nicht gegessen, sie lagen aneinandergedrückt in einem Feldrain, fragte einer den Matthias: »Hast keine Kinder?« – »Nein, ich nicht.« Es ging ihm durch den Kopf: Wer hat mich das schon mal gefragt, und wo? Zum erstenmal gingen durch seinen Kopf alle Möglichkeiten des Lebens, Freuden, die er sich nie gewünscht, Sorgen, die er nie ermessen hatte; er suchte und fand ein Mädchen, heiratete und bekam Kinder, teilte mit ihnen Brot und Hunger, nahm für sie ein Gewehr, legte auf sie an, als sie unter das Dach getrieben wurden, und schoß ab. Er zuckte mit den Achseln.

X

Unweit der Landstraße zog sich über zwei Hügelwellen eine Gruppe verschieden großer Häuser, als wäre sie von der Stadt losgerissen und vergessen worden. Am Nachmittag stieg eine Abteilung Grazer Schutzbund den teils klitschigen, teils frostüberzogenen Abhang hinauf, wobei sie vor Eile in einem fort abrutschte. Den Anfang der Gasse bildete ein kahles fünfstöckiges Haus, das weit über die niedrigen Höfe und Dächer hinausragte. Zwei Schutzbündler stürzten ins Haus, die übrigen blieben beisammen und berieten sich. Sie konnten von hier aus mehrere Windungen der Landstraße überblicken. Das etwas vorgeschobene Dorf am Fuß des nächsten Bergbuckels war schon kein Ausläufer der Stadt mehr, sondern etwas ganz für sich. In den bereits dunstigen Falten der Hügel ringsum glimmten viele Dörfer. Die Hofmauer aber, an die sich die Männer lehnten, war noch Stadtrand. In den Fenstern zeigten sich Gesichter. »Was gibt's wieder, was wollt ihr noch?« – »Kommt raus, macht schnell.« – »Wozu jetzt noch? Warum?« Manche Fenster wurden schnell geschlossen. Vielleicht stieß dann drinnen in seiner dunklen Küche einer die Frau beiseite und setzte sich vor den Tisch, den Kopf in den Händen, oder fluchte gegen die Wand. Andere riefen: »Ihr habt mich doch heimgeschickt. Ihr habt ja für mich kein Gewehr. Fängt's wieder an?« Einer war schon herausgekommen. Er schnürte einen Stiefel drunten fertig zu. »Habt ihr denn plötzlich Gewehre?« – »Dazu brauchst keins. Wir müssen die Straße aufreißen. Wir müssen doch etwas für Bruck tun. Die verbluten doch. Wir können doch die Soldaten nicht einfach durchlassen.« – »Das hätt man längst gesollt. – Gestern, als alle heimkamen mit leeren Händen und mit Wut im Bauch, da hätt man etwas für sie gehabt.« – »Gestern hat man an anderes gedacht. Das ist halt verpaßt.«

Im fünften Stock prallte die Frau, einen Henkeltopf in der Hand, vor Schreck zurück, als sie die beiden Männer erblickte, keuchend, von Erde beschmiert. Aus der Küche rief es: »Was gibt's?« – »Martin! Ernst! Bruno!«

Ein Vater, zwei Söhne. Es war noch eine Tochter da, ein blasses knochiges Mädchen. »Ihr müßt die Leute schnell wieder auf die Beine bringen.« Der Alte sagte: »Ich hab sie schon mal auf die Beine gebracht, gestern mittag.« Die Söhne sagten: »Wir hatten sechzig Leute zusammengebracht, und ihr keine zwanzig Gewehre.« – »Dazu braucht's jetzt keins. Wir müssen die Straße aufreißen. Macht!«

Die Frau sagte: »Ihr wißt selbst nicht, was ihr müßt. Jetzt ist's doch viel zu spät.« Das Mädchen nahm der Mutter den Topf aus der Hand. Sie schüttete alles hinein, was schon in die Teller ausgeschöpft war. Sie wickelte den Topf in Zeitungspapier. Die Männer sagten: »Geht vor.« Das Mädchen folgte den beiden, den Topf im Arm.

Später waren sie dann zwei Haufen Männer vor und hinter der Talenge. Die ersten Autokolonnen Soldaten rollten schon aus Graz. Den vorderen Haufen führten die drei von oben, Vater, zwei Söhne. Sie hatten sich rasch ergänzt. Martin Adler kannte die Herzen seine Nachbarn und griff die Worte wie Schlüssel aus einem Bund. »Beruft euch nicht auf gestern. Sie verbluten in Bruck. Sie verbluten durch uns. Kratzt mit den Nägeln die Straße auf.« Aus dem nächsten Dorf waren auch noch drei mitgekommen. Einer von ihnen, der zum Schutzbund gehörte, war gestern nicht nach Graz gekommen, obwohl es ihm angesagt worden war. Er hatte.gedacht: Zu spät. Seit die Eisenbahnerwerkstätten in Graz geschlossen waren, saß er hier draußen fest in der Sägemühle seiner Schwiegereltern. Es hatte ihn aber mächtig gewürgt, als es in Graz und in Bruck zu schießen anfing. Jetzt ging er in großer Erleichterung mit, als ihm nochmals befohlen wurde. Er schleppte Hacken herbei und das halbe Sägewerk seines Schwiegervaters. Er brachte solchen Zug in den Haufen, daß der Graben im Nu ausgeschaufelt war und der Wall quer über die Straße mit Baumstämmen befestigt. Sie waren aber noch längst nicht fertig, als vor den Hügeln geschossen wurde. Die erste Autokolonne hatte die Talenge erreicht. Dem Martin Adler fruchteten seine Rufe nichts mehr. Er wußte keine, um die Zeit zum Stehen zu bringen, geschweige denn das Heer. Die Kugeln seiner Gefährten waren bald verschossen. Der aber, der den zweiten Haufen befehligte, obwohl er merkte, was sich vorn zutrug, blieb hinter seinen Fichtenstämmen hocken. Er blieb auch noch allein hocken mit abgeschossenem Gewehr. Er, der gestern gesagt hatte, es sei viel zu spät, hielt jetzt allein hinter der Talenge, zwischen den abfallenden, abendlichen Bergen, das heranrückende Heer nicht endgültig, nicht für Stunden und nicht für Minuten, aber doch sekundenlang mit seinem eigenen Körper auf.

Frau Holzer hatte den Tisch längst abgedeckt, sie deckte ihn aber plötzlich wieder neu, als könnte sie dadurch ihre Männer zwingen, heimzukommen. Obwohl für die Nacht schon aufgelegt war, nahm sie doch ihren Kohleneimer und ging auf die Treppe. Sie traf eine junge Frau, die etwa vor zwei Jahren geheiratet hatte. Sie war früher oft zu Frau Holzer heraufgekommen, um sich dies und jenes zeigen zu lassen; die Männer hatten früher gemeinsam die Wiener »Arbeiterzeitung« gehalten. Die Frau sagte nach kurzem Zögern: »Warten Sie nicht auf Ihre Männer, Frau Holzer. Die kommen so bald nicht wieder.« Frau Holzers Körper zog auf die Stufe herunter. Sie bezwang sich aber und blieb aufrecht stehen.

Die Junge erzählte, was sie wußte. Sie sagte auch: »Warum haben Sie's zugelassen?« Frau Holzer sagte leise: »Man hat doch dazugehört. Man hat doch gemußt.« Die Junge rief: »Gewiß, wir gehören auch dazu. Aber deshalb muß man doch nichts mitmachen, wovon man weiß, es führt zu nichts. Ich habe meinem Mann gesagt, daß ich auf der Stelle zu meinen Eltern gehe, auf und davon, wenn er mitmacht. Daß daraus nichts werden konnte, das war doch klar.«

Frau Holzer starrte aus einem Netz von Fältchen mit jungen, bestürzten Augen in das frische, glatte Gesicht der Frau, der alles klar war.

Während man ihm die Arme auf dem Rücken verdrehte, erblickte Willaschek unter den Gefangenen, die man gerade in eine Tür hineinquetschte, den alten und den jungen Holzer. Sie hatten gleich ihm das Konsumgebäude verteidigt. Er hatte manchmal den hellen Hinterkopf des jungen Holzer erblickt, das hatte ihn jedesmal froh gemacht, besonders zuletzt, als es hart auf hart ging. Der alte Holzer war jetzt ganz weiß, mit Mehl bestäubt, sogar sein Schnurrbart. Er hatte sich zuletzt in der Konsumbäckerei versteckt.

Die Heimwehrler rissen alle Schubladen und Säcke auf, sie schütteten Reis und Kaffee auf einen Haufen, sie pißten darauf und wollten Willaschek zwingen, es auch zu tun. Willaschek lachte. Sie sagten: »Ist dir das so zum Lachen?« Er sagte: »Ich lache, weil ihr glaubt, ihr könnt mich zu so was zwingen.« Sie schlugen ihn nieder. Seine Augen glänzten auf dem Boden. Sie traten ihm ins Gesicht.

Als er zu sich kam, lag er auf einem Hof auf dem Pflaster. Es war bitter kalt. Der Himmel war ausgestirnt. Sein Gesicht war in einer Grimasse erfroren. Um ihn herum lagen noch viele. Jemand redete ihm gut zu und fing an, ihm Hände und Füße zu kneten. Sein Herz war voll Erstaunen und Freude; doch tat das Kneten so weh, daß er gleich wieder ohnmächtig wurde.

Frau Mittelexer war so froh, als ihr Mann plötzlich doch noch kam, daß sie nichts darüber sagte, weil er mitten in der Nacht Niklas anbrachte. Sie zog ihre Schürze über das Hemd und kochte. Sie nahm dann auch für sich selbst einen Teller und setzte sich zu den Männern. »Wie war's?« Niklas sagte: »Alles aus. Daß es so ausgeht, hat man sich an den fünf Fingern abzählen können.« Mittelexer fragte rasch: »Was?« – »Wie es nach allem hat ausgehen müssen.« Mittelexer legte seine Gabel hin. Er spreizte den Daumen ab. »Erstens – nichts kann man sich ganz und gar an den fünf Fingern abzählen. Etwas, was man nicht vorher weiß, ist sozusagen in allem immer mitten innendrin. Zweitens –« Dann wurde seine Hand locker, er steckte den Daumen ein, dann drückte er die Faust zusammen. Niklas sagte: »Was zweitens?« Mittelexer sah ihn kalt an, als wollte er seine Fragen abstellen. Niklas war zuverlässig und ordentlich. Er hatte in seinem Kopf, was er gelesen hatte, er verstand es klar zu sagen. Er war gewiß auch noch mehr. Er hatte auch seit gestern mittag mit zwei Schutzbündlern an einer heiklen Stelle Posten gestanden. Mittelexer war völlig an Niklas gewöhnt. Jetzt sah er ihn plötzlich wie neu an. Das vielfarbige und glühende Leben spiegelte sich in Niklas' Gesicht wie in einem trüben Spiegel.

»Was zweitens?«

Frau Mittelexer hatte sich einen Stoffgürtel rausgekramt und nähte eine Schließe daran. Auf Niklas' Gesicht war der etwas spöttische Ausdruck »Alles aus« noch immer eingefroren. Mittelexer sah von ihm weg auf das graue, vergrämte Gesicht seiner Frau. In ihrem unschönen, schon alten Gesicht, in ihren Augen glänzten zwei helle Punkte von Verstehen, die er zum erstenmal sah oder die zum erstenmal drin waren.

XI

Es war noch Nacht. Auf dem Tisch brannte, kleingedreht, die Lampe, als sei sie seit gestern nicht gelöscht worden. Noch schlief das Kind in der Wiege. Noch war die Brust der Frau nicht schwer genug. Sie wurde trotzdem durch den Mann geweckt, der mit dem Geschirr rappelte. Sie stand auf, goß Kaffee auf und brachte Brot.

Der Mann sagte: »Hörst?« Die Frau sagte: »Was denn? Ich hör gar nichts.« – »Ist auch nichts mehr zu hören, es ist aus.«

»Da sei Gott Dank, daß es aus ist.«

»Aus. Soll er sich selbst aus den Fingern saugen, was er uns allen versprochen hat.«

»Wer soll was saugen? Wer hat uns was versprochen?«

»Ach, halt's Maul.«

Die Frau sah den Bauer verächtlich an und warf ihm ein Stück Brot hin. Der Bauer nahm das Brot in die Faust und biß ab, er sagte kauend: »Wann wird denn bei uns mal frisch gebacken, vielleicht an Ostern?« – »Was willst du denn? Wir haben doch noch. Du kannst mir doch nicht weismachen, daß bei euch öfter gebacken wird. Bei uns drunten wird nie öfter gebacken.«

»Dein Vater hat auch so ein Gaulsgebiß.«

»Tunk's ein.«

Der Bauer stopfte das Brot in die Tasse, daß sie überfloß. Es tropfte auf den Boden. Der Bauer fuhr mit dem

Schuh darüber weg. Er ließ das Eingebrockte stehen; er starrte auf den Boden, rauher, ungedielter Boden. »Wisch auf.« – »Es geht nachher in einem hin.« – »Halt's Maul, sag ich. Wisch auf.«

Die Bäuerin seufzte und holte ihr Scheuertuch. Der Bauer starrte auf den Fleck, den ihre Hände rieben. Das Kind fing an sich zu mucksen, mit schwachem, noch schläfrigem Brummen. Der Bauer sagte: »Geht das Geflöte schon los?« – »Kannst ihm das Maul nicht zubinden, bist ja auch wach.« – »Ja, wenn ich wach bin, will ich zuerst mal den Tag überdenken. Paß du mal acht, wenn's vier, fünf sind, die da herumflöten.«

Die Bäuerin ließ den Mann. Sie trat an die Wiege. Das Kind beruhigte sich noch einmal. Der Bauer starrte nicht mehr auf die feuchte Stelle am Boden, sondern in die Luft. Er begann wieder: »Jetzt hör dir doch das nur mal an.« – »Ich hör überhaupt gar nichts mehr, es ist still.« – »Das mein ich ja grad.«

XII

Johst hatte sich auf der Flucht von seinen Genossen getrennt. Er war noch einmal nach Steyr zurückgekehrt, um die Frau wiederzusehen. Er hatte sich bis zuletzt geweigert, den Rückzugsbefehl zu übermitteln. Er hatte sich festgeklammert, seine Genossen hatten ihn gewaltsam mitgenommen. Jetzt aber, wo er sich auf das Leben einließ, mußte er doch die Frau Wiedersehen.

Er hatte sie an den Fluß bestellt, weit drunten außerhalb der Stadt. Er blieb aber betroffen stehen, als er sie einige Meter weit an der bezeichnten Stelle erblickte. Ihm schien, er hätte eine andere erwartet. Er hatte sie sich blutjung vorgestellt, das Jüngste auf der Welt. Vielleicht war es nur das schwarze, von der Nachbarin entliehene Tuch, das sie älter machte, der steife, von ihren ungeschickten Händen zusammengenähte Rock. Zum erstenmal war ihre Schwangerschaft augenfällig. Sie drehte sich um und erblickte ihn. Ihre Stirn war gerunzelt. Es war ihr anzusehen, daß sie bestimmt nicht weinen würde. Er sagte: »Mußt auf das Kind recht achtgeben.« Sie sagte: »Was sonst?« – »Mußt ihm dann alles erklären.« Sie betrachtete ihn streng, als erwartete sie, daß er etwas Besseres sagen möchte. Sie sah aus wie alle Frauen. Er sagte: »Wie war es denn?« Sie errötete ein wenig, senkte die Augen und erzählte: »Sie haben uns alle aus den Häusern getrieben. Sie haben die Frauen rechts, die Männer links aufgestellt.«

»Haben sie dich geschlagen?«

»Warum sollen sie gerade mich nicht geschlagen haben? Sie haben mich auch am Haar gezogen.«

Er wollte ihr Gesicht zwischen seine Hände nehmen, er wollte sie auf den Mund küssen. Er wollte ihr solche Worte sagen, die den Bund zwischen Mann und Frau besiegeln. Er wollte ihr solche Worte sagen, die man sonst verschweigt, aus Scham oder aus Angst, die Wirklichkeit könnte sie nicht einlösen. Er tat und sagte von alledem nichts. Er drückte ihr einen zerkrumpelten Schein in die Hand. »Da, nimm!« Sie steckte den Geldschein in die Tasche. Ihr Gesicht war unbewegt. Zwischen Stirn und Strickmütze glänzte, an alte Zeiten gemahnend, ein dünner Reif ihres hellen Haares. Er zuckte mit den Schultern. »Ich muß jetzt gehen.« – »Ja, geh schnell.« Sie fügte hinzu: »Wärst besser gar nicht gekommen.« Sie gaben sich nur die Hand.

Fünftes Kapitel

I

»Jesus Maria, sie kommen, sie kommen durch den Schnee! Sie sind schon oben! Sie kommen zu uns, die Wallisch-Leute. Jesus Maria, sie kommen!«

Die Frau riß das Kind von der Brust, sie stopfte ihre Brust ins Hemd und das Kind in die Wiege. Sie stieß die Wiege, daß sie flog. Das wütende und enttäuschte Geschrei des Kindes riß ab. Man hörte das Herannahen von Menschen, Stimmen und Gestampfe. Der Bauer rief: »Mach die Läden zu! Verriegel die Tür!« Sie verriegelte die Tür. Er murmelte: »Sie sehen den Rauch.« Man hörte jetzt nur noch Stimmen. Wahrscheinlich waren alle auf dem Abhang stehengeblieben hinter der Schneewehe. Der Bauer kletterte auf den Herd, um durch das Fenster zu spähen. Er rief: »Jetzt kommen zwei.« Er sprang hinunter, die Frau sagte: »Geh in die Kammer. Ich werd mit fertig.« Der Bauer sagte: »Auf nichts laß dich ein.« Es klopfte. Der Bauer sprang hinter die Tür. Er hörte das Aufklappen der Riegel. Er hörte gleich darauf die überraschte Stimme der Frau: »Franzi! Bist denn du das, Franzi! Wie kommst denn du dazu?«

Eine junge Stimme erwiderte ruhig: »Freilich.« Hinter der Tür verstand der Bauer, daß dies durch den jüngeren Schwager seiner Frau ein Anverwandter war. Diese Familie hatte ehemals der Papierfabrik in Bruck drei Männer gestellt. Des ewigen Hinradelns müde, waren sie schließlich nach Bruck gezogen, um freilich bald darauf einer nach dem andern zum Spott des Dorfes entlassen zu werden. Sonderbar war es nicht, daß einer von diesen Burschen dabei war, und doch war es sonderbar. Die Stimme fuhr fort: »Geh, laß uns rein. Die Frau wenigstens, die laß rein. Sie ist ihrem Mann nachgefolgt. Ihr wenigstens gib Brot. Du hast doch welches. Wir werden alles bezahlen.« – »Ich habe nur noch wenig Brot. Wir sind vorm Backen.«

»Du hast ja keinen Verlust davon. Laß uns rein.«

»Ich darf das nicht ohne Mann.«

Eine zweite Stimme brach an, verzweifelt und aller Umsicht bar. »Sie können uns doch nicht alle einfach erfrieren lassen. Sie können doch nicht die Frau draußen einfach erfrieren lassen! Wo ist überhaupt Ihr Mann?«

Der Bauer trat in die Stube, er fuhr die Frau an: »Halt's Maul.« Er sah sich die Männer an, den dürren Franzi, den er durch seinen Vater erkannte, den Kleinen mit verbundenem Kopf. Er sagte: »Holt dann die Frau. Franz ging. Der andere, dessen Gesicht von dem Verband halb bedeckt war, machte eine taumelnde Bewegung. Er fiel oder setzte sich auf den Boden. Der Bauer sagte: »Was Ihr da treibt, ist verkehrt. Setzt Euch nicht so dicht ans Feuer, wenn Ihr erfroren seid.« Die Bäuerin betrachtete ihren Mann verächtlich, sie stieß und klopfte die Wiege. Die Tür wurde wieder geöffnet. Franz brachte die Frau. Sie hatte grüne Kleider an, ihre Lippen waren weiß. Sie stieß den Schnee von den Schuhen ab. Doch war der Boden schon feucht von dem Schnee, der von den Männern abgetaut war. Die Bäuerin ließ die Wiege los. Sie hörte noch, bevor sie im Stall war, das erneute Geschrei des Kindes. Dann war es wieder still, der Bauer hatte das Kind an sich genommen. Die Stube füllte sich mit Männern, die nacheinander eintraten, wobei sie, dem Beispiel der Frau folgend, zuerst den Schnee von den Schuhen abstießen. Die Bäuerin drängte sich mit der Milch zum Herd. Die Männer verhielten sich still, von der Hitze betäubt. Sie mußte sich über den Mann mit dem Verband beugen, der neben dem Herd eingeschlafen oder ohnmächtig geworden war. Das alles war viel zu sonderbar, als daß für sie daraus ein Gedanke wurde. Sie konnte nur hinstaunen. Franz faßte ihren Arm und sagte: »Du hast uns Brot versprochen.« Die Bäuerin legte zwei Brote auf den Tisch. Franz fragte nach dem Preis. Die Bäuerin suchte nach dem Gesicht ihres Mannes, der hatte es weggedreht. So erwiderte sie listig: »Was es euch wert ist.« Als sie aber gewahr wurde, wie die Männer das Brot ansahen, da bereute sie ihre Worte, denn sie hatte so etwas nicht geahnt. Es quälte sie selbst, daß sich das alte Brot gar langsam schnitt unter den Blicken der Männer. Sie ärgerte sich aber auch, daß Franz einfach einen ihrer Becher nahm und die Milch von selbst eingoß und der fremden Frau brachte. Es ärgerte sie, daß der Mann, der aus seiner Tasche für alle bezahlte und darum der Wallisch war, sie niemals anredete. War doch das Haus, in dem er sich ausruhte, ihr Eigentum. Die Frau wärmte die Hände am Becher und trank ihn mit kleinen Schlucken aus. Sie und Wallisch tauschten den Blick von Eheleuten. Alles Brot war verteilt und wurde gekaut. Wallisch sagte: »Na, Genossen, setzt euch doch, ruht euch aus.« Er blieb hinter seiner Frau stehen und war ruhig. Er ließ seinen Blick nacheinander über alle Gesichter gehen, als verteile er etwas. Er stieß auch auf das Gesicht des Bauern, das ihm in zügelloser, unbändiger Neugierde anhing. Er dachte, was dem andern offenbar noch nicht ganz klar war, daß der ihn immerhin aufgenommen hatte, der Staatsgewalt zuwider. Er fragte im Ton eines Mannes, der gewohnt ist, Menschen, auf die er stößt, für sich und seine Sache einzunehmen: »Ist's Ihr erstes Kind?« Der Bauer dachte, was dem andern offenbar noch nicht ganz klar war, daß sein Leben verwirkt war und Fragen doch nichts fruchteten. Er erwiderte kurz: »Ja, das erste.« Wallisch fragte: »Wie steht's denn drunten in Frohnleiten? Wißt Ihr was?« – »Wir wissen gar nichts.« – »Kann man über den Eisenpaß? Kommt man durch den Schnee?« – »Man kommt schon überall durch, es kommt drauf an.«

Wallisch sagte: »Also – – –« Alle erhoben sich. Der kleine Mann mit dem Kopfverband am Herd sprang auch auf seine Füße. Die Frau stellte den Becher auf den Tisch, sie bedankte sich. Die Stube leerte sich schnell. Die Bäuerin folgte auf die Schwelle, bedeutete mit der Hand die Richtung und sah ihnen nach. Dann schloß sie die Tür. Der Bauer fuhr sie an: »Riegel zu!« Er legte das Kind zurück und machte sich am Herd zu schaffen. Das wilde Geschrei des Kindes tönte unbeschwichtigt eine Zeitlang fort. Der Boden der Stube war noch feucht, trocknete aber fast sofort. Die Bäuerin nahm ihr Kind an sich; schwer wogen in der Stille das Knacken im Herd und ein bißchen Gescharre im Ziegenstall. Von den Menschen war schon nichts mehr zu hören. Auf dem Tisch stand der Becher. Man konnte jetzt nie mehr nur einfach aus ihm trinken. Obwohl sie nichts beschädigt und nichts mitgenommen hatten, wurde die Stube nicht mehr so, wie sie gewesen war.

In der frühen Nacht stand der Bauer auf, als er vom Hochanger her Schüsse hörte. Er verließ das Haus. Es kamen keine Schüsse mehr nach. Der Bauer hörte auch auf zu horchen, als hätte ihm irgend etwas die Gewißheit eingegeben, daß dies endgültig die letzten Schüsse gewesen waren. Der Abhang vor dem Haus war zerstampft, alle Spuren hatte der Nachtfrost für den kommenden Tag gehärtet. Da fiel der Blick des Bauern auf eine frische Spur, die gegen den Ziegenstall lief. Er ging ihr nach, der kleine Mann mit dem Kopfverband hatte keine Kraft mehr zu erschrecken. Der Bauer war es, der erschrak. »Sie können hier nicht bleiben.«

Der Mann erwiderte nichts. Er sah den Bauern an, als blicke er noch immer in den Schnee. Der Bauer sagte: »Sie müssen von hier weg.«

Der Mann erwiderte ohne Hoffnung und ohne Verzweiflung: »Ich kann nicht.« Der Bauer sagte: »Wenn Sie hier umkommen in meinem Ziegenstall, das wäre schlimm für mich.«

Der Mann erwiderte: »Mach mir warm.«

Der Mann sah auf den Mann hinunter, auf die weiße, fleckige Kugel seines verbundenen Kopfes. Schließlich ging er weg. In der Stube legte er zwei Ziegelsteine aufs Feuer, er riß irgendwo einen Sack heraus, dann schnitt er einen Knorzen vom Brot. Er hielt inne, weil das Brot ächzte, und schielte nach der Frau. Er brachte alles in den Stall, das Brot und die heißen, in den Sack gewickelten Ziegelsteine. Er fragte: »Wie war's denn noch?«

»Wir sind nicht bis nach Frohnleiten gekommen. Es war schon alles besetzt. Wir haben eine Schießerei mit Gendarmen gehabt. Viele sind in die Berge gegangen. Dann sind noch welche geblieben, mit denen will sich der Wallisch nach Jugoslawien durchschlagen. Ich kann nicht mehr mit.«

Der Bauer sagte: »Meine Frau darf's nicht wissen. Wärm dich jetzt auf. Du mußt fort, eh sie zum Melken kommt.«

Die Bäuerin wachte mit dem Gedanken auf, daß sie ihren Eimer mit etwas Milch im Stall gelassen hatte; den stießen die Ziegen um, wenn sie unruhig wurden. Sie lief sofort danach. Sie erblickte zuerst den Eimer, dann den Mann. Sie erschrak nicht. Der Mann gab acht, daß sie die Ziegelsteine nicht bemerkte. Die Bäuerin sagte: »Ich hol Euch Brot und eine Decke, Ihr könnt etwas Milch abhaben, morgens kommt mein Mann nie in den Stall, später müßt Ihr weg.« Der Mann schwieg ständig. Jede Stunde war Gewinn. Er begann zu ahnen, daß sich der Tod von ihm zurückzog.

II

Frau Kroytner legte den Arm um den Rücken des Mannes. Sie hatte einen Teller Gulasch gebracht und ihren Stuhl neben den seinen geschoben. Der Mann war vor einer Viertelstunde zurückgekommen. Zum zweitenmal hatte ihr Gesicht vor Freude aufgeleuchtet, zum zweitenmal legte sie ihren Kopf an seinen großen, starken Körper, wobei sie freilich seinem Blick auswich. Sie wußte nicht, wo er die letzten Tage und Nächte verbracht hatte, ob er doch noch irgendwo mitgekämpft hatte. Er hatte ihre erste Frage kurz abgewiesen.

Kroytner spießte einen Brocken Gulasch auf die Gabel. Die Frau behielt den Arm um seinen Rücken. Ihr Gesicht war etwas abgeblaßt. Kroytner steckte den Bissen in den Mund. Sofort fiel ihm ein, was er auf dem Heimweg gehört hatte. In Floridsdorf, im Schlingerhof, hatte die Heimwehr am Tage nach der Beschießung Gulaschtöpfe auffahren lassen. Viele Einwohner hatten sich nicht gescheut, davon zu essen. Kroytner legte die Gabel hin. Er blieb einen Augenblick unbewegt mit vollen Backen sitzen, er spuckte aus. Er stand plötzlich auf und nahm seine Mütze. Die Frau hing sich mit ihrem ganzen Gewicht an ihn, er schob sie weg, hinter die Tür. Sie sah ihn dann vom Fenster aus die Gasse hinuntergehen.

Kroytner sprang auf die nächste Elektrische, die an ihm vorbeifuhr. Die Plattform war voll Menschen. Ihr aufgeregtes Gerede erschien ihm null und nichtig. Er mußte ein Billett kaufen. Er suchte mit gerunzelter Stirn in seinen Taschen. Er spürte eine Schachtel Zigaretten und sein Feuerzeug und sein Taschentuch, in dem ein Knoten war (Frag den Genossen Barth nach der Durchgangsadresse für die letzte Sendung) und seine Hausschlüssel und seinen Revolver und sein Reißverschlußportemonnaie. Das letztere war ein Weihnachtsgeschenk seiner Frau. Nachdem er das Billett genommen hatte, sprang er ebenso plötzlich ab, als er aufgesprungen war. Er befand sich auf irgendeiner Ring-Seitenstraße. Es war hell und voll um ihn herum, hier gab es kaum Militär und Wachposten wie in den Außenbezirken. Hinter den Fenstern der Cafés rauchten und tranken die Menschen. Er erwischte zwei Frauengesichter, von denen eins lächelte und das andere lachte. Er erwischte einen zugespitzten Mund, der eine Zigarette anrauchte, zwei Hände, von denen eine das Streichholz anzündete, die andere das Flämmchen bewahrte. Er bekam Lust auf Zigaretten. Er blieb stehen und zündete sich eine an. Aber die beiden Hände vor seinen Augen waren vollständig sicher, und die seinen zitterten. Er trat zurück, um den Namen der Gasse zu lesen, in die er geraten war. Er dachte nach, in welchem Bezirk er war. Er sah den Plan der Stadt, den er in- und auswendig kannte, seinen eigenen, grauen, an den Faltstellen brüchigen Plan. Er dachte, daß dieser Plan seinem Zweck nie mehr dienen könnte, und jetzt verzweifelte er völlig. Wie Wind war das Vorbeiströmen der Menschen an seinem Gesicht. Er näherte sich dem Ufer. Es gab wieder viele Posten. Hier wenigstens wurde er nicht verspottet, sein Gesicht wurde nicht von grellem Licht verhöhnt, die Gasse war einig mit ihm, still und starr vor Scham. Kroytner dachte plötzlich: Wenn es irgendeinen Menschen in dieser verfluchten Stadt gab, der nicht vollkommen verzweifelt war, dann mußte der Matthias sein. Er beschloß, ihn aufzusuchen. Zwar war es unsinnig, in dessen Wohnung zu gehen; doch seine Schritte und Gedanken hatten ohnedies aufgehört, einem bestimmten Sinn zu folgen.

So fuhr er also nach Floridsdorf. Er wurde angehalten. Er ließ sich feststellen, er gab irgendeine Auskunft in der Unschuld der Verzweiflung. Er hatte gar keine Schwierigkeiten. Eine Menschenmenge drängte nach dem Schlingerhof. Heimwehr hielt die Absperrung. Er hatte sich die Zerstörung, so wild sie war, noch endgültiger vorgestellt. Er suchte sich seine Gasse. Dort wurde er wieder angehalten von einer Gruppe von vier Heimwehrlern. Sie waren als Doppelposten für die Ausgänge der Gasse gedacht, fühlten sich aber zusammen wohler. Wahrscheinlich war es der Kleine mit den Schaufelzähnen, der durch seine Witze die Gruppe zusammenhielt. Sie lachten und gaben dann kaum auf Kroytner acht.

Er stieg die Treppe hinauf. Er schöpfte etwas Hoffnung. Dann sah er, daß der Kopf des Mannes, der ihm geöffnet hatte, nicht kahl, sondern weiß glänzte. Der Alte erkannte ihn und führte ihn hinein. Auf dem Tisch standen zwei volle Teller und zwei Weingläser. Die Strumpfwirkerin saß mit übereinandergeschlagenen Beinen, eine Serviette im Brustausschnitt. Der Alte bot Kroytner etwas verlegen einen Stuhl an. Kroytner blieb stehen.

»Wir feiern sozusagen meine Entlassung. Nun aber mal grad erst recht.« Die Frau sagte: »Haben Sie schon gehört? Wie die Polizei montags im Gaswerk war, da hat sie ihm den Revolver aufgesetzt, daß er die Arbeit wiederaufnimmt. Er aber hat gesagt –« – »Mein lieber Freund, hab ich gesagt, ich bin ja über die erste Jugendblüte sowieso hinaus – –

Na, mehr wie schief könnt es nicht gehen. Setz dich doch, Genosse, und kost mal. Das nützt jetzt alles nichts.« Die Strumpfwirkerin sagte: »Wir kochen jetzt immer zusammen. Ich bin ganz ohne Anhang, und er ist sozusagen ohne Anhang.« Der Alte sagte: »Jetzt heißt's, den Karren aus dem Dreck ziehen. Na, und was sagst du zu allem?«

Kroytner verstand kein Wort von dem, was beide sagten. Er sagte: »Wo ist Matthias?«

»Der? Ich weiß noch nicht. Einer hat gesagt, er hat versucht, in die Tschechei durchzukommen. Er wird bald von sich hören lassen müssen.«

Kroytner sagte: »Er kann auch tot sein.«
»Tot? Nein. Er war nicht bei den Toten.«
»Man hat längst noch nicht alle.«
»Daß man längst noch nicht alle hat, das bedeutet doch nicht, daß er noch dabeisein muß. Man hat uns doch wirklich genug Blut abgezwackt. Er wird nicht tot sein. Man hat das noch so vom Krieg in sich. Bald wird was im Postkasten stecken. Setz dich doch.« Kroytner schüttelte den Kopf. Der Alte sah ihn jetzt erst richtig an. Er dachte, daß das doch kein richtiger Gast sei. Er forderte ihn nicht mehr auf.

Drunten auf der Gasse standen die vier Heimwehrler unter einer Laterne noch beisammen. Sie lachten noch immer und ließen ihn unbehelligt Vorbeigehen. Kroytner spürte im Nacken ihr Lachen, als ob man ihm Wasser in den Kragen spritzte. Sein Gesicht verzog sich vor Wut. Es ging ihm durch den Kopf, ob der Kleine still gelacht oder nur durch seine Schaufelzähne lachend ausgesehen hatte. Er blieb plötzlich stehen und drehte sich um. Sie lachten noch immer. Er ging zwei Schritte zurück, auf sie zu. Sie blickten ihm entgegen, frech in sein Gesicht hinein. Er sah sie drohend an. Sie lachten aber weiter. Kroytner zog seinen Revolver und schoß. Der Kleine hatte wirklich gelacht, denn jetzt lachte er nicht mehr, trotz seiner Zähne. Kroytner spürte, unendlich erleichtert, wie sich der Feind über ihn warf. Endlich, glaubte er, zerkrachte die Erde, als sein Schädel zerkrachte.

III

Nuß trat vor die Reihe und sagte: »Ich.« Er sah genau, doch ohne den Ausdruck von Überraschung und Neugierde darin zu begreifen, in das Gesicht seines Vorgesetzten, der eben zur freiwilligen Meldung aufgefordert hatte. Er begriff nicht, und ihn kümmerte nicht der Ausdruck in den Gesichtern seiner Kameraden.

Später, als er oben sein Lederzeug, Stiefel und Gürtel, blankscheuerte, wurde er gefragt: »Kriegst du Geld dafür?« – »Kaum.« Er dachte, die glaubten wohl, das Leben läge so einfach, daß man immer für alles sofort bar einkassieren könnte.

»Ja, warum machst's denn da, es ist doch mißlich?«

»Freilich ist's mißlich. Einer muß es doch machen.«

Der, der über ihm schlief, schüttelte sich vor Lachen, als hätte Nuß etwas Komisches gesagt. Schließlich platzte er heraus: »Ja, kannst du's denn?« – »Was ist denn da dran groß zu können?«

»Nuß«, sagte der Mann, mit den Augen weiterlachend: »Seine Frau war dick, er hat sie durchaus noch mal sehen wollen.«

»Ich hätt, wenn ich in solche Dinge mich verwickelt hätt, meiner Frau kein Kind mehr gemacht. Oder wenn ich ihr schon noch eins gemacht hätt, dann hätt ich mich nicht in solche Dinge verwickelt. Warum lachst du?«

Sie standen sich beinah feindlich in der Gefängniszelle gegenüber. Schon war die Erde zwischen ihnen gesprungen, in einem feinen, fast unsichtbaren, aber unendlich tiefen Sprung. Jetzt sah Martha wirklich jung aus. Johst sagte: »Setz die Mütze ab.« Er befühlte ihr Haar. Er nahm ihr Gesicht in seine Hände und küßte sie auf den Mund. Ihn gereute, daß er sein Leben aufs Spiel gesetzt hatte, um die Frau wiederzusehen, ihn gereute seine sinnlose Verzweiflung, die voreilige Preisgabe seines Lebens. Er sagte: »Ich bitt dich, geh.« Die ihnen gewährte Frist war noch nicht ganz abgelaufen.

Einerseits hatte Nuß selbst im geheimen befürchtet, daß er mit der Sache nicht ganz zurecht käme. Andrerseits wußte er, daß ihm alle Handgriffe eingingen, sobald er das Werkzeug zwischen seinen Fingern hatte. Er prüfte den Strick mit genauen Blicken und mit den Fingerspitzen. Er spürte an der Rückfläche seiner Hand Johsts rauhe, unrasierte Backe. Er kannte diesen Mann. Er wußte, wo und wann er ihm begegnet war. Nicht unbekannt waren ihm die wichtigsten Punkte dieses Lebens, das eben zwischen seinen Fingern mit einer Hanfschnur ablief.

Johst erkannte Nuß nicht. Er erinnerte sich seiner nicht mehr, die wichtigsten Punkte waren längst verblaßt und ihm entfallen. Die eben angebrochene Minute war ebenso bedeutsam wie das abgelaufene Leben. Sie hatte unermeßliche Folgen, sie war allen Augen sichtbar.

Angesichts der sonnengescheckten Mauer und der brüchigen Wintererde richtete er seine ganze Kraft darauf, aufrecht zu sterben.

Montag morgen, als der Tischlermeister Aloys Fischer, nachdem er seinen Kaffee getrunken und seine Semmeln gegessen hatte, aus der Wohnung in die Werkstatt hinüberging, da stieß er im Hofe auf den Nuß, der, von einem Fuß auf den andern tretend, das Aufschließen der Werkstatt erwartete. Das Blut schoß dem Aloys Fischer ins Gesicht. Es schwoll an. Er starrte auf die Hand, die Nuß ihm hinhielt. Mit gekrümmten Ellenbogen und ausgestreckter Hand und abgespreiztem Daumen wartete Nuß in großer Verwunderung. Plötzlich rief Aloys Fischer laut nach seinen Söhnen. »Kasper! Joseph!«

Kasper Fischer kam sofort angesprungen. »Wo brennt's denn?« Er erblickte Nuß, flüsterte seinem Vater etwas zu. Fischer schloß auf, sie traten ein, Vater und Sohn. Nuß folgte. Kasper Fischer drehte sich um und sagte: »Hauen Sie ab, Nuß. Wir brauchen Sie nicht mehr.« Nuß steckte jetzt erst die Hand in die Tasche und erwiderte: »Sie sind ja nicht der Meister.« Kasper Fischer stieß seinen Vater an, der sagte: »Schauens, Nuß, gehens. Ich hab für Sie jetzt doch keine Verwendung mehr. Wir sind ja auch soweit fertig.«

Nuß sah dem Aloys Fischer schräg ins Gesicht. Er murmelte: »Mit mir fährt niemand schlecht.«

Der alte Fischer sagte: »Schauens, Herr Nuß, es grault uns halt vor Ihnen. Da kann man nichts dagegen machen.«

Kasper Fischer rief: »Raus jetzt.«

Aber Nuß ging zuerst an beiden vorbei, quer durch die ganze Werkstatt. Er nahm erst seinen Kittel ab, der noch am Nagel hing, dann ging er. Im Hof stieß er mit Joseph Fischer zusammen, der träge nachgekommen war. Joseph Fischer starrte ihn ebenso bestürzt an wie sein Vater.

Nuß war noch nicht auf der Straße, als er schon im Rücken das Knirschen der Säge hörte. Sein Herz wand sich. Er lief die Gasse hinunter, er lief den Fluß entlang. Er fror und nestelte an seinem Halskragen. Doch blieb er mitten auf der Brücke im scharfen Winde stehen. Er beugte sich über das Geländer. Das rasche, weißgescheckte Wasser hatte schon etwas von der Zügellosigkeit des Frühjahrs. Er starrte genau hinein, ohne eines festen Punktes habhaft zu werden. Er drehte sich um sich selbst. Er betrachtete die Ufer, den Kamm der Ennsleiten, die Schornsteine der Steyrwerke. Auf einmal veränderte sich sein Gesicht, als hätte er endlich den Fehler entdeckt, der bei der Erschaffung all dieser Dinge mit unterlaufen war. Er ging schnell weiter. »Ich hätt ihm anders kommen sollen. Ich hätt ihm sagen sollen: Hättens lieber selbst gebaumelt? Hättens lieber die Kirchen gesperrt und die Glocken abmontiert? Davor soll's Ihnen graulen.«

Er stieg die Treppe hinauf. Er grüßte die Wachtposten, die an den Aufgängen der Ennsleiten standen. Der Anblick dieser Posten beruhigte ihn. Er bog auf seinen Heimweg ab. Eine alte Frau kam ihm entgegen, in der einen Hand eine Blechkanne, an der anderen ihr Enkelkind. Sie blieb mit einem Ruck stehen, starrte ihn an und knurrte. Er ging schneller. Gestern abend hatte ihm eins seiner Kinder etwas, in Zeitungspapier gewickelt, heimgebracht, ein Stück Strick. »Gib's deinem Vater.« Heut morgen war an seine Türklinke ein Stück Strick geknüpft gewesen. Sein Verstand sagte ihm, daß er in dieser Stadt nicht mehr länger bleiben konnte. Zuerst waren ihm die zweihundert Schilling viel erschienen, die er für sein Werk erhalten hatte. Sie waren aber nur eine dünne Wand gegen Hunger. Ein Anfall von Angst schüttelte ihn. Er zögerte bei der letzten Biegung. Er war erleichtert, weil der dorfgassenähnliche Weg zwischen den lockeren Häuserreihen hinter dem Hügel leer war. Seine Frau war vergrämt und verschüchtert. Sie war klein und mausartig. Als Nuß seine Entlassung ansagte, weinte sie laut heraus. Nuß brütete vor sich hin, manchmal fuhr er die Frau an. Sein Brüten ging in Nachdenken über. Es war ihm nichts Ungenaues unterlaufen, es mußte letzten Endes aufgehen. Er tauschte seine Jacke mit dem guten Rock, die Mütze mit dem Hut. Er machte sich fertig, um eine Amtsperson aufzusuchen.

Nach einer Stunde kam er wieder. Er war ganz vergnügt. Er sagte: »Alles in Ordnung.« Die Frau betrachtete ihn ängstlich. Er hatte der Amtsperson ihre Pflicht klargemacht, ihn und die Seinen in einer anderen Stadt unterzubringen, da sie hier Verfolgungen ausgesetzt wären. Die Frau weinte weiter. Sie war hier geboren, sie ging nicht gern von hier weg. Nuß tröstete sie, er bekäme dort einen Arbeitsplatz, keine Aushilfestelle, sondern feste Arbeit. Er bekäme eine ordentliche Wohnung. Er bekäme auch den Umzug gut bezahlt.

»Ich werde von hier nie Weggehen.« Martha stand plötzlich auf. Sie hatte eine halbe Stunde lang die beiden fremden Frauen angehört. Die standen in Hüten vor ihr, mit ledernen Handtaschen und mit Einkaufsnetzen, in denen weiße Päckchen waren. Im Sitzen war Martha klein und grau gewesen, im Stehen war sie ziemlich groß. Sie war fast zu aufrecht. Sie atmete schwer. Die beiden Frauen warteten etwas, dann fing die jüngere – sie war die Frau eines Gendarmerieoffiziers, die ältere war eine Arztfrau – von neuem an: »Sie tun Ihrem Kind nichts Gutes. Sie wären in einem solchen Heim gut aufgehoben. Für Ihr Kind wird gesorgt, Sie brauchten sich dort um nichts zu kümmern.« Die Ältere fiel ein, sie redeten wieder minutenlang. Die Ältere trug einen schwarzen Hut und einen schwarzen Mantel. Sie hatte ein sauberes, faltenloses Gesicht, schmale, sparsame Lippen. Die Jüngere, die auch die kleinere war, hatte unter ihrem runden Hut eine Locke herausgezogen. Sie war hübsch und nett gekleidet. Plötzlich brachen beide ab, sie starrten Martha an. Marthas eben noch graues Gesicht war hell geworden, in der schwachen, doch durchdringenden Helligkeit, die die Gesichter der Toten und Schwangeren manchmal auf Augenblicke verdeutlicht, nachdem das gewöhnliche Licht zu nichts führte. Sie redeten aber sofort weiter, als Martha ihr Gesicht wegdrehte. Martha sah über den Tisch, auf den die zwei fremden Frauen ein Charitas-Heftchen und ein paar weiße Päckchen gelegt hatten, zwischen zwei schmutzige Teller, ein Brotmesser, einen Brotknorzen, ein Marmeladetöpfchen und ein Häuflein Kartoffelschalen. Martha trennte gedankenlos mit ihren beiden Handrücken die Dinge, die ihr gehörten und die dazugekommen waren. Sie sagte über den Tisch weg: »Nein, ich bleibe.«

Die Frauen redeten weiter, die Jüngere etwas schnippisch, die Ältere geduldig: »Sie werden sich hier nicht halten können. Sie werden die Miete nicht aufbringen. Dort wird für Sie bezahlt werden.«

Martha drehte ihr Gesicht um. Die beiden Frauen verstummten. Martha sagte leise: »Ich werde mein Kind hier in dieser Wohnung bekommen. Ich werde es hier auf diesem Bett bekommen.« Sie streifte die Frauen und öffnete die Tür zum Zimmer. Die Frauen blickten hinein. Sie erblickten ein großes Bett aus Holz, ziemlich unordentlich gemacht, mit zwei Kissen, deren Zipfel nicht richtig steifgezogen, mit einer Flanelldecke, die nicht ganz glattgestrichen war. Über dem Kopfende des Bettes hingen an einem Haken eine Jacke und eine Männermütze. Die beiden Frauen gerieten in Bestürzung. Sie sagten nichts, sie halfen nicht einmal nach, als Martha ihnen ihre Sachen in die Netze zurückstopfte. Martha lächelte mit den äußersten Mundwinkeln in ihrem finsteren, plötzlich schwarzgrau gewordenen Gesicht.

Tags drauf kam ein fremdes Mädchen, ohne Hut, in einem Lodenmantel. Sie sagte, sie sei Krankenschwester gewesen. Sie verstünde sich auf Pflege und auf alles. Sie wollte Martha helfen. Sie sei wegen ihrer Gesinnung aus dem Krankenhaus entlassen worden. Martha fragte, wegen was für Gesinnung. Sie betrachtete sie müd und flüchtig verwundert.

Das Mädchen sagte, wegen nationaler. Sie struppte schnell ihre wollenen Handschuhe übereinander und warf sie auf den Tisch. Sie griff das Küchenmesser und fing an, Kartoffeln zu schälen. Martha wollte das Tun des fremden Mädchens abwehren, brauchte aber ihre Kraft, um sich aufrecht zu halten. Sie blickte erstaunt auf die fremden Finger, dünn wie die ihren und an den Spitzen abgeschabt. Sie dachte: Wer hat denn dich geschickt? Sie blickte halb in das Gesicht des Mädchens, ordentlich, bräunlich, halb aufs Kartoffelschälen. Es sagte: »Setzen Sie sich doch, oder legen Sie sich einfach. Ich hab Zeit.« Es blickte vor sich hin, als ob es erraten hätte, daß Martha es nicht liebte, wenn man ihr grundlos mitten ins Gesicht sah. Es fuhr fort: »Was Ihnen widerfahren ist, wär bei uns unmöglich. In Deutschland, sehen Sie –« Martha hörte schweigend zu, schwindlig vor Müdigkeit. Sie stützte sich auf den Küchentisch. »Setzen Sie sich doch.« Das Mädchen lief mit dem Topf voll Kartoffelschalen um den Tisch herum und schüttete sie in den Mülleimer. Vielleicht weil es allzu flink die ganze Küche mit sich selbst ausfüllte – Martha nahm die ineinandergestruppten Handschuhe von ihrem Tisch weg. Sie wartete plötzlich darauf, was dieses Mädchen jetzt noch tun oder sagen möchte. Das Mädchen nahm ohne weiteres den Besen und kehrte um den Herd herum zusammen. »Setzen Sie sich doch. Ich will Ihnen morgen auch Wäsche bringen.« Martha sagte: »Mir wird schon alles gebracht.« Sie dachte: Jetzt wird sie gleich ihren Mantel ausziehen. Sie sagte noch leiser: »Hier oben hilft eins dem anderen.« Sie hielt ihr die Handschuhe hin. Das Mädchen sah ihr schnell mitten ins Gesicht. Schnell schossen unter Marthas Lidern die Blicke hervor, ins Gesicht der anderen. Die begriff plötzlich, daß sich Martha nicht eher niedersetzen konnte, ehe sie selbst fortgegangen war.

IV

An einem Werktagmorgen begleitete Fritz die alte Frau Bäranger auf den Krematoriumsfriedhof. Sie hatten Veilchen gekauft und eine Topfpflanze. Frau Bäranger war krank gewesen und ging zum erstenmal zum Grab. Fritz wohnte jetzt bei ihr, im Einverständnis mit seiner eigenen Familie, zur Befriedigung des ganzen Hauses. Fritz kam regelmäßig mit seinen Genossen zusammen, aber er beteiligte sich wenig an ihren Gesprächen. Schnelles Denken gehörte nicht zu seinen Vorzügen. Manchmal sah es aus, als sei er einfach wieder zurückgefallen in ein bloß kindisches, meinungsloses Aufmerken. Er schwieg beharrlich, wenn seine Genossen heftig diskutierten über die Spaltung der Partei oder ihren Neuaufbau oder ihre Auflösung, über den Anschluß an die Dritte Internationale oder eine Zwischenform.

Frau Bäranger weinte nicht, fürchtete sich aber im geheimen, daß sie weinen müßte. Ihr Sohn hatte sich immer geärgert, wenn sie leicht geweint hatte. Auf der langen Fahrt hatte sie oft gedacht, daß wahrscheinlich alle Fahrgäste und der Schaffner Fritz für ihren eigenen Sohn hielten. Fritz war still. Seine Beklommenheit wuchs, als sie sich der glatten, gezinnten Mauer näherten, die dem Friedhof ein burgähnliches Aussehen gab.

Fritz fragte den Friedhofsaufseher nach den Februargräbern. Der Aufseher zuckte mit den Achseln. Er machte eine Bewegung mit den Augenbrauen. Ein kleiner, schwarzgekleideter Herr mit steifem Hut hatte sich ihnen zugesellt. Fritz zog Frau Bäranger fort. Der kleine, schwarze Herr folgte ihnen. Sie liefen auf schmalen Wegen umher zwischen zahllosen Gräbern. Beide wurden immer beklommener. Sie waren ganz benommen von dem Frieden, von einem vorzeitigen Frühling. Sie hörten Vögel. Auf manchen Gräbern lagen solche Veilchen, wie sie Frau Bäranger in der Hand trug. Da schien es fast, als sei Friede der Lohn jedweden Lebens, und Ruhe das Ende, und Sterben belanglos. Der kleine, schwarze Mann folgte ihnen auf zehn Schritte. Sie fragten einen Gärtner nach den Gräbern. Der Gärtner zuckte die Achseln. Sie suchten eine halbe Stunde.

Sie kamen an ein unbenutztes Erdstück. Sie erblickten einen großen Haufen aus einem Abfall von welken Kränzen, Schleifen und Sträußen. Hinter dem Haufen lagen wie Teppiche ein paar lockere Grasmatten. Fritz sah sich um. Der kleine, schwarze Mann war zehn Schritte entfernt stehengeblieben. Er hatte die Arme auf der Brust verschränkt wie einer, der fest steht. Offenbar waren sie angelangt. Fritz sah sich genauer um. Er entdeckte auf dem Gras ein paar Holztäfelchen wie für Pflanzennamen. Er las die vier Namen der Familie Eberle, Mann, Frau und zwei Kinder. Sie waren im ersten Stock ihrer Hofwohnung durch Ekrasit zerstückelt worden. Sie standen auf ihrem Blumenschild untereinander, als seien sie alle am selben Tag einer Grippeepidemie erlegen nach Gottes unerforschlichem Ratschluß. Frau Bäranger kauerte sich hin. Sie hatte Rudolfs Namen entdeckt. Sie zerrte aufgebracht an dem losen Rasenstreifen und legte ihre Blumen hin. Sie wühlte ein Loch für die Topfpflanze. Der kleine, schwarze Herr betrachtete alles mit verschränkten Armen.

Sie gingen bald weg. Sie verließen den Friedhof auf dem Weg, der an der Innenseite der Mauer entlangführte. Fritz stutzte plötzlich, er verlangsamte seinen Schritt. Er blieb stehen und faßte Frau Bäranger am Arm. Frau Bäranger folgte seinem Blick. Längs der Mauer standen in ihren tiefen Nischen und auf hohen Sockeln die Grabdenkmäler der Ehrentoten. Manche hatten ihre Büsten – ihre Züge waren prall von Stolz und Erkenntnis, frei von allen Zweifeln und kläglichen Ängsten, die vielleicht zwischendurch auch ihre Stirnen gerunzelt, ihre Mundwinkel gekrümmt, ihre Wangen erschlafft hatten. Auf dem Höhepunkt ihres Lebens schienen sie zu Stein erstarrt. Andere hatten schwärzliche oder rötlich geäderte Grabsteine. Ihre Namen und Daten waren mit Gold eingraviert, unverwesbar, für alle Nachfahren. Fritz packte Frau Bäranger am Arm und schüttelte sie ein wenig. »Lies!« So hatte auch ihr Sohn sie geschüttelt, als sei sie seine Tochter.

Frau Bäranger trat etwas zurück. Sie las die Namen der sozialdemokratischen Bürgermeister von Wien und der großen Führer der Partei. Viele kannte sie seit Jahren durch ihren Sohn und durch ihren verstorbenen Mann. Fritz kannte alle. Sie waren ihm eingeprägt worden.

Der kleine, schwarze Herr war wieder zehn Schritte von ihnen entfernt stehengeblieben. Er hatte die Arme auf der Brust verschränkt und beobachtete beide genau. Plötzlich zog Fritz Frau Bäranger am Arm und sagte: »Schnell, schnell.« Der kleine Herr folgte ihnen hastig.

V

Sie lagen zu viert in einer Einzelzelle des Grazer Polizeigefängnisses: Willaschek, ein Schutzbündler aus dem Konsumgebäude, zwei Nazis, die man Ende Februar verhaftet hatte. Alle litten unter dem Gestank und der Enge. Willaschek aber wußte, wenn einer von den vieren zuviel war, dann war er es. Die drei dachten: Willaschek ist's, der zuviel ist. Willaschek hörte ihren tagelangen Gesprächen mit halber Verwunderung zu. Er kaute an seinen Fingern. Er wußte, daß ihn der Schutzbündler zu verachten anfing, weil er immer nur schwieg. Auch die beiden anderen verachteten ihn, weil sie heraussspürten, daß ihn sein eigener Genosse nicht für voll nahm. In sich zusammengeduckt, an den Nägeln beißend, den Kopf auf den Knien, hörte Willaschek zu oder versuchte zuzuhören. Seine Gedanken waren verschüttet, sie konnten sich nicht hinauswinden.

Einer der beiden Nazis war jung und arbeitslos. Sein heller Hinterkopf erinnerte Willaschek an den jungen Holzer. Der andere, ein Chauffeur, war vierzigjährig. Er hatte Sprengstoff an seine Leute verschoben. Er hatte daheim Familie, machte sich aber nichts daraus, sondern pfiff immer. Er sagte zu dem Schutzbündler: »Hör mal, Kamerad, du bist mir ein Rätsel. Grad, was dir not tut, das willst du nicht, grad was du brauchst.« Der junge Nazi sagte: »Du sagst doch selbst, daß ihr das ganze Gelump satt seid, diese Esel zwischen Heu- und Strohbündel. Solche Kerle wie ihr, die brauchen doch einen ebensolchen Kerl für vornhin. So viel Kraft und Saft, wie ihr reingesteckt habt, wenn da ein Führer gewesen wär und kein Affenschwanz, der hätt erst was Wirkliches draus gemacht.« Willaschek sagte plötzlich, seine Stimme war so unbenutzt, daß sie knarrte: »Warum habt ihr denn damals nicht gezeigt, was alles aus einer Sache werden kann, wenn ihr sie mit anpackt?« Seine Stimme wurde heiser, er runzelte die Stirn unter ihren erstaunten Blicken. »Ihr habt ruhig zugesehen. Es ist euch ein Dreck angegangen.« Seine Stimme riß. Alle wandten wieder ihre Gesichter von Willaschek ab. Der Schutzbündler rief: »Ja, die Alpine Montan, die hat wie eine Barriere überm Land gelegen vor dem Aufruhr.« Der Chauffeur lachte. »Weil die ganz genau wußten, daß so rum doch nichts rausspringt.« Der Schutzbündler rief: »Dort sitzen doch noch dieselben oben drauf, die vor drei Jahren den Pfriemer-Putsch bezahlt haben. Damals haben sie die Heimwehren aus ihrer Tasche bezahlt, jetzt bezahlen sie euch. Die haben doch jetzt nicht ihre Herzen für euch entdeckt. Die wissen, wofür sie euch zahlen.«

Er warf einen schnellen Blick auf Willaschek, der aber fing ihn nicht mehr auf. Er hatte schon wieder das Gesicht mit den Händen bedeckt.

Einmal, beim Lüften, stieß der Märzwind durch das kleine Zellenfenster ein paar wäßrige Schneeflocken; sie vergingen schon, als Willaschek sie erblickte. Eine unklare Angst erfaßte ihn, die mit den vorsichtigen Andeutungen seines Verteidigers zusammenhing, worüber er sonst nicht nachdachte.

Einer der Nazis sagte: »Hat Hitler einen Schuß Pulver gebraucht?« Der Schutzbündler sagte: »Verlaß dich darauf, er hätt sich bei uns schon ein paar Eckzähne ausgebissen.«

Willascheks Unruhe wuchs. Es war ihm zumute, als ob er mit alledem nichts mehr zu tun hatte. Ohne ihn würden die drei in der Zelle sich streiten, ohne ihn würden künftig die Dinge ihren Lauf nehmen. Alles trachtete danach, ihn, Willaschek, endgültig auszuschließen. Aber was war denn geschehen? Was hatte er denn getan? Wem hatte es was genützt? Er seufzte.

Man hörte Schritte auf dem Gang. Die Tür wurde aufgeschlossen. Der Aufseher rief: »Willaschek!«

Willaschek hoffte von neuem, einer von Gruschnicks Söhnen möchte ihm Zigaretten bringen. Lucie hatte vielleicht ein Buchweizenküchlein gebacken. Der alte Gruschnick könnte vielleicht nach seinem Ergehen fragen. Sein Anblick würde genügen, um Willascheks Zunge zu lösen; er würde sich auf Gruschnicks unsicheren Gruß durch Frechheiten erleichtern.

Es war aber nur sein vom Gericht bestellter Verteidiger, Dr. Anton Groppner. Er gab Willaschek etwas übertrieben freundlich die Hand. Ein kleiner Schnurrbart sollte sein schmales Gesicht älter machen, saß aber drauf wie angeflogen. Er sagte: »Also, Willaschek, die Verhandlung wird wohl auf Mitte April endgültig angesetzt werden.« Er wartete einen Augenblick. Willaschek, der das spürte, sagte schließlich: »Einmal muß sie ja stattfinden.«

»Ihr habt sogar Glück, Kinder, kann ich Ihnen im Vertrauen sagen.«

Willaschek sah ihn erstaunt an. Er sagte rasch: »Glück?«

»Ja. Unter den Geschworenen sind vielleicht drei Viertel Nationalgesinnte. Verstehens, Willaschek? Ich muß mich von Berufs wegen vorsichtig ausdrücken, Sie verstehen mich doch?«

»Weil's Nazis sind, die Geschworenen, das soll gut für mich sein?«

»Freilich ist's gut, wenn Menschen über euch urteilen, die antiklerikal sind, die Herz für euch haben und ein Gefühl für Volksgemeinschaft, und die nicht Urteile haben wollen, die alles noch mehr aufreißen, und die Volksgenossen in euch sehen.«

Je eifriger Groppner sprach, desto jünger sah er aus. Willaschek hatte den Kopf auf den Tisch gelegt und schleifte die

Nägel an den Zähnen. Groppner sagte ruhig, aber in ganz verändertem Ton: »Setzen Sie sich jetzt so hin, Willaschek, daß wir einander ansehen können. So, hören Sie mich jetzt an: Sie müssen sich ganz genau merken, was ich Ihnen jetzt sage; das ist für Sie außerordentlich wichtig. Gebens mal ganz genau acht –« Er stutzte, weil er sich Willascheks plötzlich aufglänzenden Blick nicht deuten konnte. Er fuhr fort: »Nachdem man euch im Konsumgebäude eine Ansprache gehalten hat, die Arbeiterschaft in Wien hätte die Macht ergriffen, ganz Österreich kämpfe auf den Barrikaden –« Er stutzte wieder, weil jetzt Willaschek wirklich sonderbar aussah, bleich, die Lippen von den Zähnen, »– jetzt hieße es, Siegen oder Sterben, da sind Sie mit Ihren drei Genossen die Burgmayerstraße entlanggekommen, wie Sie ja auch zu Protokoll gegeben haben.«

Willaschek rief: »Nein, das habe ich nie zu Protokoll gegeben!«

»Lieber Willaschek, Sie haben Ihren Namen druntergesetzt.«

Willaschek rief: »Glaubens mir doch, Herr Doktor, ich hab's nicht zu Protokoll gegeben, der alte Weber, der hat's auf der Polizeiwache gesagt. Mich habens später bloß gefragt, ob's so war.«

»Lieber Willaschek, geschehen ist geschehen. Wenn es Ihnen nachher vor Ihren Freunden 'n bißchen unangenehm ist – mir als Ihrem Verteidiger muß es angenehm sein und ist es auch angenehm.«

Willaschek rief: »Nein, Herr Doktor Groppner. Sie müssen draußen sagen, ich hab's nicht zu Protokoll gegeben.«

»Hören Sie mir doch endlich zu, Willaschek, Sie scheinen noch immer nicht zu verstehen, was für Sie auf dem Spiel steht.« Willaschek zupfte mit den Fingern an seiner Lippe, seine Aufmerksamkeit schien wieder erloschen. »Sie haben einen Mann totgeschossen.«

Willaschek machte: »Ach.« Sein Blick glänzte auf, er zog die Brauen hoch. Groppner unterdrückte seinen Widerwillen. Er fuhr fort: »Das kann auf schweren Aufruhr gehen, es kann auch auf Mord gehen.«

Willaschek ließ die Brauen fallen, er sagte: »Damals sind viele totgeschossen worden.«

Groppner sagte schnell, wobei sich der heftige Widerwille gegen den ihm vom Gericht aufgezwungenen Klienten zum erstenmal auch in seinem Gesicht spiegelte: »Ja, aber immerhin. Der Mann, den Sie totgeschossen haben, Willaschek, hat auf dem Boden gelegen, Sie haben ihn doch nicht im offenen Kampf getötet.«

Willaschek sagte: »Stanek ist wohl im offenen Kampf gehängt worden?« Sie beugten sich gegeneinander über den Tisch in nacktem Haß. Ihre Stirnen berührten sich fast. Groppner faßte sich zuerst.

»Ich bin ja nicht dafür, daß man Volksgenossen aufhängt. Immerhin kann man sagen, daß vorher manches geschehen ist, wodurch es soweit gekommen ist.« Willaschek sagte: »Auch bei uns war manches vorher geschehen.«

Groppner zuckte die Achseln. »Das bringt uns alles nicht weiter. Leider haben die Schießsachverständigen übereinstimmend ausgesagt, daß es unmöglich ist, daß der Mann den tödlichen Schuß im Stehen bekommen hat und erst nachher zusammengeklappt wär. So kann man die Verteidigung also nicht aufbauen. Der Mann hat aber noch anlegen können. Und Sie haben Angst gehabt, verstehen Sie?«

Willaschek zuckte die Achseln. Er murmelte etwas und wandte sich ab. »Ja, ja.«

»Also, dann, Willaschek, wenn Sie mich verstehen, dann folgen Sie genau meiner Verteidigung. Halten *Sie* aber den Mund, lassen Sie auf jeden Fall den Mut nicht sinken, was auch bei der Verhandlung herausspringt, man kann immer noch Berufung einlegen.«

Groppner stand auf und klingelte. Der Aufseher trat ein, um Willaschek abzuholen. Willaschek erhob sich langsam, der Verteidiger gab ihm die Hand. Willaschek sah ihm nicht mehr ins Gesicht.

In der Zelle fragten sie ihn: »Wie war's?« Willaschek zuckte die Achseln, er sagte endlich: »Die Verhandlung ist Mitte April.« Die drei anderen hatten schon fertig gegessen, in seinem Teller hatte die Suppe eine Haut bekommen. Er aß schnell.

Später, als sie sich niedergelegt hatten, stand der Chauffeur auf und setzte sich zu dem Schutzbündler. Willaschek hörte sie flüstern, wobei er sie weder verstand noch den Wunsch fühlte, sie zu verstehen. Der Chauffeur sagte etwas lauter: »Was wir brauchen, das ist die Faust, die dem Dollfuß die Gurgel zudrückt.« Der andere sagte: »Dadurch wird uns nicht mehr Luft.« Der Chauffeur pfiff. Willaschek ging das Gepfeife durch und durch. Er wäre den Mann gern angesprungen. Aber er war zu müde. Er krümmte sich nur zusammen. Seine Gedanken liefen drei-, viermal in einem Kreisrund von Gruschnick zu Mittelexer, von Mittelexer zu seinem Vater, von seinem Vater zu Holzers, als hoffe er, einer dieser Menschen könnte bei dem bloßen Gedanken feste Gestalt annehmen. Sie blieben aber alle mehr oder weniger dunkel und nicht einmal im Traum gewillt, für ihn zu bürgen.

Er hörte seinen Namen in der Dunkelheit nennen von diesen beiden, die ihn schlafend glaubten.

»Dem Willaschek kann's bös gehen.«

»O ja, es kann ihm bös gehen.«

»Er ist aber auch in eine heikle Sache verwickelt. Er ist aber auch einer, den man nicht grad am liebsten zum Genossen hätt.«

»Erstens weißt du ja gar nicht, wie's wirklich gewesen ist, und zweitens sind in jeder Bewegung welche, die man nicht durch und durch kennt.«

Willaschek wollte auffahren, er wollte etwas sagen, aber die Dunkelheit war wie ein Sack über seinen Kopf gestülpt.

VI

»Das hat schwergehalten, dich zu treffen«, sagte Aigners Schwager.

»Es war der letztmögliche Tag. Ich fahr morgen nach Wien.« Ihre Blicke hakten sich einen Augenblick ganz fest ineinander und ließen sich wieder. Sie hätten beide Unmögliches unternommen, um sich noch einmal wiederzusehen.

»Weißt, daß ich schon mal außer Land war, Aigner? Ich war in der Tschechoslowakei und bin noch mal zurück. Jetzt geh ich aber für weit und für endgültig. Postl hat mir die Verbindung mit dir hergestellt. Freust dich, daß du nach Wien kommst?«

»Ja. Ich freu mich, daß ich dort gebraucht werde. Hier ist für mich ja kein Bleiben mehr. Ich müßte über kurz oder lang hochgehen.«

Sie saßen in einem kleinen Geräteschuppen auf einem Anwesen weit draußen vor der Stadt. Sie blickten über frisch gerechte Gartenerde auf die weiße Häuserwand. Eine Frau stand auf der Leiter und strich ihre Fensterläden grün zum Frühjahr. Aigner riß den Blick ab. Niemals würde er diese Läden fertiggestrichen sehen.

Sein Schwager sagte: »Hat dir Postl schon gesagt, daß ich nach Rußland fahre?«

»Was, du?«

»Hättst wohl nicht geglaubt, daß ich von uns beiden als erster fahre?«

Der Schwager wechselte plötzlich den Ton, als wollte er endgültig von dem beginnen, was ihn hergeführt hatte. »Damals, Dienstag abend, als wir am Ufer in der Mulde lagen, da hab ich dir im Herzen abgebeten. Ich hab mir gedacht, sieh mal an, er, Aigner, hat doch recht gehabt. Unnötig waren die Zerwürfnisse und Leiden –

Am nächsten Morgen aber – irgendwo war ich versteckt, wir hatten am Radio gedreht, wir hatten den Moskauer Sender eingeschaltet – ›Kein Verbrechen, kein Betrug, keine Feigheit, kein Verrat war euern Führern zu groß –‹ Ich hätt den ganzen Kasten kaputtgeschlagen, wenn ich damit auch der Stimme die Zähne eingeschlagen hätt.«

»War's falsch?«

»Hör mal, Aigner, wenn ich ein Leben lang verheiratet war, und jemand kommt daher und zeigt mir plötzlich, daß meine ganze Ehe ein Dreck war, dann möcht ich ihm mal vor allen Dingen die Zähne einschlagen, auch wenn er recht hat.

Aber hör mal weiter, Aigner. Damals hab ich keine Verbindung mit dir gesucht. Ich hätt es einfach gar nicht aushalten können, mit dir darüber zu sprechen. Ich bin in die Tschechoslowakei hinübergefahren zu meinen alten Leuten. Ich hab zur Klarheit kommen wollen. Sei still, ich hab selbst alles gehört und gelesen. Ich hab gelesen, daß wir an all dem Unglück selbst schuld sind, weil wir durchaus kämpfen wollten. Ich hab gelesen, wir hätten nur unsere Führer weiterwursteln lassen sollen, dann wären wir vielleicht noch heute alle gesund und lebendig. Unsere Schuld war's, wenn gekämpft wurde. Unsere Schuld war's, wo nicht gekämpft wurde. Da hab ich noch mal mit dir in der Mulde am Fluß gelegen, abends allein, und hab dir nochmals abgebeten. Wart, sag noch nichts. So einfach, wie du vielleicht meinst, ist es doch wieder nicht.

Wie man sich dann getrennt hat in ›Revolutionäre Sozialisten‹ und in ›Rote Front‹, da bin ich nicht bei denen geblieben, die an Brünn festhalten; ich bin zur Roten Front* gegangen.

Ich kann nicht behaupten, daß mir mein Herz bei euch mit einem Schlag leicht geworden ist. Ich weiß, bei euch ist jetzt die große Frage: auffangen. Auffangen nennt ihr das – die Massen, die jetzt zu euch kommen, nämlich uns, mich«, er klopfte sich auf die Brust, »und meine alten Genossen.

Uns ist aber etwas ganz Gewaltiges kaputtgegangen – du wirst denken, es war nur in unserer Einbildung gewaltig – gut, selbst wenn du recht hättest, nur in unserer Einbildung –; aber es ist doch nun mal eine leere Stelle da, in der Menschen drin waren, richtige, lebende, aus Fleisch und Blut, die man gesehen hat, denen man manchmal die Hand gegeben hat, an die man geglaubt hat. Unser Glaube ist vielleicht futsch, aber die leere Stelle ist da. Sie kann nur wieder mit Fleisch und Blut ausgefüllt werden.«

»Hör mal, du, so leer wird diese Stelle ja wohl nicht sein, daß sie dir der Lenin nicht ausfüllen kann, daß sie dir nicht dieser deutsche Prolet ausfüllen kann, den mein ich nämlich, der mit der Faust zuschlug, bevor er geköpft wurde.«

»Halb und halb hast du recht, für dich und mich stimmt's, uns hilft's über viel. Aber die meisten, die wollen doch nicht bloß ein Beispiel, die wollen doch gepackt werden, so.« Er packte Aigner an beiden Schultern und rüttelte ihn. »Bei uns war alles aus einem Guß. Es gab nicht hier Partei und da das übrige, es gab nur eins zusammen.«

»Das wird's für dich bald auch wieder geben. Warum sagst du aber immer Ihr, wenn dir was nicht zusagt? Warum sagst du immer Wir, wenn's ist, wie es sein soll? Warum bist immerfort gekränkt, weil du nicht das vorfindest, was du erwartet hast? Die andern haben's doch auch jeweils von dir erwartet. Du sollst doch nicht zu etwas überlistet werden. Du sollst das tun, wozu du selbst gesagt hast: Richtig.«

»Hör mal, Aigner. Das stimmt so ziemlich für dich und mich. Schau dir aber mal die Nazis an. Die tauchen überall auf, wo wir was an unsern Leuten verabsäumt haben. Wo wir was brachliegen ließen, wo wir die Menschen auf was haben hungern lassen, da bringen die schnell ihre Ersatzware an, liederliche, schimmlige, aber manche merken das gar nicht und sind gierig und schlucken.

Sie machen sich's zunutz, hier herum, daß der Bernasek mit ihnen geflohen ist. Drüben in Steyr laden sie unsere Burschen ein, an ihren Turngeräten mitzuturnen, weil unsere Halle geschlossen ist. Wir haben gut drüber lächeln, das nützt nichts. Es gibt halt Burschen, die ohne Hanteln und Keulen nicht leben mögen. Die turnen zuerst bloß mit, dann machen sie noch anderes mit.«

»Eben. Aber warn nicht bloß. Mach eben, daß um dich herum nichts brachliegt.«

»Kurz und gut, Aigner. Wenn ich jetzt nach drüben fahre, dann ist's, weil ich nur das eine Leben hab. Ich hab nur ein Leben zur Verfügung, für mich und für euch. Es ist mir zum Glück nicht genommen worden. Deshalb, damit ich klar seh, will ich rüber, damit ich's nachher klarmache.

Hör mal, Aigner, wie ist denn das jetzt mit meiner Schwester, wirst du sie nachkommen lassen? Sie und das Kind?«

Aigner erwiderte kurz: »Vielleicht.« Sein Schwager betrachtete ihn einen Augenblick verwundert, Aigner war es sogar ganz wohl dabei. Er brauchte sich nicht über das auszusprechen, was sein Schwager ohnedies von seinem Gesicht ablas. Er hatte nur Angst, sein Schwager möchte jetzt doch von dem toten Kind anfangen. Er sagte aber nur: »Gut, daß ich ledig geblieben bin.« Aigner sagte: »Ich hab geglaubt, du hättest doch etwas Festes.«

Sein Schwager lachte. »Nicht so fest, als daß ich's nicht lassen könnt.«

Aigner sagte: »Wann werden wir uns jetzt Wiedersehen?«

Der Schwager sagte: »In ein paar Jahren vielleicht.«

Sechstes Kapitel

I

»Da vollzog sich Gottes Strafgericht sichtbar an denjenigen, die an Stelle der gottgewollten Ordnung eine neue, vom Antichrist eingegebene, von schwachen Menschengehirnen ausgeklügelte Ordnung setzen zu können vermeint haben. Der Bürgermeister von Steyr selbst, er wurde in Linz geviertelt und in Steyr ausgestellt. Ebenso erging es seinem Sekretär, welcher geglaubt hatte, er schulde seinem irdischen Herrn mehr Gehorsam als seinem himmlischen, als ersterer ihm befahl, die Schlüssel der Stadt den Führern der aufständischen Bauernheere auszuliefern.«

Die wuchtig aufgesetzten Satzenden des alten, herzkranken, beharrlichen Paters Justus, dem die Jubiläumsrede in der Stiftskirche von Hohenbuch als letzte zugefallen war – er mußte sich dann sofort ins Bett legen und verschied gegen Ende der Woche an einem Herzanfall –, bewahrten den alten Aloys Fischer davor, sich einer glücklichen Schläfrigkeit aus Kerzenlicht, Menschenwärme, Wachs-, Weihrauch- und Blumengeruch hinzugeben. Er war wirklich glücklich. Bis auf seinen Schwiegersohn, den er lieber vermißte, war seine ganze Familie mit ihm nach Hohenbuch gegangen. Frau, Söhne, Tochter und Enkelkind füllten mit ihrem Sonntagsstaat die Bankreihe. Sogar Kasper war fast ohne Widerspruch mitgegangen, obwohl es ihm etwas vor seinem Freund und Schwager und seinen neuen Parteigenossen peinlich war. Aber die Neugierde hatte überwogen, die Stücke, an denen er mitgearbeitet hatte, in ihrem endgültigen Zustand zu erblicken. Alle Fischers, sogar das kleine Enkelmädchen, fanden für ihre Blicke in der hell erleuchteten, schneeweißen und goldenen, von allen Heiligen und Engeln durchtobten Barockkirche einen Ruhepunkt: die Ersatzteile im Chorgestühl. Für ungeschickte Augen nicht herausfindbar, kannten sie alle Fischers von weitem.

»Um die Befriedigung unserer aufgewühlten, unglücklichen Landschaft zu erreichen und die unabsehbaren Streitigkeiten zu schlichten, schickte hundert Jahre später Seine Kaiserliche Majestät Rudolf der Zweite einen Eisenkommissar nach Steyr, um die Preise für das rohe und das verarbeitete Eisen endgültig festzusetzen.« Die Krankheit hatte das Gesicht des Paters Justus bis auf Stirn- und Backenknochen fast aufgezehrt. Seine blauen Augen brannten kalt und klar, ohne eine Spur von Güte, in reinstem Spott, doch immerhin, sie brannten. »Warum komme ich, meine Brüder und Schwestern, bei unserer Feier, die wir heute durch Gottes Willen abhalten dürfen, auf diese zugleich zeitlich entlegenen und irdischsten aller Geschehnisse zu sprechen, die wir nach heutigem Wortgebrauch soziale nennen? Weil unser Heiliger Vater selbst, in seiner tiefen Einsicht in die Notwendigkeiten des Tages, dazu Stellung genommen und auch uns befohlen hat, dazu Stellung zu nehmen. Wir weisen euch hin auf das kleine Buch ›Zur Arbeiterfrage‹, was ihr hierselbst in diesem Hause erhalten und mit nach Hause tragen könnt.

Außerdem aber auch, meine Brüder und Schwestern, weil wir wissen, daß nichts den Menschen eher in Verwirrung bringen kann als der Wahn, er sei von Sorgen und Leiden heimgesucht, wie sie solcherart vormals noch nie einen Menschen heimgesucht hätten, er befände sich gewissermaßen in einer noch nie dagewesenen Lage, für die die Lösung noch ausstünde. Während doch in Wirklichkeit das Maß und das Wesen unserer Leiden und Freuden vom Schöpfungsplan an feststehen und immer wiederkehren.

Dabei fällt uns die Erzählung von jenem kleingläubigen Pfarrer von Donaugnad ein, der in einem Pest- und

Trockenjahr voller Verzweiflung den immer tiefer sinkenden Donauspiegel beobachtete, bis sich seinen Augen die Oberfläche eines durch Jahrhunderte von Wasser bedeckten Steines zeigte, auf den sein Vorgänger im heiligen Amt, standhafter als er, die Worte hatte einmeißeln lassen: Ora pro nobis. Auch in unseren Reihen, Brüder und Schwestern, mag es manche gegeben haben, die das neue Ansteigen der Flut unseres heiligen Glaubens nur mit Bangnis, Ungeduld und Zaghaftigkeit erwarteten.«

Später schickte Aloys Fischer Frau und Tochter voraus in die nahe Dorfwirtschaft. Er selbst blieb mit seinen Söhnen zurück und erkundigte sich, ob noch irgend etwas an dem Chorgestühl auszugleichen sei. Pater Reglius sagte ihm, es sei nichts auszugleichen, er würde ihm im Laufe der Woche das Geld, sechstausendfünfhundert Schilling, durch Postanweisung schicken. Aloys Fischer bedankte sich, wobei die Söhne ihren Vater beobachteten. Als er sich von Pater Reglius verabschiedet hatte, veränderte sich sein Gesicht. Er ging schweigend zwischen seinen Söhnen den ganzen Weg vom Stift bis zum Dorf Hohenbuch. Der Aprilwind ballte und zerpflückte die Wolken, deren Schatten über die Donau trieben. Unter einem auf zwei Hügeln gestellten Regenbogen standen ein Kirchlein, ein Wäldchen und eine Herde. Aus einer Wolke traf ein Regenstrang schräg über Himmel, Hügel und Dörfer weg eine winzige Mühle am Ufer. Gleich darauf hängte sich die runde Wolke an eine längliche, die auf die Sonne zu zog. Ein einziger Sonnenstrahl traf alsbald haarscharf die gleiche winzige Mühle. Dann war die Sonne wieder verdunkelt, das Wasser wurde schwarzblau. Doch glänzten weit hinten andere, bis jetzt verdunkelte Hügel auf mit neuen Dörfern. Die Mühle, das Wäldchen und die Dörfer, alle standen an ihren richtigen Orten. Irgend etwas weggetan, und das Wichtigste hätte gefehlt. Irgend etwas dazugetan, und es wäre überflüssig gewesen.

Aloys Fischer wußte, was seine Söhne würgte. Sie hatten erwartet, der Vater würde ihnen ihre Anteile auf die eigenen Taschen Zusagen. Sie erwarteten, daß er davon anfing. Aloys Fischer sagte sich aber, keine Anzeichen lägen vor, daß der Auftrag, der ihm nächste Woche ausbezahlt würde, mehr sei als ein einzelner Glücksfall. Er rechnete den gezahlten Arbeitslohn ab für den Hilfsarbeiter Nuß, nicht für sich und seine Söhne. Er rechnete den Holzkredit ab. So betrachtet, waren die viertausendfünfhundert Schilling, die ihm blieben, bei einer vielköpfigen Familie eine erschreckend dünne Wand gegen den Hunger.

Er machte seinen Söhnen nicht das Anerbieten, das sie erwarteten.

Sie kamen verdrießlich im Wirtshaus an. Es wurde Zither gespielt. Aloys Fischer hatte eigentlich für die ganze Familie Mittagessen bestellen wollen, er bestellte nur Kaffee und Bier.

In das Kontor des Herrn Pröckl, der seine Werkstatt in Linz mit einer Belegschaft von etwa zwanzig Mann »Stuhlfabrik« nannte, trat eines Morgens ein Geschäftsfreund, der Gemeinderat Angerhuber, und sagte zu ihm nach der Begrüßung: »Heut komm ich mal als Bittsteller zu Ihnen. Heut müssens mir auch mal eine ganze Kleinigkeit zu Gefallen tun.« Pröckl sagte: »Nichts lieber, wenn ich's kann.« – »Ich hab's Ihnen neulich schon erwähnt. Es handelt sich drum, einen Mann einzustellen. Der Mann muß einen Platz bekommen. Ich hab mich halt aus irgendeinem Grund unglückseligerweis nach oben hin verpflichtet.« Pröckl sagte: »Grad hab ich drei Leute entlassen. Glauben Sie vielleicht, es gibt noch Bestellungen auf Stühle? Es ist halt grad, als hätten sich die Menschen sogar die Hintern abgeschafft.« – »Es ist halt ein besonderer Fall. Wir müssen diesem Burschen Arbeit verschaffen. Schließlich kann man ihm keine Lebensrente auszahlen für das, was er geschafft hat.« Pröckl sagte: »Ja, was hat er denn eigentlich geschafft?« Der andere zögerte mit der Antwort. Er sagte: »Ich weiß selbst nicht so genau. Denken Sie sich irgend etwas aus, damit es für Sie keine Unannehmlichkeiten gibt wegen der Entlassungen. Irgendeine Spezialarbeit. Sie haben ja gar keinen Schaden davon, im Gegenteil.«

Nach einigem Hin und Her sagte Pröckl zu. Der andere sagte im Weggehen: »Wenn der Mann nachher kommt, melden Sie ihn ruhig an als aus Wien zugezogen.«

Mittags kam Nuß aufs Kontor. Pröckl dachte, warum man noch extra für einen Mann zahlte, von dem offenbar zwölf aufs Dutzend gingen. Er hatte voriges Jahr von derselben Seite einen Auftrag für die neue Realschule vermittelt bekommen; vielleicht sprang auch diesmal noch etwas für ihn raus, er wollte sich irgendeine verzwickte Spezialarbeit aushecken.

Wie er die Papiere, die Nuß vor ihn hingelegt hatte, flüchtig durchging, kam es ihm vor, eine Mücke hätte sich auf seiner linken Backe über dem Schnurrbart niedergelassen. Er machte eine Handbewegung. Es war aber nur der genaue Blick, den Nuß auf das Gesicht seines neuen Brotherrn gerichtet hielt.

Die kleine, grauhaarige, ortsfremde Frau von der »Roten Hilfe« bot Martha Wäsche für das Kind und Geld an. Sie saßen einander auf zwei Stühlen gegenüber. Martha sagte: »Ich habe Wäsche genug. Alle bringen.« Sie dachte: Nach mir hat meine Mutter noch fünf Kinder bekommen. Kein Hahn hat danach gekräht. Was für ein Kind ist denn das? Jetzt schon wollen es alle an sich reißen.

Die Frau sagte: »Warum nehmen Sie das Geld nicht?« Martha sagte: »Er war nicht für euch.«

Die Frau überlegte einen Augenblick, bevor sie antwortete: »Er hätte vielleicht seine Meinung geändert, wenn er hätte weiterleben können. Sie aber wollen sich an die Meinung eines Toten binden.«

Martha hatte die Augen gesenkt. Ihr Gesicht verriet nichts. Nur hinter den Lidern glänzten die Augen auf. Manchmal war Johst lebendig, als sei ihm nichts geschehen. Dann war er wieder tot, als hätte er nie gelebt. Entweder war er so tot oder so lebend, daß gewöhnlicher Kummer nichts nutzte.

Die Frau sah ihr Gesicht etwas bleicher werden. Sie hörte ihre Antwort: »Möglich. Ich hab jetzt nicht den Kopf, drüber nachzudenken.« Die Frau beobachtete gespannt Marthas Gesicht und fuhr fort: »Sie können von uns ruhig annehmen. Sagen Sie einen einzigen Grund dagegen. Das Geld kommt von Menschen wie Sie, deren Lage so schwer ist wie die Ihre. Sie werden es eines Tages einem anderen weitergeben.« Martha stand plötzlich auf. Die Frau stand enttäuscht gleichfalls auf. Martha sagte: »Was mir noch fehlen könnte, das wären zwei große wollene Einschlagtücher.« Die Frau nahm Geld aus ihrer kleinen, speckigen Ledertasche. Martha legte den Schein auf den Tisch, sie stellte eine Tasse darauf, sie starrte auf die Tasse, da ihr Blick die letzte Zeit oft an einem Punkt zwecklos hängenblieb. Die Frau wartete ein wenig, daß sie sich umdrehen und noch etwas sagen würde. Sie ging dann fort.

Zwei Tage später saßen in Marthas Küche Mandl und Obrecht. Die pflegten sie oft zu besuchen. Sie sagten: »Du hättest von der ›Roten Hilfe‹ nichts anzunehmen brauchen. Dein Mann war kein großer Freund von diesen Leuten.«

Martha öffnete das Kaffeepäckchen, das Obrecht ihr gebracht hatte. Sie schüttete die Mühle voll.

Mandl nahm ihr die Mühle weg. »Laß mich das machen. – Übrigens soll das Geld aus Rußland kommen.«

Martha sagte: »Es fahren ja viele rüber.«

»Ja, viele fahren rüber. Sie beschimpfen unsere Führer und laden uns ein. Sie beschimpfen und beschenken uns.«
Obrecht schwieg.

Martha sah von einem zum andern. Sie sagte: »Jetzt wollen alle das Kind für sich, das noch gar nicht da ist.«

Obrecht sagte vor sich hin: »Rußland. Viele reißen sich dafür die Beine aus, viele hassen es wie den Teufel, viele sind sich nicht einig darüber. Aber einmal im Tag mindestens denkt, glaub ich, jeder daran.«

Plötzlich stand Martha auf und lief im Zimmer herum, von Unruhe ergriffen, die weder sie noch die beiden Männer sofort verstanden. Kurz darauf mußten beide fort und Martha den Frauen überlassen.

Als sie einige Stunden später die Straße über den Fluß zurückkehrten, um nach der Frau ihres toten Genossen zu fragen, und hinauf nach dem schwach erleuchteten Fenster blickten, da hörten sie schon das Geschrei des neugeborenen Kindes. Über ihre Köpfe tönte es weg, über die nächtliche Stadt. In seinem unverhohlenen Schrecken über die Kälte der Welt, in seiner ungebrochenen Besessenheit, nicht eher ruhen zu wollen, als bis der Hunger gestillt ist, war er mit keinem anderen Schrei zu vergleichen, den der Mensch bis zu seiner Todesstunde ausstößt.

II

Riedl war zu seiner eigenen Überraschung durch verschiedene glückliche Umstände vorzeitig entlassen worden. Auf dem Wege von der Bahn zum Karl-Marx-Hof merkte er, daß ihn seine Freilassung aus irgendeinem Grund bedrückte.

Er erblickte von weitem die Gerüste. Er erblickte näher kommend die tiefen, plackigen Narben im Mauerwerk, die aufgerissenen, wie von Feuersbrünsten zerfressenen Wohnungen. Als er dicht davor stand, erblickte er die unzähligen kleinen Einschußstellen. Er trat in einen der Torbogen. Er beruhigte sich. Trotz seiner zuerst erschreckenden Wunden hatte der Hof erstaunlich standgehalten. Als er den Innenhof vor sich liegen sah, weit und bergend, spürte er seine volle Freiheit, freudig und beklommen. Noch waren die Fenster dunkel, noch strömte ein schwaches Licht aus dem weißen, abendlichen Frühjahrshimmel. Er hörte Radiomusik und die Stimme einer Frau, die ungeduldig gegen ein Fenster »Friedel! Friedel!« rief. In seiner eigenen Haustür stieß er mit der Lehrerin Luckner zusammen. Sie begrüßte ihn mit einem frohen Ausruf. Sie machte sofort kehrt und rief ihren Vater. Riedl wurde von ein paar Nachbarn laut begrüßt, bevor er die eigene Wohnung betrat. Seine Frau schien wenig überrascht. Sie hatte ihn drei-, viermal im Gefängnis besucht und ihm in ihrer trockenen Art über alles berichtet. Er küßte die Buben. Dann machte er Licht im Wohnzimmer. Er trat unwillkürlich in die Flurtür, um alle Leute, die ihn eben begrüßt hatten, hereinzurufen. Aber sie waren schon alle in ihre Wohnungen gegangen. Er ging also in die Küche, um zu essen. Er gab sich schließlich einen Ruck: er fragte nach Fritz. Er erfuhr, daß Fritz weder verwundet noch tot noch gefangen war. Er wohnte jetzt sogar im selben Treppenhaus. Rudolf Bäranger dagegen, der war tot. Riedl wurde jetzt von einer mächtigen Gier ergriffen, sich mit Genossen über alles auszusprechen. Er aß nicht fertig, er ging weg.

Zehn Minuten vorher hatte Frau Bäranger zu Fritz gesagt: »Geh mal zu Riedl rüber, er ist zurückgekommen.« Fritz hatte zu ihrem Erstaunen erwidert: »Ist nicht so eilig.« Frau Bäranger sagte jetzt zu Riedl: »Er ist weggegangen. Er ist zum Doktor Erlanger rüber.« Riedl fragte: »Kommt er dann zurück?« Er hatte keine Lust, zu Erlanger zu gehen.

Frau Bäranger erwiderte: »Dann wird er wohl noch zu seinen Leuten raufgehen, gute Nacht sagen.«

Eine halbe Stunde später betrat Fritz die Wohnung seiner Familie. Die Großmutter badete die beiden Buben in einer Zinkwanne, die auf zwei Stühle gestellt war. In der Herdwand war eine tiefe, von Fritzens Vater selbst ausgegipste Narbe. Quer über die Narbe lief ein rohes Tannenholzbrett, auf dem drei oder vier neue Steingutgefäße standen. In der Holzverschalung des Spülsteins sowie in der Schranktür steckten winzige Metallsplitter. Der Vater saß vor dem Tisch und aß. Neben seinem Teller stand ein Wasserglas mit Veilchen. Fritz erwartend, hatte die kleine Schwester ihren Kopf auf den Rand des Gitterbettes gelegt, so daß ihre Backe gequetscht wurde. Am Fußende des Bettes stand ein Mann gegen das Fenster, mit dem Rücken zum Zimmer.

Als Fritz eintrat, schlugen die Buben aufs Wasser, daß er vollgespritzt wurde. Die Großmutter wischte ihre Brille ab, das Mädchen im Bett lachte und rieb seine Backe. Der Vater aß ruhig weiter. Der Mann am Fenster drehte sich um, er war Riedl.

Riedl legte Fritz die Hände auf die Schultern. »Da bin ich wieder.« Fritz sagte: »Ach, Genosse Riedl.« Sein Gesicht war schon braun vom Frühjahr. Riedl sagte: »Fritz, wollen wir Weggehen – ich bin so lufthungrig nach dem langen Eingesperrtsein –, vielleicht ein bißchen ans Wasser runter.« Fritz sagte: »Das kann man tun.«

Er nahm sich Zeit, spielte mit jedem der Kinder, stellte ein paar Fragen an seinen Vater, rechnete etwas auf einem Zettel für die Großmutter. Dann sagte er allen gute Nacht. Riedl ging hinter ihm her. Fritz fragte nach dem Gefängnis, nach der Behandlung, nach verschiedenen Genossen, nach den Umständen seiner Freilassung. Riedl fragte nach den Kampftagen. Fritz erklärte dies und jenes an den Einschußstellen. Alles war viel zu beiläufig gefragt und geantwortet.

Sie schweigen dann auch plötzlich. Fritz pfiff bis zum Wasser. Riedl sagte: »Ja, Bub. Das war also jetzt vorbei. Jetzt heißt's neu beginnen.« Fritz sagte: »Ja, fragt sich nur wie?«

Riedl dachte plötzlich: Er hat sich mit mir nicht besonders gefreut, es war ihm ganz einerlei. Er sagte: »Also, Fritz, fang mal einfach irgendwo an, wie sieht's denn jetzt bei euch aus? Jetzt bist du doch endgültig weg von deinen Falken, jetzt bist du doch bei der Jugend?«

Er wollte stehenbleiben, Fritz gegenüber. Der aber streifte ihn und ging weiter. Auf seinem jungen Gesicht lag eine Spur von Hochmut. Er antwortete: »Das ist alles nicht mehr, wie's war. Der Karl-Marx-Hof, der ist zwar nicht eingestürzt, der hat's überstanden. Aber unser Glaube an die Partei, Riedl, der ist eingestürzt.«

Riedl öffnete den Mund, sagte aber nichts, sondern blieb stehen. Fritz blieb aber auch jetzt nicht stehen, sondern zwang Riedl durch sein Weitergehen, ihm zu folgen. Er fuhr fort: »Man kann auch sagen, wenn man will, daß er schon Montag abend eingestürzt ist, als die Eisenbahn wieder angefangen hat, zu fahren, und das Licht, zu brennen. Bei uns war alles grundfalsch, weißt du. Ich bin gar nicht dafür, weißt du, daß wir, wie es manche Gruppen jetzt tun, einfach geschlossen zur KP hinübermarschieren. Dafür ist ja noch viel zuviel zu bereinigen, auf beiden Seiten ist da noch viel zuviel auszutragen. Aber ich bin für eine Art Zwischenstufe, so wie die Rote Front, weißt du, dafür bin ich.«

Fritz blieb jetzt doch von selbst stehen. Er dachte: Was hat er eigentlich? Jetzt fiel ihm auf, daß Riedl weiß im Gesicht war, was er droben nicht bemerkt hatte. Nun, Riedl hatte wohl ziemlich böse Tage hinter sich, viele hatten böse Tage hinter sich. Fritz dachte an Rudolf. Riedl sagte leise: »So, er ist eingestürzt, meinst du?«

Er fügte hinzu: »Ich hab mir natürlich über euren Zustand ein Bild im Gefängnis machen können, nach allem, was ich gehört hab. Du freilich, Fritz, bist der erste, mit dem ich in der Freiheit über alles spreche.« Sie gingen dann weiter. Es war dunkel geworden, die weiche, lockere Dunkelheit der Frühjahrsabende, Geruch nach Wasser und Erde. Riedl atmete stark. Seine Augen suchten den Brückenbogen, die Ufer und den Himmel ab. Zwei, drei Stunden hatten genügt, um ihn an die neue Freiheit zu gewöhnen. Vor langer Zeit war er mit drei anderen in eine enge Zelle eingepfercht gewesen. Dies war also die Freiheit, von der die Menschen, von der er selbst so viel Wesens gemacht hatte. Er wiederholte vor sich hin: »Eingestürzt.«

Plötzlich riß er sich zusammen, hängte seinen Arm in Fritzens ein und sagte leichthin: »Fritzl, jetzt hör mich mal an. Seit ich dich kenne, seit wir zwei miteinander auskommen, hab ich immer versucht, dir etwas beizubringen; wenn das ein Mensch hat, hab ich mir gedacht, dann hat er etwas für das ganze Leben und kann nicht verfallen, ich mein: Treue.«

Fritz zog seinen Arm heraus, er verstellte Riedl den Weg. Nun war sein Gesicht nicht mehr halb weich, halb hart, merkte Riedl, es war eins geworden, sein Mund war jetzt ein Mund, der gedachte Worte aussprechen konnte, solche Worte, die saßen und weh taten.

»Du wirst dir doch nicht einreden, Riedl, daß du hast zu kommen brauchen und mir begegnen, für das, was in mir ist, denn ich bin ein Proletarier, und mein Vater ist einer und meine Freunde, und meine Söhne werden's auch sein.« – Riedl lächelte. – »Ich bin treu.« – »Fritz, unsere Partei hat eine schwere Niederlage hinter sich, wir sind weit zurückgeworfen, wir haben furchtbare Verluste. Die schwere Niederlage mag auf viele so wirken, daß sie der Partei, daß sie ihren Führern den Rücken kehren. Wenn man vorwärts stürmt, ist es leicht, treu sein.«

»Treu sein, Riedl, das bedeutet doch nicht, einem Menschen oder einer Partei treu sein, wie ein Hund einem

Herrn, weil er so oder so riecht, sondern weil sie und ich einer und derselben Sache treu sind. Und ist mein Führer der Sache nicht mehr treu, dann ist auch zwischen uns keine Treue, dann ist die Treue zwischen uns aufgehoben.«

Riedl beobachtete ihn von der Seite. Er merkte mit Genugtuung, daß Fritz sich endlich einmal in seiner alten kindlich-ungeschickten Art bemühte, einen Ausdruck zu finden oder, wenn ihm das nicht gelang, etwas Gehörtes dazwischen mengte. Er half ihm nicht aus.

Fritz fragte plötzlich: »Kennst du den Franz Millner?«

»Nein.«

»Der ist ein Freund von einem Ablader, der bei euch im Betrieb war. Von dem hab ich gehört, wie es damals Montag bei euch im Betrieb zuging, wie du dich verhalten hast. Warum lachst du?«

»Nichts, Fritzl, sprich nur ruhig.«

»Das willst du mich also für Treue halten machen. Millner hat sicher nichts übertrieben.«

Riedl dachte: Weshalb bekomm ich denn Herzklopfen? So etwas war doch vorauszusehen. Man hat doch zum Beispiel im Sommer siebenundzwanzig ähnliche Dinge gehört. Warum nehm ich den Bub so wichtig?

Er sagte: »Hat dir dein Millner auch erzählt, wo ich im Kampf gestanden hab?« Er verstellte dem Jungen den Weg. Fritzens Gesicht war kalt und vollständig offen. Seine Worte klangen anders aus dem Gesicht heraus als so nebenher aus dem Dunkel. Sein Gesicht lag etwas zurück im Nacken, unter seinem hellen Haarschweif, mit zwei Stirnfalten gewappnet gegen die zweifelhaften Einwände der Erwachsenen. Er sagte: »Daß du gekämpft hast und verwundet bist worden und gefangen, das hat damit überhaupt nichts zu tun. Denn daß man kämpft, wofür man lebt, das ist nichts, das muß man ja ohnedies.«

Riedl dachte: Ganz genauso, hab ich mir immer gedacht, wird sein Gesicht aussehen, wenn er einmal soweit ist. Solche Worte hab ich ja grad von ihm erwartet.

Er sagte: »So? Es soll auch einige gegeben haben, die nicht mitgekämpft haben.«

Fritz sagte: »Weil es ihnen zu nichts nütze vorkam. Und warum?«

»Manche sollen auch mitgekämpft haben, aus Treue nämlich, obwohl es ihnen zu nichts nütze vorkam.« Sie näherten sich der Brücke. Schiffer und Bootsleute auf den Bänken und Stufen, Liebespaare, die vorüberzogen, alle schienen zu denken, die Nacht sei gut. Wie so oft im Frühjahr, war die Nacht lichter als die Dämmerung.

Fritz sagte: »Ich mein einen ganz anderen Nutzen, und ich mein eine ganz andere Treue. Ihr habt uns alles ganz falsch gelehrt.«

»Wer ihr? Auch ich?«

»Ihr, ihr, auch du. So, als könnte es immer nur besser werden, so, als müßte alles unbedingt gut ausgehen, so, als könnte man irgendwie alles richtig einrichten, daß uns kein Unglück geschieht. Aber wir sind gar nicht so, aber ihr hättet uns einschulen sollen auf Zuchthaus und auf Gefängnis und auf Schüsse und auf Illegalität, und ihr hättet uns sagen sollen: Es kann auch schlecht ausgehen auf eine gewisse Zeit, es kann auch auf eine gewisse Zeit mit Kerker enden. Es kann auch für einzelne mit dem Tod enden. Und wir wären davon nicht schwächer geworden, denn wir waren gar nicht so, sondern wir wären stärker geworden.«

»Du liest jetzt mehr als früher?«

»Ja, ich wohne doch bei der Bäranger. Da lese ich den ganzen Schrank von Rudolf aus.«

»Aber ein ganz kleines Heftlein scheinst du doch nicht gelesen zu haben, unser Parteiprogramm.«

Sie gingen wieder eilig nebeneinander, als hätten sie ein gemeinsames Ziel.

»Jetzt gerade sind wir es Punkt für Punkt in der Zelle wieder durchgegangen.«

»Zelle?«

»Ja, wir haben doch jetzt gemeinsame Zellenabende mit den Kommunisten.«

»Zellenabende. Also. Habt ihr euren neuen Genossen die Stelle gezeigt: ›Falls die Verfassung angegriffen wird‹?«

»Mit der Waffe in der Hand verteidigen. – Ja, aber dabei habt ihr kampflos zugesehen, wie Tag für Tag ein Stück herausgebrochen wurde.«

Riedl dachte nach. Alles dies mußte ja durchgesprochen werden. Er vergaß auf Augenblicke, daß es Fritz war, der die Antworten gab.

»Das hast du gut gelernt bei deinen neuen Genossen. Aber wo hat man je in einer Partei so viel Vertrauen in den einzelnen gesetzt wie bei uns. Das, was du vorhin sagst mit ›anders erziehen‹, auf Schüsse und auf Illegalität – nirgendwo sonst als bei uns hat man so gebaut auf die Klugheit und den Mut und die Kraft der Parteimitglieder; denk doch an unsere vier Punkte, die euch den Generalstreik freigegeben haben –«

»Ach, eure vier Punkte, die haben in Wirklichkeit nur bedeutet: von diesen vier Punkten ab, von diesen vier Fällen ab, wo es ernst wird, geht an euch die Verantwortung über.«

»Sag mal, Fritzl, hast du auch schon auswendig gelernt, daß deine Führer dich verraten haben, oder lernst du das erst am nächsten Zellenabend? Otto Bauer und Deutsch und Wallisch – alle haben euch feig im Stich gelassen, wie's brenzlig wurde, keiner hat mitgekämpft. So hat's ja der Dollfuß gewußt, und so hat's ja auch der Moskauer Gewerkschaftssender gewußt, darin waren sich beide einig.«

Fritz stellte sich wieder vor ihn hin. Nicht nur während Riedls Abwesenheit, während der kurzen Strecke ihres gemeinsamen Abendweges hatte sich sein Gesicht zum Ernst erhärtet. Jetzt war es ganz genauso, wie es sich Riedl immer gewünscht hatte.

»Daß sie gekämpft haben, Riedl, das ist kein Verdienst, das sind zwei verschiedene Dinge, Führen und Mitkämpfen. Und daß der Moskauer Sender gesagt hat am ersten Morgen, sie hätten nicht mitgekämpft, das war ein Fehler, solche Fehler haben die viele gemacht, weil sie uns überhaupt nicht kennen. Das war aber auch unser Fehler, denn ihr habt uns ja von ihnen ferngehalten, als ob sie die Krätze hätten.«

Sie stiegen miteinander die Treppe hinauf. Beide hatten den Wunsch, voneinander loszukommen. Sie blieben aber zögernd nebeneinander stehen und sahen sich um. Beide spürten sich jetzt als winzige Splitterchen der großen, nahen, mächtigen Stadt. Beide hatten Lust auf viel Licht und volle Gassen. Riedl fing aber noch mal an. »Siehst du, da drüben in Floridsdorf, nach dem Jahre achtundvierzig, da ist mal sonntags morgens der Polizeipräsident von Wien zum Vergnügen nach Floridsdorf geritten. Da hat ihn ein Unbekannter vom Pferd geschossen.« Fritzens Gesicht glänzte auf, er horchte, noch einmal war es Riedl gelungen, seine Aufmerksamkeit zu erwecken. Riedl freute sich. Fritz dachte: Ich will jetzt endlich zu meinen Genossen gehen, ich will mit ihnen arbeiten, ich will nicht ewig mit Riedl herumreden, es ist nutzlos. Und er dachte: Laß die Toten ihre Toten begraben.

III

Auch an den Wänden des Ottakringer Volksheims klebten die Plakate mit dem Sinnbild der Ständeordnung, dem vielgliedrigen Ring. Sie waren da und dort abgefetzt.

»Nie« hatten Hände im Vorübergehen in die weiße Lücke geschrieben, die in jedem Ring freigeblieben war für das fehlende Glied, die Arbeiterschaft. Aus ganz entlegenen Stadtteilen kamen Männer und Frauen zu der Versammlung, die heute abend von Vizebürgermeister Dr. Winter angesetzt war. Schon war das Haus überfüllt. Aber selbst die, die gar keine Aussicht mehr hatten, hineingelassen zu werden, sondern auf der Straße in einem Spalier von Polizisten nach langer Fahrt nutzlos warteten, bekamen etwas von dem ab, weswegen sie gekommen waren: sich als Masse zusammen zu spüren.

Als Karlinger mit Dr. Winter nach Ottakring fuhr, überkam ihn, nachdem er die ganze Woche keine sonderliche Beunruhigung gespürt hatte, mit der naturhaften Plötzlichkeit eines Wechselfieberanfalls sein alter Zweifel, ob der Posten, den er angenommen hatte, eine Versuchung oder eine Mission sei. Er war mit demselben Ruck ruhig, mit dem das Auto plötzlich hielt.

Winter lief schnell zwischen den Polizisten ins Haus. Er war ein wenig blaß. Die Menschen hatten ihn kaum bemerkt. Einen einzelnen dünnen Pfiff brauchte Winter nicht gehört zu haben. Der Ausdruck seines Gesichts belustigte Karlinger, als stelle er sich zur Verantwortung mit einem ungeheuren, wahrscheinlich unnötigen Aufwand.

Jedenfalls war er heilfroh, daß er es durchgesetzt hatte, nicht am Vorstandstisch zu sitzen, sondern in der Menge, zur Berichterstattung. Er kletterte über die Jungens weg, die auf den Stufen zwischen den Bankreihen bis hinauf vor die Eingänge hockten. Er überblickte jetzt erst den ganzen menschenvollen Raum, der im Halbrund zum Podium abfiel. Bevor er noch einen bewußten Gedanken gefaßt hatte, durchzuckte ihn Freude, vielleicht für Winter, weil alle gekommen waren, vielleicht für alle, weil sie beisammen waren. Er hatte selbst eine flüchtige Vorstellung von Beisammensein, er unterlag sekundenlang einer Vergeßlichkeit, was den Sinn seines eigenen Hierseins anbelangte. Dann fiel es ihm wieder ein. Ein heftiger Wunsch überkam ihn, einmal im oder wenigstens am Ende des Lebens ganz und gar nicht allein zu sein. Er klemmte sich zwischen eine Frau und einen kleinen älteren Mann, dem zwei Finger an der linken Hand fehlten. Zu seiner Verwunderung taten beide ihr möglichstes, um ihm Platz zu schaffen.

Im selben Augenblick, in dem sich Karlinger zurechtsetzte, war Winter drunten auf dem Podium aufgestanden. Er war blaß, als läge es in der Hand der Menschen, ihn anzuhören oder in Stücke zu reißen. Karlinger spürte sein eigenes Herz als Fremdkörper in der allgemeinen, plötzlich erwachten Unruhe. Aber Winter zwang fast sofort die Menschen mit seiner leisen, festen Stimme, ihn ruhig anzuhören.

»Ich bin kein Fremder in der Gedankenwelt des Sozialismus. Führende Männer der Arbeiterklasse, solche, die jetzt geflohen oder gefangen sind, sind meine Freunde gewesen, soweit sich Männer verschiedener Weltanschauung Freunde heißen können. Dies bekenne ich auch heute öffentlich.«

Alle horchten gespannt, sogar bestürzt. Der kleine Mann neben Karlinger murmelte: »Was will er denn?« Karlinger selbst horchte gespannt, obwohl er die Vorarbeiten mitgemacht hatte. Er hatte die Referate mit ausgearbeitet, zwei vor allem, eins für Ottakring, eins für die bürgerlichen Bezirke.

»Ich gehe sogar so weit, zu sagen, der Klassenkampfstandpunkt hatte seine historische Berechtigung in Zeiten, in denen der Staat die Arbeiterschaft und die Produzenten sich selbst überließ. In diesen Zeiten hatte Karl Marx das Bedeutende getan: der Arbeiterschaft ihren eigenen Einsatz bewußt gemacht.« Sie lauerten einander an, er und die Tausende, die Stirnen runzelten sich. Karlingers Stirn runzelte sich, als stünde sie weniger mit seinem Gehirn in Zusammenhang als mit den übrigen Stirnen. Der Strang, der ihn mit dem kleinen, blassen Mann am Rednerpult verband, war schmerzhaft gespannt.

»Das Verantwortungserwachen des Staates selbst, das sich auf mannigfache Weise äußerte, in Verbindung mit der Wachsamkeit der Kirche, welche früher noch als die Staaten das Mißverhältnis begriffen hatte zwischen dem Einsatz der Arbeiterschaft und ihrem Anteil am Staat –«

Alle blinzelten. Der kleine, dreifingrige Mann neben Karlinger murmelte: »Aha!« Karlinger spürte plötzlich den Strang zwischen sich und Winter locker werden, er horchte wie alle anderen, gespannt und spöttisch.

»Längst hat der Staat eingesehen, daß dem Arbeiter sein Platz im politischen Raum gebührt, sein Platz, nicht der ganze Raum.«

Winters Stimme wurde über die erwachende Unruhe einen halben Ton lauter. Karlinger wurde unruhig, ebenso für Winter wie für den kleinen Mann neben sich. Der flüsterte hinter Karlingers Rücken der Frau zu: »Gapon aus Ottakring.« Karlinger lächelte. Er notierte »G. a. O.« auf seinen Zeitungsrand.

»Daß diese zugestandenermaßen verantwortungslose Unterdrückung schließlich Forderungen erzeugen mußte, die dann aber auf der Gegenseite wiederum über das zu billigende Maß hinausgingen, Anmaßung –«

Karlinger erschrak, weil der kleine Mann neben ihm mit seiner gesunden und seiner kranken Hand auf das Holz trommelte. Er schrie, außer sich vor Wut, alle schrien: »Brot ist keine Anmaßung, Arbeit ist keine Anmaßung!«

Karlinger spürte plötzlich den Strang zwischen sich und Winter wieder bis zur äußersten Schmerzhaftigkeit gespannt. So gespannt, daß er durchriß. Er dachte: Ich möchte nichts mehr tun, woran ich auch nur im geringsten zweifle. Aber was könnte ich dann tun?

»Ich bin aus demselben Vertrauen zu euch hergekommen, das ich für mich von euch erwartet habe.« Der kleine Mann beugte sich weit vornüber und schrie: »Da irrst du dich aber!«

Die Worte wurden von Winters Mund in einem neuen Sturm weggeblasen.

Auf einmal wurde dort unten ein kleiner, schwarzschnurrbärtiger Mensch auf das Podium geschoben. Er war offenkundig ein Arbeiter. Der Sturm legte sich sofort. Karlinger traute seinen Augen nicht, obwohl er den Schnurrbärtigen selbst für solche Fälle unterrichtet hatte. Er erschrak jetzt, ganz ohne Belustigung, über dieses selbst für ihn unerwartete Maß von Gelehrigkeit.

Smetana sagte: »Liebe Kollegen, wie ihr mir sicher anseht, ich bin einer von euch. Ich bin ein Arbeiter, und ich will nichts anderes sein als ein Arbeiter. Ich bin heute wie ihr alle hierhergekommen, um zu hören, was der Herr Vizebürgermeister uns eigentlich sagen will. Denn anhören schadet ja niemand etwas. Und deshalb, Kollegen, meine ich, wir lassen den Herrn Vizebürgermeister mal ruhig aussprechen.«

Zu Karlingers Überraschung wurde es wirklich fast völlig still. Winter wurde angehört.

»Ruhe und Vertrauen brauche ich in diesem Augenblick, in dem der Staat selbst seine endgültige Form noch nicht gefunden hat, sondern alles noch im Fluß ist. Zwar ist an den Machtverhältnissen nichts zu ändern, die alten Arbeiterorganisationen sind zerschlagen –«

Der kleine Mann schrie, alle schrien: »Wieso zerschlagen?«

»– die Gestaltung der neuen aber hängt von dem Verhalten der Arbeiterschaft selbst ab, von dem Aufgeben ihres schädlichen Widerstandes.«

Der Mann neben Karlinger sprang auf und schrie: »Wir wollen unsere Gefangenen!« Viele waren aufgesprungen und hatten geschrien: »Wir wollen unsere Gefangenen!«

Winter sagte leise: »Ich bin unablässig darum bemüht, ich habe auch schon viel für meine eigenen Freunde erreicht.«

Der alte Mann murmelte: »Gapon.«

»– die Gestaltung der neuen aber hängt von dem Verhalten der Arbeiter selbst ab, von ihrem Maß an Besinnung, ob sie im neuen Ständestaat Industrieverbände haben werden, ähnlich wie in Deutschland, oder Querverbände –«

Tief unten knallte eine Stimme: »Gewehrverbände!«

Der alte Mann lachte.

»Ebenso ist es auch an der Arbeiterschaft, durch Ruhe, Ordnung und Disziplin ihren Genossen zur Freiheit zu verhelfen.«

Der alte Mann schlug mit der rechten, gesunden Faust, an der er seinen Ehering trug, auf das Holz. Viele trommelten. Karlinger starrte Winter an, wie ein Spiegelbild, das entweder trügt oder etwas Unbekanntes enthüllt. Winters Worte waren im Lärm nicht zu verstehen. Ein Mann schwang sich aufs Podium in einem Mantel und Frackhemd, jemand hinter Karlinger murmelte: »Ein Kellner.«

»Der Ring, Herr Vizebürgermeister, der Ring der Stände, der Ring der Volksgemeinschaft, den Sie so sehr sich bemühen hier zu schließen, sogar auf einmal mit einer Art von Sozialismus, nachdem man neulich versucht hat, ihn mit Kanonenkugeln zu schließen, dieser Ring, Herr Vizebürgermeister, der wird nie geschlossen werden. Ein Hufeisen wird er immer bleiben, ihr werdet in Österreich keinen Mann finden, der so stark ist, daß er ihn euch zusammenbiegt. Ein Hufeisen wird er immer sein und kein Ring, und er wird nie geschlossen werden.«

Der alte Mann neben Karlinger rief: »Nie!« Alle schrien: »Nie!«

Karlinger starrte Winter an. Winter hatte das Gesicht nach dem Kellner gedreht. Karlinger dachte: Ob er, Winter, jetzt denkt, was ich denke? Daß wir diesem Mann nicht helfen können. Wir können diesen Mann nicht schützen. Die Polizei wird ihn schlucken. Sein Sprung aufs Podium wird ihm seinen Arbeitsplatz kosten, seine Freiheit, seine Familie. Er wird ergriffen werden und ins Polizeigefängnis gebracht und nach Wöllersdorf, sobald er vom Podium runter ist. Vielleicht bedenkt er es selbst nicht einmal.

»Seien Sie befreundet, mit wem Sie wollen, Herr Vizebürgermeister, und denken Sie sich mit diesen Freunden den Sozialismus aus, den Sie wollen. Uns ist das ganz egal. Wir wollen keine Industrieverbände, und wir wollen auch keine Querverbände, wir wissen, was wir wollen, ihr habt es uns selbst gelehrt, und es ist etwas ganz anderes.«

Auf einmal erhob sich aus irgendeiner Ecke des Saales, dann aber aufgegriffen aus einer anderen Ecke, dann von allen, das Wort: »Diktatur!«, wie ein plötzlich gefaßter Entschluß. Es knallte so scharf, daß sich Karlinger nicht verwundert hätte, wenn Winters kleines, blasses Gesicht geblutet hätte. Die Fäuste der Männer und Frauen schlugen zum erstenmal diesen Takt, neun drohende Schläge gegen das unsichtbare Tor: »Dik-ta-tur – des – Pro-le-ta-ri-ats!« Karlinger war noch nie dabeigewesen, wenn ein Wort zum erstenmal laut herausgerufen wurde. Der kleine, alte Mann legte seine gesunde und seine verstümmelte Hand an den Mund, er schrie: »Diktatur!« Der Kellner trat zurück, als seien weitere Worte überflüssig. Er sprang aber nicht vom Podium, er lehnte sich an die Wand, er zog den Mantel über seinem Frackhemd zusammen. Karlinger wußte plötzlich ganz genau, daß der Kellner auch genau wußte, was ihm bevorstand. Winter selbst hatte den Kopf noch etwas schräger drehen müssen, um den Kellner im Auge zu behalten.

Winter war bleich, wartete aber ruhig. Als sich die Rufe gelegt hatten, fing er neu zu sprechen an, so leise wie noch nie: »Wenn ihr euch diese einzige Gelegenheit der Aussprache nicht verschließen wollt, so müßt ihr lernen, Disziplin halten.«

Alle erhoben sich gleichzeitig, als hätte Winter genau dazu den Befehl gegeben. Ein schwacher, von allen sofort begriffener Ton, ein Ruck durch alle: Die Internationale. Karlinger hatte sich, denn was sollte er sonst tun, gleichfalls erhoben. Er preßte die Nägel in die Daumen, er preßte die Lippen zusammen.

Er starrte Winter an, der ebenfalls aufgesprungen war, mit zusammengepreßten Lippen. Die Polizei brach herein und knüppelte. Alle sangen weiter. Winter ging drei Schritte zurück mit erhobenen Händen. Der Kellner wurde fast unbemerkt vom Podium heruntergezogen, er drehte den Kopf und schrie etwas und bekam mit dem Knüppel. Der alte Mann neben Karlinger schrie laut, er wurde die Stufen hinaufgeschleift.

Winter nahm es aber nicht so schwer, wie Karlinger geglaubt hatte. Wenigstens behauptete er, er sei auf dergleichen vorbereitet gewesen. Man müsse eben die ganze Versammlungstaktik ändern. Karlinger nahm Winters Einladung nicht an, sondern ließ sich vor seiner Haustür absetzen. Er erwartete die Abfahrt des Autos, schloß aber nicht auf, sondern nahm sich ein Taxi. Er überlegte erst im Taxi, wo er hinfahren sollte. Schließlich leitete ihn eine schwache Hoffnung, Bildt in seinem alten Café wiederzutreffen. Unerwarteterweise saß Bildt auf seinem alten Platz. Seine Finger liefen über den bloßen Arm derselben runden, rotbäckigen Kellnerin. Karlinger fuhr mit der Hand zwischen die beiden, indem er eine Photographie auf Bildts Teller legte: Bildts kleine Tochter an einem Lagerfeuer. Er hatte sie in der Brieftasche herumgetragen, seitdem Bildt sie am selben Tisch vergessen hatte.

»Wie geht's, Bildt?«

»Es geht.« Beide lachten.

»Ich hab die letzte Zeit oft an dich gedacht, Bildt. Es ist bei dir doch nichts schief gegangen? Warst doch nicht in die Sache verwickelt?«

»Ich weiß nicht, ob du darunter verstehst, ›in die Sache verwickelt sein‹, daß ich drei Tage lang in meinem Beruf nicht ausgesetzt habe, sondern den Leuten die Köpfe verbunden, die man mir gebracht hat. Ich weiß nicht, ob du unter ›schiefgegangen‹ verstehst, daß ich darüber meine Assistenzarztstelle und ein gut Teil meiner Praxis verloren hab. Sonst –« Er machte mit beiden Armen die Bewegung eines Turners, der heil vom Trapez abgesprungen ist.

»Ich bin nur froh, wenn ich dir irgendwie helfen kann, Bildt. Du mußt es mir ruhig sagen. Du weißt doch, ich bin jetzt in der Lage, besser als früher, helfen zu können.«

»Nein, ich brauch nichts. Offen gesagt, ich möcht auch von dir nicht geholfen haben.«

»Lieber Freund, daß ich einen besoldeten Posten bekommen habe durch denselben Umstand, durch den du den deinigen verloren hast, hältst du das für einen Beweis für oder gegen unsere Ehrenhaftigkeit?«

Bildt schwieg eine Weile. Dann sagte er: »Wenn mich mein gutes Gedächtnis nicht trügt, gebrauchst du, wenigstens in meiner Gegenwart, dieses Wort zum erstenmal. Übrigens ist Ehrenhaftigkeit in seiner Art ein ebenso komisches Wort wie Versündigung. Ehre – für wen? Sünde – gegen was? Fühlst dich wenigstens wohl im Land und Jahr Gottes?«

»Du mußt nicht übertreiben, Bildt. Übrigens hat es mit Wohlfühlen nichts zu tun, daß ein paar Umstände, auf die ich gefaßt war, eingetreten sind.«

Bildt schwieg wieder. Karlinger hatte plötzlich den Eindruck, den er bei ihrem letzten Zusammensein nach einer Pause von vier Jahren nicht gehabt hatte, daß Bildt verändert war.

Bildt sagte: »Nein. In Wirklichkeit ist nichts von allem eingetroffen. Du hast vollständig unrecht.«

»Mir scheint, inzwischen ist die Machtfrage einigermaßen anders geregelt worden.«

»Geregelt ist sie nicht worden. Sie ist gestellt worden, und zwar so, daß sie jetzt endlich von allen Menschen bei uns begriffen wird. Ich bitt dich, liebster Karlinger, erinnere dich mal. Das mit dem Regeln der Machtfrage! Hoffnungslos sah es um die Bewegung aus, der du angehörst, Karlinger, sie sollte im Keim erstickt werden, damals, als euer bester Führer, der vor Gericht sich mannhaft betragen hatte, des sicheren Todes gewiß dann doch noch seine Fassung verlor und schrie: Mein Gott, warum hast du mich verlassen? Und einer eurer besten Funktionäre, der dann auch später seine Ruhe wiedergewann und ordentlich arbeitete, er ließ sich damals gleichschalten, ehe der Hahn dreimal gekräht hatte.«

»Lieber Freund, du bringst die irdischen und himmlischen Angelegenheiten unerträglich durcheinander.«

Bildt stand plötzlich auf. Er hatte völlig jede Lust auf Rücksicht verloren. »Ich hab meiner Frau versprochen, daß ich früh heimkomm. Übrigens, wie du siehst, hier kann man mich beinah immer treffen.«

Er ging schnell fort. Der abendliche Ring lag vor ihm in allem Glanz, der aber schon vor seinen Augen abbröckelte, weil Mitternacht bald überschritten war oder weil er mißtrauisch hineinblickte. Beim Überqueren der Straße erinnerte er sich dann plötzlich seiner Heimkehr an jenem Abend, da er Karlinger zuletzt begegnete. Was war bloß aus dem kräftigen Burschen geworden, der ihn im Sterbezimmer seines Genossen zum Schweigen verpflichtet hatte? Der hatte damals geargwöhnt, Bildt wolle seine Praxis nicht aufs Spiel setzen. Er hatte vielleicht sogar damals noch ein klein wenig recht gehabt. Denn eigentlich war es ja erst jener Abend gewesen und jener schroff geäußerte Argwohn, der ihn, Bildt, von der sinnlosen, die Handlungen der Menschen lähmenden Angst befreit hatte, sein Kind könnte Hunger leiden.

Während der paar Minuten Nachdenken war das ganze Licht bis auf das bißchen Reklameflackern über den Wänden ausgegangen. Das Hupen der Autos ließ nach. Fast vor seinen Augen versank die Stadt in die Dunkelheit, die ihr zukam. Sie bröckelte ab und versank. Die Auffahrt der Burg versank, und die Burg selbst, und der Bronzereiter, und der Glockenturm der Franziskanerkirche, die ganze Stadt, die lange genug gestanden hatte mit ihren Kirchen und ihrer Oper und ihrer kaiserlichen Schatzkammer, in der ein Fetzen der Kreuzfahrerfahne war, die auf Jerusalem geweht hatte, und der Schaft der Lanze, die Christi Seite durchstochen hatte, und alle Kronjuwelen, und alles, was man tausend Jahre lang gebraucht hatte. Schon waren den Ecken der Stadt ganz andere, hellfarbige, mächtige Steine aufgesetzt, neue menschliche Wohnungen, wie Petschafte. Bildt kam doch später heim, als er versprochen hatte. Er hatte Karlinger bereits vollständig vergessen. Der saß noch an seinem Marmortischchen, den Kopf in den Händen, mit Kaffee, Menschen, Zeitungen, Schlagsahne, Spiegeln, Radio, als sei er von seinem einzigen Gefährten in einer Wildnis ohne Wasser allein gelassen worden.

IV

»Wenn sie auch zugesagt haben, die revolutionären Sozialisten, und wenn sie auch alle Vorbereitungen zum Ersten Mai mit uns gemeinsam machen, man muß doch damit rechnen, daß sie schließlich nicht mit uns zusammen demonstrieren. Denn, Aigner, wenn in der letzten Stunde eine Gegenorder aus Brünn kommt, dann werden sie sich an das halten, was der Otto Bauer sagt. Sie sind so.«

Fritz nahm seine Mütze und ging. Aus Aigners Gesicht verschwand das Lächeln, das Fritz zuweilen auf Gesichtern hervorrief, als hätte in seinen Zügen und seinen Worten eine Hoffnung Gestalt angenommen. Fritz kehrte aber von der Treppe noch einmal zurück. Er hatte seine Mütze in der Hand, er sagte: »Genosse Aigner, ich möchte dich doch noch etwas fragen, ich meine, grade dich könnt ich das ruhig fragen. Ich weiß auch nicht, ob wir bald noch einmal Zusammenkommen, da möcht ich dich das noch schnell fragen.« Aigner sagte: »Na, frag.«

Er spürte den Blick des Jungen in ungeteilter Aufmerksamkeit auf seinem Gesicht wie den Blick eines Prüfenden. Fritz sagte: »Ich habe jetzt viel gelesen. Ich habe viel gelesen, was über uns geschrieben worden ist. Ich habe auch das von Kun gelesen.

Es gibt etwas darin, was ich nicht verstehen kann. Du wirst vielleicht denken, Genosse Aigner, daß es etwas Unwichtiges ist und daß ich dich damit aufhalte, aber für mich ist es etwas sehr Wichtiges. Es ist für uns Junge, Genosse Aigner, sehr wichtig, wir denken immer dran.

Ich versteh's und versteh's auch wieder nicht.

Wenn darin von den *Führern* gesprochen wird, und von dem *Verrat der Führer,* Genosse Aigner, und darin wird erwidert auf den Einwand, daß sie doch mitgekämpft haben und Mut gezeigt und ihr Blut vergossen, es sei bloß eine geographische Frage und keine politische, wo sie gestanden haben in den Kampftagen –

Ja, Aigner, das ist wahr, daß es zu nichts geführt hat, daß sie dann doch mitgekämpft haben und ihr Blut vergossen, aber, Genosse Aigner, das will mir nicht in den Kopf und auch vielen Jungen nicht, daß das soll bloß eine geographische Frage gewesen sein und sonst nichts, daß es soll eine Nebenfrage überhaupt sein, ob man Mut hat, wo man doch in sich spürt, daß es das Allerwichtigste sein muß, das, womit alles anfängt und aufhört. Was sagst du?«

Aigner sagte: »Sprich du erst ruhig fertig.«

Fritz fuhr fort: »Ich bin ja schon fertig. Ich kann es nicht so richtig sagen, nur so, wie ich mir Gedanken mache. Sieh mal, der Wallisch, das ist doch wirklich einer von uns gewesen, das ist doch wirklich einer mit Mut gewesen. Aber, Genosse Aigner, ehrlich gesagt, wenn er hätte fliehen können – wo, glaubst du, tät er jetzt sitzen? Er tät in Brünn sitzen.

Ich kenne da einen Mann von früher her, er wohnt bei uns im Karl-Marx-Hof auf unserer Treppe, Riedl heißt er. Er macht den Kurier nach Brünn für die anderen, Otto Bauer hin, Otto Bauer her. Dieser Riedl, der setzt doch da seine Freiheit aufs Spiel, vielleicht sein Leben, jedenfalls würde er's gern dafür tun. Ich weiß nicht, ob du verstehst, wie ich das alles zusammen meine.«

Aigner sagte: »Gewiß. Aber ich kann dir darauf keine Antwort geben wie auf drei mal drei, daß es neun ist.« Beide spürten im selben Augenblick, wie sich einer in den andern einschlug wie mit einem Haken.

»Mut – dazu muß man wissen, was notwendig ist für seine Klasse und für sich selbst. Dafür muß man dann alles einsetzen. Aber wenn man sich jahrelang gesträubt hat gegen das Notwendige, dann kann man es nicht in einem Tag gutmachen, auch wenn man an diesem Tag sein Leben hundertmal einsetzt.«

»Ja, Aigner, aber ist es nicht immerhin besser, sich, wie der Wallisch, einen Tag voll und ganz einzusetzen, als überhaupt nicht.«

»Gewiß. Das andere ist das Erbärmlichste: das Notwendige kennen und sich dafür doch nicht einsetzen, so daß die anderen denken, das wird gar keine solche Notwendigkeit sein, das wird wohl nicht so brennen. Verstehst du mich?«

Fritz sagte: »Ziemlich. Ich kann überhaupt leider nie so schnell was verstehen. Aber ich hab dich bestimmt sehr aufgehalten.«

Aigner sagte: »Du hältst mich nie auf.«

Fritz ging weg. Aigner blieb einen Augenblick unschlüssig stehen, als könnte er ihn noch zurückrufen, wenn ihm etwas Besseres einfiel. Er hörte dann aber auf, nachzudenken. In einem Augenblick von Müdigkeit verließen ihn die festen, stets gegenwärtigen Gedanken über Parteiarbeit und solche Dinge, wie er sie eben mit Fritz gesprochen hatte. Weit flüchtigere Gedanken konnten an ihn heran, sein Schwager, seine Frau, mit der er das Leben noch immer nicht geregelt hatte. Er konnte sich keinesfalls entschließen, sie aus Linz nach Wien nachkommen zu lassen. Er hatte plötzlich den Einfall nachzusehen, ob Fritz jetzt drunten über die Gasse ging.

Er trat ans Fenster. Aus dieser hohen und engen Gasse war sorgsam jede Spur der Jahreszeit getilgt, der Nähe von Wasser und Bergen. Doch funkelte unvermutet die Frühjahrssonne in den Murmeln, die ein paar Buben aus ihren Säcklein schüttelten. Ein Mädchen ging zweimal auf und ab, blieb stehen und sah zu. Sie trug ein blaues Kleid. Obwohl er nicht einmal ihr Gesicht unterscheiden konnte, erinnerte ihn etwas in ihrer Gestalt und ihrer Haltung an Freudenpunkte und Glücksfälle seines eigenen Lebens, die er halb und halb vergessen hatte. Jetzt kam Fritz die Gasse herunter und ging mit dem Mädchen fort.

V

Nicht der blühende Kastanienbaum allein, der Abend selbst warf durch das Fenster seinen endgültigen Schatten. Mit grämlichem Gesicht entzündete der alte Mann die Streichhölzer, als wärme er auf dem Gas die Abendsuppe. Zum letztenmal an diesem Tage erglänzten rechts und links des Heilands die beiden Kerzen der Zeugeneide.

»Ich schwöre –«

»Ich schwöre –«

»Bei Gott –«

»Bei Gott –«

Sie war Zeugin der Staatsanwaltschaft, fünfundvierzig Jahre alt, Elise Niddelmeier, verheiratet, in Graz gebürtig. Für Willaschek auf der Anklagebank war sie Steffis Mutter. Die Zuhörer, in den Bankreihen stehend, Männer und Frauen aus Graz und Eggenberg, betrachteten mit gerunzelten Stirnen ihr dunkelblaues Jackenkleid, ihr Haarknötchen, ihren Sommerhut. Frau Niddelmeier betrachtete den trockenen, etwas aufgesprungenen Goldplombenmund, der die Worte des Eides vorsprach. Willaschek betrachtete ihr Gesicht, dessen Gleichmut ihn bestürzte.

»dem Allwissenden und Allmächtigen –«

»dem Allwissenden und Allmächtigen –«

Die Frau sah von dem Mund weg auf das Kruzifix, das so blankgeputzt war wie daheim ihre Türklinke. Ihre Stimme und ihre Haltung waren ruhig, als hätte sie längst die Gewähr unendlicher Sicherheit. In ihren Bankreihen stehend, grübelten die Zuhörer mit gerunzelten Stirnen nach, was die Frau dazu geführt hatte, sich freiwillig als Zeugin zu melden. Ihr Vater war Eisenbahner gewesen, ihr Mann war Vorarbeiter gewesen bei den längst geschlossenen Eisenbahnwerkstätten.

»daß ich nichts als die Wahrheit sagen werde –«
»daß ich nichts als die Wahrheit sagen werde –«
Nicht der Name Gottes, die zwei weit helleren Vokale des Wortes Wahrheit stachen wie Nadelspitzen die müden, von der langen Verhandlung zermürbten Stirnen. Willascheks Augen glänzten auf, die Rücken der Zuhörer strafften sich. Frau Niddelmeier blinzelte. Einen einzigen Augenblick lang bot das kleine polierte Kruzifix den anstößigen Anblick eines nackten sterbenden Mannes mit herausgetriebenem Brustkorb und zerstochener Hüfte.
»So wahr mir Gott helfe –«
»So wahr mir Gott helfe –«
Der alte Mann löschte die Kerzen. Alle setzten sich. Die Dämmerung legte sich plötzlich spürbar auf den Saal. Sie verschuldete vielleicht das Zögern, mit der der Vorsitzende die Verhandlung wieder aufnahm, obwohl das Gericht übereingekommen war, sie heute zu Ende zu führen. Willaschek sah durch das Fenster zwischen den Köpfen der Geschworenen im Geäst des Kastanienbaumes die Blütenkerzen verblassen. Sein Herz klopfte. Der Abend aller Tage war gekommen.

Da knipste der alte Mann den Kronleuchter an. Als Willaschek ausgeblinzelt hatte, drehte er sich nach seinem Verteidiger um. Der nickte ihm zu, obwohl ihn der Ausdruck von Schrecken in Willascheks Gesicht mehr abstieß als dauerte. (So sind sie alle, wenn's drauf und dran geht.)

Von dem Gesicht seines Verteidigers abgestoßen, sah Willaschek mit einer halben Bewegung des Hilfesuchens in die Zuhörerreihen. Er kannte alle. Er erblickte Frau Holzer. Auf ihrem weißen Haar, ihrem jungen Gesicht lag ein Schimmer von Güte und Mitleid, aber nicht für ihn. Mann und Sohn saßen neben ihm auf der Anklagebank. Er hatte zweimal den ratlosen Blick des alten Holzer aufgefangen. Er betrachtete das Mädchen an ihrer Seite. Hatte sie nicht vor undenkbarer Zeit im Schnee auf der obersten Stufe einer Treppe gestanden? War sie nicht schon zum zweitenmal Zeugin, daß man ihn verspottete? Wahrscheinlich, da sie ihren Kopf an Frau Holzer lehnte, waren sie und der junge Holzer Liebesleute. Auf einmal spürte er alle seine Not in einem einzigen Punkt: nie wird er ein Mädchen haben, das ihn liebhat.

»Also, Frau Niddelmeier, Sie haben vom Küchenfenster Ihrer Wohnung aus die Vorgänge beobachten können, die Gegenstand der heutigen Verhandlung sind.«

Frau Niddelmeier begann zuerst langsam, im Tonfall des Eides, dann geschwinder in ihrer gewöhnlichen Sprache; sie drehte ihr Gesicht in gleichmäßigen Abständen bald den Richtern, bald den Geschworenen zu: »Von meinem Küchenfenster aus, hohes Gericht, kann ich wirklich alles sehen. Das heißt, natürlich nur im Winter. So vom April an, wenn die Kastanien erst richtig ansetzen, dann kann ich freilich längst nicht mehr alles sehen. Aber, mein Gott, im Februar, da entgeht uns nichts. Da kann man ja von uns bis zum Ferdinandsplatz hinunter sehen. Und rechts hinunter bis zur Unterführung.«

»Sie können also die ganze Burgmayerstraße überblicken, Frau Niddelmeier?«

»Die Burgmayerstraße! Hohes Gericht, ich kann noch den Bahndamm überblicken.«

Der Kopf des Mädchens wurde schwerer auf Frau Holzers Schulter. Frau Holzer selbst alterte plötzlich, ihr Mund war blaß geworden. Voll Schreck begriff sie das gefährliche Ausmaß des Stolzes der Frau Niddelmeier auf die Fernsicht aus ihrem Küchenfenster.

»Sie haben also Montag, den zwölften Februar, nachmittags, in der Küche zu tun gehabt?«

»Ja. Ich hab die Jause zubereitet für meinen Mann und meinen Schwiegersohn, das heißt für den Bräutigam meiner Tochter Steffi. Man war ja etwas durcheinander im Kopf durch alles, was die Männer einem erzählt hatten.

Wie ich ein Stück Apfelstrudel vom Mittagessen in zwei Stücke schneide, da denk ich an die Frau Holzer, weil ich mit der nämlich grad am Vormittag über Apfelstrudel gesprochen hab. Ich denk mir, wie sich nun ihre beiden Männer, die so groß den Mund aufgetan haben, zu allem stellen werden, wenn es wirklich ernst wird. Und wenn man den Esel nennt, kommt er gerennt, da kommen die beiden Holzer die Burgmayerstraße hinunter gegen die Unterführung, wirklich, mit Patronengürtel und mit Gewehren, und der alte Weber ist auch dabei, und, ich trau meinen Augen nicht, dieser Lump, der Willaschek.«

Willascheks Verteidiger rief mit viel zu junger, sich überschlagender Stimme: »Halt, Frau Niddelmeier! Haben alle vier Gewehre gehabt?«

Der Vorsitzende sagte: »Aber, lieber Herr Doktor, das ist doch unnötig. Das hat doch der Willaschek selbst längst alles zu Protokoll gegeben.«

Zum erstenmal drehte sich der alte Holzer gegen Willaschek. Willaschek starrte vor sich hin auf seine ineinanderverhakten abgekauten Finger. Er spürte auf seiner linken Backe einen Atemzug des alten Mannes.

»Also weiter, Frau Niddelmeier. Sie haben Ihren Augen nicht getraut, weil die Holzers und der Willaschek beisammen waren. Was kam Ihnen denn so merkwürdig dran vor?«

»Merkwürdig kam mir's vor, weil doch die Holzers solide Leute sind, der Willaschek aber ein Spitzbub. Dann ist mir aber eingefallen, daß der Willaschek die Nacht bei den Holzers geschlafen hat, denn die Frau Holzer hat zu ihm gesagt: ›Ich hab dich nicht wecken wollen‹, und ich hab mir dabei noch gedacht: Wenn man in so 'ner Partei eingeschrieben drin ist, dann muß man auch zu so einem du sagen.«

»Halt, Frau Niddelmeier! Das ist was Neues. Endlich mal vor Torschluß 'ne saubre Aussage: geschlafen hat er bei den Holzers, der Willaschek!

Willaschek! Auf! Habens bei Holzers geschlafen?«

Willaschek schwieg. Der Verteidiger berührte seine Schulter. Er schnickte die Hand ab. Ein zweites Mal würden diese Ehrabschneider nicht mit Stemmeisen seine Kiefer auseinanderkriegen.

Der Vorsitzende sagte: »Martin Holzer! Hat der Willaschek bei Ihren Eltern geschlafen?« Der junge Holzer erwiderte: »Jawohl.« Er stand aufrecht da und gefiel allen.

Frau Niddelmeier fuhr fort: »Kaum, daß ich denk, wo wollen denn die hin, bleiben sie alle vier stehen. Ja, und dann haben die drei angelegt. Kaum, daß ich denk, auf was legen denn die an, haben sie schon geschossen.«

»Haben Sie den Gendarm gesehen, bevor auf ihn geschossen wurde?«

Sie stellte einen Schuh vor, einen blanken, schwarzen Halbschuh. Sie hatte sich inzwischen der Geschworenenbank zugewandt. Alle im Saal fühlten, daß an ihrer Aussage nicht zu rütteln war. Sie erzählte wirklich nur, was sie mit ihren eigenen Augen gesehen hatte. Sie würde nichts Falsches hinzusetzen. Allen Männern und Frauen in den Zuhörerreihen war es klar, daß sie auch nichts auslassen würde. Längst hatten alle verstanden, was die Frau bewog auszusagen, der gewöhnlichste Grund der Gründe. Für einen der im Februar freigewordenen Arbeitsplätze hatte sie ihre Schuhe geputzt, ihr Jackenkleid ausgebügelt, ihren Sommerhut garniert. Hatte ihr Mann, hatte Steffis Bräutigam ihr denn nicht abgeraten? In der hintersten Reihe saß Steffi mit ihren Korallenohrringen, in weißer Bluse und rotgeblümtem Dirndlkleid, zwischen ihrem Vater und ihrem zukünftigen Mann. Sie hörten der Mutter zu, befriedigt von ihrem Aussehen, ihrer deutlichen Rede, ihrem Gedächtnis, ihrer Wahrheitsliebe. Unter allen im Saal waren diese vier die einzigen, die nicht begriffen hatten, warum Frau Niddelmeier gekommen war.

Der Verteidiger rief: »Wie weit entfernt von der Gruppe hat der Gendarm auf der Erde gelegen?«

Frau Niddelmeier fuhr fort, mit einer gewissen Verachtung für die Verteidigung, mit einer gewissen Ehrfurcht für die Geschworenen: »Ungefähr von hier bis zur Tür – Er hat auf dem Bauch gelegen. Da hat der Willaschek dem alten Weber das Gewehr weggerissen, er hat auf den Gendarm geschossen.«

»Wie oft?«

»Dreimal.«

Alle Augen im Saal richteten sich auf Willaschek. Der starrte wieder vor sich hin. Er hatte ihre Blicke mißdeutet. Die meisten waren ihm früher wenig gewogen gewesen, jetzt aber, da es ernst wurde, erfaßte sie alle Sorge um Willaschek.

»Dreimal? Sie sagten doch: zweimal. Wir haben auch von diesem Gewehr nur zwei Einschüsse gefunden.« – »Dreimal. Einmal, da ist er noch bei der Gruppe gestanden, zweimal, da war er dicht herangegangen.« Willaschek machte eine Bewegung. Der Verteidiger berührte abermals seine Schulter. Diesmal schüttelte Willaschek die Hand nicht hinunter, vielleicht nur, weil er froh war, daß überhaupt eine Hand auf ihm lag. Zweimal oder dreimal – für sein Schicksal war es ziemlich einerlei. Doch, merkwürdigerweise, Frau Niddelmeier hatte sich geirrt. Ein einziges Mal, an einem unwichtigen Punkt, war ihr Gedächtnis trügerisch. Warum aber sagte sie dreimal, warum nicht einmal? Was hatte sie gegen ihn? Er hatte die Frau nie gekannt, vielleicht hatte Steffi ihn daheim verspottet. Er hatte aber das Mädchen niemals angefaßt; er hatte sie kaum angeredet. Er hatte nur dann und wann ihren Korb getragen. Wenn er noch einmal freikam, dann wollte er in die Küche dieser Frau wie ein Wolf einbrechen: er wollte sie und die Ihren würgen und beißen, er wollte auf ihnen herumtrampeln. Er brach plötzlich ab, erschöpft von Wut, für die sein Herz zu eng war.

Frau Niddelmeier fuhr fort: »Dann ist er wieder zu der Gruppe gegangen, das Gewehr hat er behalten, dann sind sie alle vier weitergegangen.«

Willaschek rang nach Luft, er spürte den Strick um seinen Hals. Zwar hatte ihm sein Verteidiger erzählt, der Papst selbst hätte das Hängen verboten. Aber zwölf Jahre Zuchthaus zum Beispiel waren ebensowenig zu begreifen. Sie erwürgten nicht, sie zerdrückten. Aber auch der alte Gruschnick war nicht mal heute gekommen, er hatte ihn endgültig abgetan. Er hatte letzten Endes einen beneidenswerten Tausch gemacht. Kleines, hölzernes Kreuz zwischen Gruschnicks verhangenen, regenverspritzten Fenstern. Friede statt Todesfurcht, Gnade statt Gerechtigkeit. Willaschek steckte den Daumen zwischen die Zähne und biß hinein.

»Wie lange hat man denn den Gendarm liegengelassen?«

»Hohes Gericht, ich bin dann in unser Wohnzimmer gelaufen und hab meinen Mann gerufen. Die Straße ist dann leer gewesen, und der Gendarm ist liegengeblieben. Wir haben immer wieder hinuntergesehen. Dann hat die Schießerei angefangen, wir haben dann alle Läden verschlossen. Dann, als wir später aufgemacht haben, da war überhaupt alles anders. Da war Militär bei der Unterführung, da war der Gendarm weggetragen, da war ein Fähnlein an den Zaun geknüpft, da, wo er gelegen hatte.«

»Wir wollen noch einmal schnell zusammenfassen, was unsere letzte Zeugin, Frau Niddelmeier, unter ihrem Eid ausgesagt hat. Geben Sie acht, Frau Niddelmeier. Sie haben von Ihrem Küchenfenster aus die vier hier vor uns auf der Anklagebank sitzenden Männer mit Gewehren die Burgmayerstraße Richtung Unterführung gehen sehen. Sie haben die vier stehenbleiben sehen. Sie haben drei anlegen sehen. Sie haben den Gendarm auf der Erde liegen sehen. Sie haben den Angeklagten Willaschek dem Angeklagten Weber das Gewehr aus der Hand reißen sehen, Sie haben ihn anlegen und auf den am Boden liegenden Mann schießen sehen. Sie haben ihn an den Mann herantreten und noch zweimal auf den am Boden liegenden Mann schießen sehen. Dieses war der Inhalt Ihrer Aussage.«

Willaschek hob den Kopf. Er war plötzlich ruhig geworden. Ein finsterer Stolz erfüllte ihn, daß er endgültig verloren war. Er sah sich um. Groß und blau war der Saal, hoch und weiß die Decke. Niemals, seit er zum letztenmal in der Kirche gewesen war, hatte man eine solche Fülle von Licht über ihm funkeln lassen. Plötzlich wurde er zum erstenmal seit seiner Gefangennahme von Erinnerung geschüttelt wie von Heimweh, verzweifelt verlangte sein Herz in den Februar zurück nach jenen verlassenen Bezirken ungebrochenen Mutes und äußerster Hoffnung.

»Es war ein grauer und düsterer Tag, und grau und düster wie der Tag sah es in den Herzen aller rechtlich denkenden österreichischen Menschen aus – das, was schon lange im geheimen vorbereitet worden war, das, wovor man uns lange gewarnt hatte, was wir nie ganz für möglich gehalten hatten, weil wir an ein solches Maß von Verblendung und Zügellosigkeit bei einem Bestandteil unseres österreichischen Volkskörpers nicht glauben konnten, war eingetreten: Dem Ruf gewissenloser, ehrgeiziger Führer ebenso gehorchend wie ihrer eigenen blinden Leidenschaft, nach langer, geheimer, gründlicher Vorbereitung hatten in ganz Österreich, an einem vorher bestimmten Tage Anhänger der Sozialdemokratischen Partei zu den Waffen gegriffen gegen ihre rechtmäßige Regierung, allen voran der Republikanische Schutzbund, nachmaliger Ordnerdienst.«

Willaschek setzte sich schräg, um den Kopf nach dem Staatsanwalt zu drehen. Er sah an den Hinterköpfen seiner drei Mitangeklagten vorbei, er sah Martin Holzers hellen, glatten Hinterkopf wie in der Schule. Alle vier senkten dann ihre Köpfe gleichzeitig nach vorn. Der Staatsanwalt schilderte auf Grund von dreiundzwanzig Zeugenaussagen ihre vier Lebensläufe nacheinander, einschließlich des Augenblicks, in dem man sie ergriffen hatte. Von da an hatten ihre Leben keinen Lauf mehr. Die Geschworenen starrten die vier an, als hätte man sie eben erst hineingeführt.

»Sie wurden dann im Keller des Konsumgebäudes bewaffnet, nachdem ihnen der nächste Woche zur Verhandlung vorzuführende Franz Postl eine Ansprache gehalten hatte, die Arbeiterschaft hätte die Macht im Staat ergriffen, die Revolution sei ausgebrochen.«

Das hat man uns auch gesagt, dachte Willaschek. Wir haben es auch geglaubt. Wir hatten Jahr für Jahr, Tag für Tag darauf gewartet. Kein Tag verging, an dem ich nicht drei-, viermal daran gedacht habe. Kein Tag verging, an dem nicht einer den anderen etwas darüber fragte. Jede Nacht schlief ich ein neben Stephan Gruschnick und dachte noch einmal daran. Ich glaubte, auch für mich müßte dann alles anders werden.

»– – alles, was in den Weg käme, sei aufzufordern, sich zu ergeben, oder sei niederzumachen.«

Er will uns gegen Postl aufbringen, wie die Holzers gegen mich. Aber bei mir wird ihnen das nicht gelingen. Der Postl hat recht gehabt, mein einziger Wunsch war damals: ein Gewehr. Der Gendarm hatte sich nicht ergeben, er war mein Feind, und ich wollte, er sollte richtig tot sein. Dem Postl war es ernst, und mir auch, und deshalb sitz ich heut hier, und morgen er.

»Unausdenkbares Unglück wäre über unser Vaterland hereingebrochen, russische Schreckensherrschaft, von der wir in den Julitagen 1927 einen Vorgeschmack bekommen haben.«

Rußland. Ja, deshalb hat's mich zur Kommunistenzelle gezogen. Und ich bin hingekommen, und sie haben zu acht um einen Tisch gesessen, und ein Bild von Lenin war über dem Spiegel angenagelt. Aber es war nicht das, was ich erwartet hatte, nein, das war es nicht. Unter dem Bild hatte der Niklas gesessen, und sein Gesicht war hochmütig, als hätt er allein diesen Stuhl gepachtet. Mittelexer war gut, aber er hatte immer herumzufahren und zu schreiben und zu tun für Versammlungen, und ich lohnte nicht. Und ich habe den Niklas nichts fragen können, denn er hat mich verachtet, als sei es mein Fehler, daß ich nichts verstand, und nicht der seine.

Er spürte rechts und links auf seinen Armen die Fingerspitzen seines Verteidigers. Er zog die Arme nach vorn und verschränkte sie auf der Brust. Er hielt sich jetzt ganz grade. Er war todmüde. Seine Kehle war trocken, als hätte er selbst stundenlang gesprochen. Sein Herz begann jetzt gegen die Rippen zu klopfen, als fühle es, daß es gefangen war in diesem aufrechten, aber bedrohten Körper.

»So wenig wir mit unnötiger Härte gegen Mitbürger Vorgehen wollen, in denen wir nur ein Opfer ihrer Führung und jahrelanger Irreleitung sehen, von denen wir aber annehmen, daß sie künftig dem Ruf zu gesunder und friedlicher Mitarbeit am Volksganzen folgen werden, so wenig können wir solche Elemente schonen, die wirklich so faul oder erkrankt sind, daß sie Bessere gefährden und deshalb nur ausgemerzt werden können.«

Es geht zu Ende, sagte sich Willaschek, sie sollen alle verflucht sein.

»– –. aus diesen Erwägungen heraus stelle ich folgende Anträge:

Martin Holzer Sohn, dem wir seine Jugend zugute halten, ferner den Umstand, daß ihn sein eigener Vater mitgenommen und angestiftet hat, ferner, weil sein Tatanteil zweifelhaft ist, ein Jahr Kerker.

Jakob Weber in Anbetracht seines hohen Alters und seiner Unbescholtenheit zwei Jahre Kerker.

Martin Holzer Vater, der einerseits seinen Sohn mitgenommen und vermutlich den ersten, nicht tödlichen Schuß abgegeben hat, andererseits unbescholten und gut beleumundet ist, vier Jahre Kerker.

Willaschek, der auf den bereits verletzten, am Boden liegenden Mann drei Schüsse abgegeben hat, von denen einer den Tod herbeigeführt hat, zwölf Jahre Kerker – –«

Mühelos, ohne sichtbaren Ruck, hatte die Stimme ausgesetzt. Aber die Aufmerksamkeit war zu gespannt und tief, um gleichzeitig mit der Stimme abzubrechen. Jetzt wurde die Stille wahrnehmbar in ihrer ganzen Wucht. Man hörte eine Frau zweimal seufzen. Jetzt wurde der Hohlraum sichtbar im blau und weißen Saal in seiner ganzen Leere, in die man eine Bank mit vier Männern geschoben hatte. Der junge und der alte Holzer rückten aneinander in einer kaum wahrnehmbaren, doch von allen ertappten Bewegung. Der alte Weber kratzte sich am Ohr. Willaschek saß aufrecht, an ihm war nichts zu sehen. Er konnte den Speichel, der ihm im Mund zusammenlief, weder schlucken noch ausspucken. Sein Verteidiger hatte sich vornübergebeugt und flüsterte ihm zu: »Das war ja bloß der Antrag.« Nicht um seine Hände abzuschütteln, reckte sich Willaschek, sondern weil alle aufstanden. Die Pause vor den Plädoyers hatte begonnen. Willaschek spürte schon die harte Hand der Wache auf seinem Arm. Der Kronleuchter erlosch, bis auf einen Schwaden grauen, glitzernden Nebels. Willaschek hörte in seinem Rücken das Schlürfen und Flüstern der den Saal verlassenden Menschen. Jetzt wurde es Willaschek klar, daß sich keine Stimme aus dem Zuhörerraum für ihn erhoben hatte, dem Antrag entgegen. Es wurde ihm klar, daß ihm zwölf Jahre unweigerlich bestimmt waren. Er verlor jetzt seinen Stolz und verfluchte sein Leben.

In der Abendpause ereignete sich im Grazer Gericht folgendes: Als Willaschek aus dem Saal durch den Korridor geführt wurde, spürte er, wie jemand schnell seine Hand drückte. Er spürte, daß etwas in seiner Hand zurückblieb. Er quetschte unwillkürlich die Finger zusammen. Er schob das Stück Papier in den Ärmel, er drückte den Arm an die Brust. Wessen Hand ihn berührt hatte, wußte er nicht, er hätte nicht sagen können, ob sie einem Mann oder einer Frau gehörte.

Er verlangte auszutreten. Im Abort war es finster. Das herzförmige Türloch war von dem Rücken des Wachtpostens zugedeckt. Willaschek schwitzte vor Wut, er konnte nichts erkennen. Endlich machte der Wachtposten eine kleine Drehung, so daß ein Ritzchen Licht nach innen kam.

Die Schrift am oberen Rand war dick und verwischt: Mittelexer und Niklas waren vor der Herstellung verhaftet worden, – ungeübte Hände hatten das Flugblatt unter ungleichmäßigem Druck abgezogen. Sonst hätte es Willaschek leichter gehabt, den Anfang zusammenzubringen: »Nicht jeder ist ein Dimitroff, aber jeder kann von ihm lernen.«

Dann flog Willaschek über die nächsten Zeilen: Anweisungen für das Verhalten der Angeklagten vor Gericht. Diese Anweisungen kamen für Willaschek zu spät. Er verstand aber, daß er als Vermittler gedacht war. Er prägte sich alles hastig ein. Am unteren Rand war die Schrift zu dünn, unter zu leichtem Druck abgezogen. Da war es gut, daß Willaschek den letzten Satz nach den ersten Worten ohnedies kannte: »Die Angeklagten von heute werden die Richter von morgen sein.«

Willaschek dachte einen Augenblick nach, ob er alles behalten hatte, dann zerfetzte er das Blatt.

Später, im Licht der Kronleuchter, saß Willaschek mit unbedecktem Gesicht, auf jedem Knie eine Faust. Er hielt sich aufrecht, als lehne er sich an eine Bergwand. Er hatte die Lippen von den Zähnen gezogen. Er blickte mit Zähnen und Augen auf die Geschworenenbank. Von dorther erwartete er nichts, sie waren einander feind, und es war gut, daß es klar wurde. Eine ältere Frau war darunter, mit einer Brille und einem braunen Kleid. Sie sah manchmal den jungen Holzer mitleidig an. Sie sah dick und gut aus, nach Mutter. Ihn aber, Willaschek, sah sie an, als ob sie ihn am liebsten ungeboren wünschte.

Es rauschte und knisterte im Saal, bis sich alle Zuhörer niedergesetzt hatten. Willaschek drehte ihnen entschlossen sein Gesicht entgegen. Es wurde sofort heiß von ihren Blicken. Zwischen ihnen und ihm war nichts. Er hatte sich auch um das Protokoll unnütz gesorgt, sie hatten längst begriffen, daß man ihn nur betrogen hatte. Ihre Blicke blieben auf ihm, auch wenn er sein Gesicht wegdrehte.

Die Kronleuchter wurden auf groß gedreht. Willaschek reckte sich; er blickte ruhig nach allen Seiten. Ein wildes Kristallgefunkel hüpfte über Bänke und Gesichter. Es war sein Tag. Alles Licht war für ihn. Für ihn waren alle gekommen. Der alte Holzer neben ihm verstand nichts, der kaute an seinem Schnurrbart und dachte angstvoll an sein Strafmaß. Die schwarzen Fledermäuse hinter dem Richtertisch gähnten.

Über Willascheks schutzlose Schultern, über die Anklagebank, über den ganzen Hohlraum zwischen Anklagebank und Geschworenenbank fiel der Schatten des Mannes, an den ihn das Flugblatt erinnert hatte. Heute und künftig war er allen Verhandlungen beigegeben bis zum Ablauf dieser Zeiten.

Willaschek legte die Hände vors Gesicht, aber nur um ruhig nachzudenken. Nichts hatte aufgehört für ihn, alles fing heute abend erst für ihn an. Er spürte, wie Mittelexers schmale Augen, listig und zufrieden, seinen Anfang beobachteten. Rund um ihn herum wurde das Leben dichter.

Willaschek war nicht erregt, als sein eigener Verteidiger anfing, mit seiner dünnen, jungen Stimme, als letzter der drei Verteidiger. Er hatte auch begriffen, daß ihn die drei Verteidiger untereinander verpackelt hatten. Einer mußte wohl daran glauben, da doch ein Mensch getötet wurde. Willaschek war der richtige, um ihn grämte sich niemand, er hatte keine Frau und keine Braut und keine Mutter, er hatte keinen Anhang. Er erwartete auch jetzt nicht mehr einen Ruf aus den Zuhörerreihen. Alle diese Männer und Frauen hatten wohl Angehörige, die in Prozesse verwikkelt waren. Heute waren noch alle von der Verfolgung eingeschüchtert, der Zukunft ungewiß. Nicht an ihnen, an ihm war es, zu sprechen, der keine Angehörigen hatte und nichts zu verlieren. Er hatte den Augenblick verpaßt, in dem der Angeklagte noch einmal das Wort erhält. Er hatte diesem Verteidiger gehorcht, der ihn gewarnt hatte, seine Sache nicht noch mehr zu verpatzen. Jetzt konnte ihn niemand mehr hindern, etwas laut herauszurufen, bevor er in die Zelle zurück mußte. Er grübelte in seine Hände hinein, was er rufen wollte. Es sollte scharf und laut sein. Er zog die Hände vom Gesicht. Die Geschworenenbank war leer. Die Geschworenen hatten zur Beratung den Saal verlassen. Er fürchtete sich nicht, wenn er auch seine zwölf Jahre absitzen mußte. Er war jung, er würde auch dann noch jung sein. Er blickte ruhig gegen die Zuhörer. Sie sollten ihn bald hören. Sie werden ihn nicht vergessen. Er wird auch noch glücklich sein können. Irgendein Mädchen, hell- oder dunkelhaarig, dessen Gesicht er noch gar nicht kennt, wird heranwachsen, ebenso schön wie dieses Mädchen neben Frau Holzer, er wird sie eines Tages treffen, und sie werden Mann und Frau sein.

Sein Verteidiger beugte sich über ihn und flüsterte: »Machens sich keine Sorgen, wir legen Berufung ein.« Die

Geschworenen kamen zurück, zuerst die braune Frau mit der Brille. Alle standen zur Urteilsverkündung auf: »Martin Holzer – ein Jahr, Weber – zwei Jahre, der alte Holzer – vier Jahre, Willaschek – zwölf Jahre.« Wieder blieben alle stehen, als hindere sie eine Erwartung, sich zu setzen oder einfach auseinanderzugehen. Willascheks Herz klopfte, es war ihm nichts anderes eingefallen, er sagte: »Wir werden die Richter von morgen sein.« Seine Stimme war rauh und schwer verständlich. Nur die vorderste Reihe verstand, was er gesagt hatte, die übrigen fragten auf der Treppe und auf der Straße und auch am nächsten Tag: »Was hat der Willaschek gesagt?«

Unruhig und beklommen standen die Menschen unter den Kastanien beisammen. Sie umdrängten Frau Holzer und Martins Mädchen. Sie wurden schließlich auseinandergejagt. Manche wurden jetzt plötzlich wild und fluchten.

Willaschek ging zwischen zwei Wachtposten den Korridor hinunter. Er ärgerte sich, weil er nicht laut genug gerufen hatte. Sonst war er ruhig. In diesem Augenblick hatte das Urteil für seine Schultern kein Gewicht. Vielleicht wird noch oft, vielleicht schon heute nacht, ein neuer Anfall von Verzweiflung sein Herz erschüttern. Jetzt aber war er froh. Ruhig und unverwirrbar, wie die Allerstärksten durch das Leben gehen, ging er von der Gerichtssaaltür bis zur Haupttreppe. Jetzt stehen sie unter den Kastanien herum, jetzt umdrängen sie Frau Holzer und Martins Mädchen, sie gedenken seiner, beim Heimweg, beim Abendessen und morgen bei der Arbeit. Er kennt die Seinen, und die Seinen kennen ihn.

EDITORISCHE NOTIZ

Zehn Wochen nach dem 19. Februar 1934, an dem Koloman Wallisch in Leoben hingerichtet worden war, fuhr Anna Seghers mit der Eisenbahn von Graz nach Bruck an der Mur, kaufte sich eine Karte von der Obersteiermark und begab sich zu Fuß auf den letzten Weg Wallischs.

5000 Schilling waren auf seinen Kopf gesetzt gewesen. Er wurde verraten und – dem Historiker Rudolf Neck zufolge – »aus niederen Rachemotiven ein in jeder Hinsicht unfairer Prozeß gemacht. […] Auf Grund der Aktenlage handelt es sich um einen von oben anbefohlenen Justizmord, für den Dollfuß, Schuschnigg und Fey gemeinsam die Verantwortung tragen.« Nach der Hinrichtung wurde Wallisch sofort anonym in Leoben begraben. Die Lage der Grabstätte wurde jedoch rasch von Arbeiter:innen ausfindig gemacht und entwickelte sich – trotz aller Versuche der Behörden, das Grab geheim zu halten – zu einem vielbesuchten Ort. Paula Wallisch durfte das Grab ihres Mannes nicht besuchen.

Später wurden die sterblichen Überreste Wallischs bei Nacht und Nebel durch eine Gruppe von Sozialdemokrat:innen exhumiert und auf einen Friedhof in Bruck an der Mur übertragen. Die Umbettung erfolgte unter so großer Geheimhaltung, dass auch die vom katholischen Pfarramt geführten Friedhofsunterlagen darüber keine Angaben enthalten. Am 20. Februar 1949 wurde dort das *Grabdenkmal der Freiheitskämpfer* im Rahmen einer Gedenkkundgebung enthüllt. Daran nahm auch die inzwischen als österreichische Nationalrätin fungierende Witwe Koloman Wallischs teil.

Im Juliheft 1934 der *Neuen deutschen Blätter* hatte Anna Seghers mit *Der letzte Weg des Koloman Wallisch* eine Erzählung über den erhängten Politiker veröffentlicht. Die Autorin hatte Paula Wallischs Veröffentlichung über ihren Mann als Quelle genutzt.[1]

Im folgenden Jahr schrieb Seghers an ihrem dritten Roman *Der Weg durch den Februar*, der schließlich 1935 in den *Editions du Carrefour* in Paris erschien.

Dorthin konnte Anna Seghers 1933 aus Deutschland über die Schweiz flüchten. Sie war von der Gestapo kurzzeitig verhaftet worden, ihre Bücher wurden in Deutschland verboten und verbrannt.

In Paris arbeitet sie an Zeitschriften deutscher Emigrant:innen mit, unter anderem als Redakteurin der *Neuen Deutschen Blätter*, die in Prag vom ehemaligen Verleger des *Malik-Verlags* Wieland Herzfelde, herausgegeben wurden. 1935 war sie eine der Gründer:innen des Schutzverbandes Deutscher Schriftsteller in Paris. In ihrem ersten Exilwerk, dem Roman *Der Kopflohn*, forscht sie nach den Ursachen für den Nationalsozialismus in Deutschland.

Willi Münzenberg, bis zu seiner Flucht aus Deutschland im März 1933 Reichstagsabgeordneter sowie Herausgeber verschiedener kommunistischer Zeitungen, übernahm den seit 1928 bestehenden Pariser Verlag *Editions du Carrefour* im April 1933 mit Hilfe der Kommunistischen Partei Frankreichs.

Zum Zeitpunkt der Übernahme war der Verlag finanziell gefährdet. Münzenberg konnte mit Hilfe von Geldern der Kommunistischen Internationale die Räume der *Editions du Carrefour* übernehmen. In ihnen befand sich 1934 – im vierten Stock am Boulevard Montparnasse Nr. 89 – auch das von Münzenberg geführte Pariser Büro der Internationalen Arbeiterhilfe.

---

[1] Paula Wallisch: Ein Held stirbt. Hg.: Deutsche sozialdemokratische Arbeiterpartei in der Tschechoslowakischen Republik, Karlsbad 1934

Zu den Mitarbeiter:innen des Verlages gehörten außer Münzenberg und seiner Lebensgefährtin Babette Gross, die die Geschäftsführerin der *Editions* wurde, u. a. Arthur Koestler, Otto Katz und John Heartfield, der auch den Umschlag von *Der Weg durch den Februar* gestaltete. Außer eigenen, vom Redaktionsteam des Verlages zusammengestellten politischen Aufklärungsschriften (insbesondere den sogenannten Braunbüchern, die über die Verhältnisse im nationalsozialistischen Deutschland aufklärten und binnen kurzer Zeit mehr als 50 Auflagen in mehr als zwanzig Sprachen erreichten) gehörten auch literarische Werke von bekannten linken Schriftsteller:innen wie Bertolt Brecht, Johannes R. Becher und Egon Erwin Kisch zum Verlagsprogramm. 1934 erschien auch die von Walter Mehring geschriebene, äußerst lesenswerte Sammlung von 33 Portraits führender Nazis unter dem Titel *Nazi-Führer sehen dich an* im Verlag.

Trotz einzelner Publikationen mit hoher Auflage – wie den Braunbüchern – war der Verlag von Anfang an defizitär. Dies wurde durch Gelder gedeckt, die Münzenberg vor seiner Flucht aus Deutschland nach Paris hatte transferieren können. Die darüber hinaus anfallenden Kosten wurden von der Komintern bezahlt.

1937 wurde Münzenberg aus der Partei ausgeschlossen, einige von ihm geplante Bücher konnten noch erscheinen, danach war die Editions du Carrefour faktisch aufgelöst.

ANNA SEGHERS

Anna Seghers, 1900 in Mainz als Netty Reiling geboren, ist schon während der Studienzeit literarisch produktiv. Ihre Erzählung *Aufstand der Fischer in St. Barbara*, für die sie den Kleist-Preis erhält, veröffentlicht sie 1928 bereits unter dem Namen Anna Seghers. Im selben Jahr tritt sie in die Kommunistische Partei ein.

1933 schafft sie es über die Schweiz ins Pariser Exil, wo sie als Autorin verschiedener Exilzeitschriften tätig ist und sich im Schutzverband Deutscher Schriftsteller engagiert. 1940, als sie in Marseille auf das Ausreisevisum nach Mexiko wartet, beginnt sie den Roman *Transit*. Im mexikanischen Exil beendet sie ihren bekanntesten Roman *Das siebte Kreuz*. 1944 wird das Buch in Hollywood verfilmt, Anna Seghers ist schlagartig weltberühmt.

1947 kehrt sie nach Deutschland zurück und lebt ab 1950 als angesehene Schriftstellerin in der DDR. Von 1952 bis 1978 war sie Vorsitzende des Schriftstellerverbandes der DDR. 1983 stirbt sie in Ostberlin.

BISLANG ERSCHIEN BEI marsyas

WALTER MEHRING
Algier oder die 13 Oasenwunder
116 Seiten, 13 Zeichnungen von Walter Mehring
Hardcover, 15 x 25 cm
ISBN 9783903469-01-3

EDUARDO POGORILES
Mandls falsche Memoiren
Eine Schurkengeschichte
92 Seiten
Hardcover, 15 x 25 cm
ISBN 9783903469-03-7

JURA SOYFER
Streik der Diebe
Ein Filmexposé von Jura Soyfer sowie
eine Posse von Georg Mittendrein mit
13 Liedern und Noten von Georg Herrnstadt
156 Seiten
Hardcover, 15 x 25 cm
ISBN 9783903469-00-6

BISLANG ERSCHIEN BEI marsyas

LINDA NOCHLIN
Warum gab es keine großen Künstlerinnen
Essays 1971–1999
352 Seiten, ca 120 Abbildungen
Halbleinen, 15 x 25 cm
ISBN 9783903469-02-0

LINDA NOCHLIN
Die großen Themen der Weiblichkeit
Essays 2000–2015
352 Seiten, ca 120 Abbildungen
Halbleinen, 15 x 25 cm
ISBN 9783903469-05-1

EVA GEBER
Hélène – Befreiung ins Irrenhaus
300 Seiten
Hardcover, 12,5 x 21 cm
ISBN 9783903469-04-4

gefördert von

MA 7, Kulturabteilung der Stadt Wien

Impressum

ISBN 978-3-903469-07-5
www.marsyas.at

ERSTAUSGABE: Der Weg durch den Februar,
Editions du Carrefour, Paris 1935
© Aufbau Verlag GmbH & Co. KG, Berlin 1951, 2008

© für diese Ausgabe: marsyas verlag, 2024

UMSCHLAGABBILDUNG: *Hausdurchsuchung im Vorwärts-Haus, Wien, vor den Wahlen 1930,* Verein für Geschichte der ArbeiterInnenbewegung/ Wide World Photos

SATZ & UMSCHLAGGESTALTUNG, KORREKTORAT:
Michael Baiculescu

DRUCK: PrimeRate, Budapest